战典

⑫

李 涛 著

华北野战部队征战纪实

作家出版社

前　言

中国人民解放军是中国共产党缔造和领导的人民军队，诞生在武装斗争中，成长于浴血奋战里，至今已经走过了八十八年的辉煌历程。

这支历经磨难、英勇善战、百炼成钢的军队自诞生起便展现出历史上一切剥削阶级军队从未有过的风貌，英勇顽强，不怕牺牲，冲破艰难险阻，纵横山河疆塞，战胜了一个个强悍凶恶的敌人，创造了无数个军事史上的奇迹，上演了一场场气势恢宏的英雄活剧。众所周知，我军所走过的并非一条平坦大道，是极其曲折和无比艰辛的。其间经历过苦难，遭受过挫折，甚至陷入过绝境，充满着鲜血与泪水。八十八年来，我军历经大大小小上千次战役战斗，既有陆战、海战、空战，也有山地战、平原战、丛林战；既有敌后游击战、运动战、阵地战，也有大兵团围歼战、追击战、攻坚战；既有进攻战、伏击战、奇袭战，也有防御战、遭遇战、突围战；既有运筹帷幄、决胜千里的经典传奇，也有英勇果敢、以柔克刚的战争奇观；既有酣畅淋漓的大胜，也有刻骨铭心的失利……这一次次战役战斗汇成了人民军队从无到有、由弱转强的发展壮大史，令世人叹为观止。

习近平总书记指出：历史是最好的教科书，也是最好的清醒剂。只有熟悉历史、读懂历史、借鉴历史，才会认清昨天、珍惜今天、放眼明天，不会为浮云遮望眼；才会热爱党、热爱祖国、热爱人民军队，不会迷失政治方向；才会以史鉴今、承前启后、继往开来，不会在前进的行途中走弯路。在不久前召开的全军政治工作会议上，习近平着眼实现中国梦强军梦的战略运筹，强调要着力培养有灵魂、有本领、有血性、有品德的新一代革命军人。军队因战争而存在，军人以打赢而荣耀。当前，我军由机械化向信息化迈进任重道远，必须牢记强军目标、坚定强军信念、献身强军实践，认真学习和研究人民军队的战争史，从历史的角度加以审视，用辩证的眼光加以剖析，更好地把握治军规律、带兵要则、指挥方略，不断提高驾驭未来信息化战争的能力，勠力同心追寻强军兴军的光荣梦想。这也正是编写《战典》丛书的初衷。

本丛书按照土地革命战争、抗日战争、解放战争和抗美援朝战争四个历史时期，分别撷取了中国工农红军第一方面军、第二方面军、第四方面军和西北红军；八路军、新四军和东北抗日联军；中国人民解放军第一野战军、第二野战军、第三野战军、第四野战军和华北野战部队，以及中国人民志愿军所属各支部队具有鲜明代表性的近300个战例，力求在浩瀚的史料中寻找那幅血与火、生与死的历史画卷和不朽传奇。需要指出的是，这些林林总总的战役战斗，根本无法穷尽人民军队所走过的惊心动魄的战斗历程、所书写的荡气回肠的英雄传奇、所孕育的凝心聚魂的革命精神，只是力图运用权威的文献资料、珍贵的历史照片和当事人的亲身经历，以纪实的手法和生动的语言，崭新的视野和独到的见解，还原历史真相，讲述传奇故事，展现英雄本色，揭示我军血脉永续、根基永固、优势永存的根本所在。

由于作者水平及查阅资料等因素所限，书中难免有不当之处，恳请读者批评指正。在编写过程中，参考了一批历史文献和当事人的回忆文章，得到了军事图书资料馆等单位和有关同志的大力支持与帮助，并由军事科学院军史专家进行审读把关，军事科学院政治部宣传部包国俊副部长为丛书的最终付梓付出了艰辛劳动，在此表示衷心感谢。

李 涛

2015 年 3 月

华北野战部队征战纪实
目录

1. 平绥路战役

　　1945 年 8 月 15 日，日本帝国主义宣布无条件投降。中国人民付出了伤亡 3500 多万人的巨大民族牺牲，终于赢得了抗日战争的伟大胜利，改写了中国近代以来因列强入侵而割地赔款、丧权辱国的屈辱历史。

　　抗战胜利后，中国人民无不渴望和平与安定，休养生息，重建家园。然而，以蒋介石为代表的国民党统治集团并不答应，企图独吞抗战胜利果实。由于解放区人民革命力量的日益壮大，国际国内舆论强烈呼吁和平建国、反对战争，同时国民党精锐部队远在西南大后方，立即发动内战存在诸多困难，国民党统治集团一方面积极准备内战，一方面表示同中国共产党进行和平谈判，企

1945 年 9 月，中国政府接受日本投降仪式

图诱使中共"放弃武装"。

在此重要的历史转折关头，中国共产党从人民的意愿出发，提出"和平、民主、团结"的口号，主张"在和平民主团结的基础上，实现全国的统一，建设独立自由与民主富强的新中国"。

8月28日，毛泽东不顾个人安危亲赴重庆，与国民党进行谈判，向世人宣告：中国共产党是真诚地谋求和平的，是真正地代表全国人民的利益和愿望的。

经过43天艰苦而又曲折的谈判，10月10日，国共双方终于签订了《国民政府与中共代表会谈纪要》，即《双十协定》。国民党政府表示接受中国共产党提出的和平建国的基本方针，确定召开各党派无党派人士参加的政治协商会议，共商和平建国大计。

全国人民对和平建国抱着很大的希望。但蒋介石只是把和谈看作争取时间以调集兵力的手段。在给各战区司令长官的一份密电中，他一语道破天机：

目前与中共谈判，"乃系窥测其要求目的，以拖延时间，缓和国际视线，俾国军抓紧时机，迅速收复沦陷区中心城市，待国军控制所有战略要地、交通线，将寇军完全受降后，再以有利之优势军事形势与奸党作具体谈判，彼如不能在军令统一原则下屈服，即以土匪清剿之"。

10月13日，也就是《双十协定》签订后的第三天和公布后的第一天，蒋介石向国民党各战区司令长官发出了一份杀气腾腾的密令："此次剿共为人民

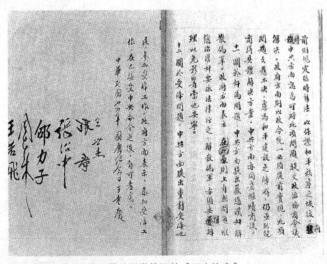

1945年10月10日，国共两党签订的《双十协定》

抗日战争迎来了胜利，蒋介石邀请毛泽东赴重庆谈判，美国驻华大使赫尔利来到延安，为毛泽东到重庆做出保证。图为 1945 年 8 月，毛泽东、周恩来与赫尔利在延安王家坪会谈

幸福之所系，务本以往抗战之精神，遵照中正所订《剿匪手本》，督励所属，努力进剿，迅速完成任务。其功于国家者必得膺赐，其迟滞贻误者当必执法以罪。希转饬所属剿匪部队官兵一体悉遵为要！"

中共中央早就识破了蒋介石的罪恶企图，提出"针锋相对、寸土必争"的总方针，以共产党的真和平对付国民党的假和平，以军事自卫对付国民党的军事进攻，坚决保卫抗战胜利果实。

就这样，内战的烽火不但没有停息，反而越燃越大。

晋察冀解放区战略地位十分重要，地跨山西、察哈尔（今分属内蒙古、河北）、河北、热河（今分属河北、辽宁和内蒙古）、辽宁五省，东接山东解放区，西连晋绥解放区，南临晋冀鲁豫解放区，环抱北平（今北京）、天津、太原、大同、保定、石家庄等大中城市，平汉（今北京—汉口）、津浦（天津—浦口）、北宁（今北京—沈阳）、平承（今北京—承德）、平绥（今北京—包头）、正太（正定—太原）、同蒲（大同—风陵渡）等铁路纵贯其间，是发展与控制东北的首要依托。因此在抗战胜利后，这一地区便成为国共两党、两军聚力争夺的主要战略目标之一。

当时，晋察冀军区辖有冀晋、冀中、冀察、冀热辽 4 个二级军区，共 19 个军分区、93 个团，控制着以张家口、承德为中心的察哈尔、热河两省和河北、山西、绥远（今属内蒙古）三省的广大地区，人口达 4000 余万。

任晋察冀军区司令员兼政治委员的聂荣臻

为适应新形势新任务，中共中央和中央军委向各解放区下发《关于扩兵与编组野战军的指示》。10月2日，晋察冀中央局在张家口召开会议，部署实行军事战略转变、组织调整和组编野战兵团等事宜。

经过整编，晋察冀军区共有部队 32 万余人，基干民兵 90 余万人。聂荣臻任军区司令员兼政治委员，萧克任副司令员，程子华任第一副政治委员，刘澜涛、罗瑞卿任副政治委员，唐延杰任参谋长，朱良才任政治部主任。

至 11 月，晋察冀军区将所属 8 个纵队和调归军区建制的晋冀鲁豫军区第 1 纵队，编为 2 个野战军和 1 个教导师，21.9 万余人。其中，第 1 野战军下辖 4 个纵队，由聂荣臻兼任司令员和政治委员；第 2 野战军下辖 5 个纵队，由萧克兼任司令员，罗瑞卿兼任政治委员。同时，将 10.4 万余人的地方军编为冀中、冀晋、冀察军区及隶属于冀热辽军区的冀东、热河军区。

日本投降后，为抢占抗战胜利果实，蒋介石紧锣密鼓地调兵遣将，按照其"控制华北，抢占东北"的方针，调集 113 个师约 80 万人，连同收编的 30 万伪军，沿平绥、同蒲、正太、平汉、津浦五条铁路东进或北上，企图打通铁路线，大举进军平津地区，再向东北地区推进。

国民党第十二战区司令长官傅作义指挥第 35 军、暂编第 3 军、第 67 军、东北挺进军骑兵第 5 师和新编骑兵第 4 师等部，共计 5.1 万余人，由绥远西部的临河（今内蒙古自治区巴彦淖尔市临河区）、陕坝、五原等地倾巢出动，并联合绥蒙伪军近万人，进攻绥远、察哈尔解放区。

地处北部边疆的绥远，东界察哈尔，西接宁夏，南连山西、陕西，北与蒙古相邻，是晋察冀解放区的屏障，通向苏联、蒙古的要道，也是中共中央所在地陕甘宁边区的北大门，战略地位十分重要。

傅作义部大举东犯，就是企图建立所谓"绥察防共隔绝地带"，以切断西北、华北、东北解放区的联系，配合国民党中央军控制华北、争夺东北。对此，蒋介石大加赞赏，称傅作义"行动迅速确实足见指导有方，深堪嘉许"。

得到委员长的高度肯定，傅作义也不禁有些飘飘然，在相继夺占归绥（今呼和浩特）、武川、卓资山、凉城、集宁、丰镇、兴和、尚义等城镇后，命令第35、第67军和暂编第3军各一部及新编骑兵第4师、绥蒙伪军暂编骑兵第5师等部，

傅作义的骑兵部队

继续东进，企图占领晋察冀解放区首府——张家口，控制平绥铁路。

9月，中共中央制定了"向南防御，向北发展"的战略方针，指示晋察冀和晋绥军区"以现有力量对付傅作义、马占山向察哈尔张家口之进攻及将来胡宗南由北平向张家口之可能的进攻，坚决打击傅、马及其他可能进攻之顽军，完全保障察哈尔全境、绥远大部、山西北部及河北一部的占领，使之成为以张家口为中心的基本战略根据地之一"。

11日，中央军委又指示晋察冀和晋绥军区立即组织察绥战役，消灭傅作义部，解放绥远，收复归绥，夺取雁北13县。

据此，聂荣臻与晋绥野战军司令员贺龙指挥晋察冀军区所属冀察（郭天民）、冀晋（陈正湘）、冀中（杨成武）3个纵队和晋绥野战军5个旅等部，共14个旅41个团5.3万余人，进行平绥路自卫反击作战。

平绥路战役分为绥东作战和会攻归绥两期实施。10月12日，晋察冀军区拟制了绥东战役作战计划：第一阶段消灭集宁、丰镇、凉城及商都以南之敌，第二阶段聚歼归绥外围的傅作义部主力。

18日，杨成武纵队第11、第12、第13旅经千里跋涉进抵张家口以西新平堡地区；郭天民纵队第6、第7、第9旅和骑兵旅集结于兴和、怀安一线；陈正

1945年10月，聂荣臻与杨成武在绥远前线指挥战斗

湘纵队第3、第4旅进至阳高地区。

按作战计划，3个纵队随即由东向西展开攻击。其中，杨成武纵队、郭天民纵队首先迂回钳击隆盛庄、三水岭、张皋镇守敌，并准备打击集宁、官村增援之敌；陈正湘纵队主力向丰镇东北机动。

与此同时，晋绥野战军分为南北两路：南路第358旅、独立第1旅、独立第3旅集结于左云、右玉地区，准备经杀虎口北越长城，由南向北进攻，在夺取凉城、新堂后，主力转至丰镇西北一线，进攻丰镇、集宁；北路独立第2旅、绥蒙军区骑兵旅准备进至集宁东北地区，在歼灭商都、陶林之间的守敌后，向集宁前进，截断集宁至卓资山之间的铁路，钳制该方向之敌。

19日凌晨3时，郭天民纵队第6旅首先向距集宁东南近百里的隆盛庄发起攻击。驻守在此的是国民党骑兵第4师和新编第31师第91团。

守军凭借围寨拼死抵抗，第6旅进攻受挫。黄昏时分，郭天民纵队第7旅

晋察冀军区某部向敌发起进攻

第23团加入战斗，对隆盛庄实施强攻。但此时，守军主力已乘机西撤，只留下第91团和1个骑兵连坚守。

战至20日，攻击部队占领隆盛庄，歼守军1个营又1个连。第91团主力在向西突围中，遭杨成武纵队第13旅截击，大部被歼，残部向红沙坝逃窜。

担负向丰镇东北机动的陈正湘纵队一部于19日进占大同以东聚乐堡，主力于20日进占红沙坝，并于当晚沿铁路南进丰镇。守敌新编第32师沿公路北逃。

21日，第67军新编第26师退向卓资山。杨成武纵队在占领官村后，乘胜进占苏集、老平泉等地，直逼集宁。

面对晋察冀军区部队的猛烈攻势，傅作义部全线后撤，纷纷向归绥、包头方向退却。毛泽东提出以主力猛烈西进，截断傅作义部归路，争取在野战中歼灭其主力的作战方针，并于22日电示聂荣臻、萧克、贺龙、李井泉等：

> 傅部主力必须歼灭，归绥、包头、五原、固阳必须占领，如有可能则占领临河。大同必须占领，如能速占则速占之，否则待回师时再占，请按此方针部署作战。如傅部固守归绥，则先将包头、五原、固阳占领，使傅部绝粮突围，然后歼灭之。如我能迅进，可能速占归绥。

同日，陈正湘纵队一部攻克大同以北的孤山、孤店，切断了丰镇至大同的联系；绥蒙军区部队一部攻占陶林，切断了集宁至卓资山之间的铁路。

鉴于傅作义部主力仓皇西逃，集宁城只留下第35军军部及第101师据守，

杨成武（右1）与聂荣臻在一起（右2）

兵力单薄，聂荣臻决心集中郭天民纵队、杨成武纵队首先攻克集宁，聚歼守敌。具体部署是：以郭天民纵队进占集宁以西的十八台，切断守敌退路；以杨成武纵队担任主攻，夺取集宁。

23日，杨成武纵队攻占集宁以南的榆树湾、脑包山，击溃第101师1个团，并以一部兵力前出至集宁以西。

集宁守敌见势不妙，连夜弃城西逃。当窜至魁盛庄东北地区时，被晋绥军区独立第1旅主力堵截。激战8小时，敌军在遭到重大打击后，突围西去。

24日，杨成武纵队进占集宁。至此，平绥路自大同以北的孤山、丰镇至集宁250里之线全部被晋察冀军区控制，截断了阎锡山与傅作义之间沿铁路线的联系。

在此期间，晋绥军区南北两路部队也发起了强大攻势，分别攻占凉城、八苏木、天成村以及商都、陶林间的七大顷、段家村等地区。

21日，第67军军部及新编第22、第26师和伪蒙骑兵第5师一部，分别从集宁、官村、新堂等地撤到卓资山地区，转入防御。

卓资山西距归绥150里，东距集宁近百里，北靠大青山，平绥铁路穿镇而过，东向集宁、丰镇，西达归绥、包头，两条公路北至陶林，南通凉城，是绥东交通枢纽和屏障。卓资山如同一扇大门。对丰镇、集宁守敌而言，攻下卓资山，就造成了关门打狗之势；对盘踞归绥之敌，则是打开了他们的大门。

贺龙果断命令晋绥野战军改变原定向丰镇、集宁进攻计划，直插卓资山，以打乱国民党军的西撤部署。时任晋绥野战军第358旅旅长的黄新亭回忆道：

卓资山

贺龙同志以一个卓越的军事家善于驾驭战争发展瞬息万变的能力，审时度势，从敌人伺机西撤的动向中，看出了绥东敌人妄想把已经分散开来的五指匆忙捏成拳头的企图。在这种情况下，如不灵活地采取及时的和恰当的处置，绥东敌人将很快把兵力全部集中于归绥，这样，不仅不能各个歼灭丰镇、集宁之敌，而且会给战役的发展带来困难。贺总当机立断，立即改变东向丰镇、集宁的计划，命令我晋绥野战军大胆地实施战役迂回，挥戈向北，直插卓资山，将敌人拦腰斩断，歼灭其有生力量，使敌伸出来的手指收不回去，造成整个战役的有利形势。为圆满实现这一计划，贺总还命令远在商都的由许光达、孙志远同志率领的独立第二旅，经陶林南下，对卓资山形成包围之势。

22日，第358旅和独立第1、第2、第3旅分别从凉城、新堂、天成村地区向卓资山疾进。24日，当第358旅赶至卓资山附近地域时，发现守敌已有逃跑之势。

下午，贺龙也赶到了卓资山，立即带着黄新亭等人察看地形。卓资山西侧及东北侧有两个山头，守敌在那里构筑了集团工事。

贺龙认为应不失时机地迅速发起攻击，打敌人一个措手不及。虽然第358旅等部刚刚赶到，还没有完全摸清卓资山守敌的情况，地形不熟悉，远在商都的独立第2旅也没有赶来。但如果不迅速发起进攻，敌人就会有趁机逃走的可能。

于是，贺龙决定黄昏时分即发起总攻。具体部署是：黄新亭率第358旅担任主攻；王尚荣、朱辉照率独立第1旅配置于卓资山东南，准备阻击集宁增援之敌；杨嘉瑞率独立第3旅进占卓资山以西以北地区，断敌退路，并准备阻击归绥来援之敌。

黄新亭回忆道：

这时，前沿部队抓住了几个俘虏，查清了盘踞卓资山的敌人是国民党嫡系何文鼎的六十七军军部及其精锐新编第二十六师，他们是刚从集宁赶来的。我们马上把这一情况报告给贺总。贺总一听，精神振奋，指着卓资山方向说："何文鼎！好嘛。这可是我们的老对头了，一定要敲掉他。告诉部队，要发扬英勇顽强、猛打猛冲的作风，全歼该敌，活捉何文鼎！"

1955年被授予中将军衔的黄新亭

傍晚6时,贺龙下达了攻击令。第358旅第8团首先向西山顶高地展开冲击。战士们充分发挥近战、夜战的特长和刺刀、手榴弹的威力,以灵活机动的战术动作,一个小分队、一个战斗小组地勇猛突入敌阵,互相配合,分割敌人,很快就占领西山顶,攻入卓资山。其他各团也从东、西、南三面展开了全面进攻。

装备精良的守敌,火力虽猛,但面对英勇顽强的第358旅指战员,在近战、夜战中,在刺刀、手榴弹面前,失去了威力,溃不成军。

黄新亭回忆道:

这一夜,贺总十分高兴。在战斗最激烈的时刻,他叼着烟斗兴奋地对警卫班说:"你们待在我身边干什么?赶快去参加战斗。我现在用不着你们,一个人也不用!战场上多一个人,胜利就来得快一分。"后来,连炊事员都被他派到战场上去了,身边没留一个人。这些小伙子,虽然总想着照顾好贺总,但作为一个人民战士,在如此激烈的战斗中哪有不手痒的?首长一开口,一个个都扑向了枪声激烈的地方,连饲养员也缴回好几条枪呢!

这一夜的速决战,打得敌人晕头转向,首尾难顾,狼狈不堪。拂晓前,我军已消灭了守敌的大部分防御工事,残余的敌人被包围在卓资山东北侧高地上的一个集团工事内。

但是,在这兴奋的战斗之夜,也有遗憾的地方。敌六十九军军长何文鼎,这个老奸巨猾的家伙,当我军一开始进攻西山顶高地时,他就在其特务营保护下,偷偷地溜出了卓资山,逃到包头去了。狼狈逃跑之时,竟连日记都来不及带走,被我们缴获,成了留在人民手中的一份反共反人民的罪证。贺总知道后,遗憾地说:"便宜何文鼎这老小子了!"

战至 25 日上午 10 时，歼第 67 军新编第 26 师 4000 余人，其中毙伤 2000 余人，俘虏 1800 余人。

这时，晋察冀军区部队到达卓资山以东的马盖图地区，与晋绥野战军胜利会师。聂荣臻对晋绥野战军取得卓资山大捷，当面向贺龙表示祝贺。

贺龙兴高采烈地说："我们这两支兄弟部队胜利会师了，现在，我们要一起去打归绥。同志们，晋察冀老大哥远道而来，请他们坐火车，我们用两条腿，同他们一齐去归绥打国民党！"

时为绥远省省会的归绥，有新旧两城。新城东西约 5 里，四周城墙高耸，达 12 米，旧城有 1 米多高的土围墙。城东为河滩，城南为湿地，城西和城北地势开阔。守军在新旧城及周围构筑了大量工事、掩体，城内街口两侧均筑有巷战工事，城防前沿挖有外壕，设置铁丝网、鹿寨、电网等障碍物。

在绥东遭受重创后，傅作义部除第 67 军、伪蒙骑兵第 5 师等残部撤至萨拉齐、包头外，其主力 6 个师 2.4 万余人分别由三道营、旗下营、白塔等地撤至归绥城内及其外围，在傅作义的指挥下，抢修工事，准备凭城固守。

傅作义判断旧城城北必为晋察冀、晋绥野战军主要突击方向，便将防御重点置于城北，以主力守旧城，以机动部队控制新城，以地方杂牌武装在外围进行袭扰、破坏活动，具体部署是：

暂编第 3 军暂编第 11、第 17 师分守新旧两城；第 35 军新编第 31、第 32 师和第 101 师及新编骑兵第 4 师为机动部队；骑兵挺进第 2、第 4、第 5 纵队防守城外围及城周 50 余个村庄。

想当年，傅作义正是以坚守孤城而一举成名的。

贺龙（左 1）与聂荣臻（右 2）在绥远卓资会谈

傅作义坚守涿县一战成名

傅作义，字宜生。1895 年生于山西荣河安昌村（今属临猗）。1910 年考入太原陆军小学堂。次年辛亥革命爆发，参加太原起义，任学生军排长，在娘子关等地与清军作战。1912 年被保送北京第一陆军中学堂。1915 年升入保定陆军军官学校。1918 年毕业，回山西在晋军服役，因治军有方，由排长递升至师长。

1926 年，晋军与国民军宋哲元部大战于平绥线。晋军主力败退雁门关后，独留傅作义率 1 个团死守天镇城。国民军围攻三月不克，遂撤围而去。

次年 10 月，时任晋军第 4 师师长的傅作义率部响应北伐，从晋北突袭奉军腹地要地——涿县（今涿州市）。不久晋军主力战败，撤回山西，涿县守军孤悬于奉军重围之中。

奉军集中五万之众，动用了步、骑、炮、工各兵种和飞机、坦克、毒气等武器，猛攻涿州城。傅作义以八千疲惫之孤军，内无粮草外无救兵，竟苦守三个月，令奉军无计可施。此役使傅作义一举成名天下知，"国内报章以至海外人士，无不惊服，传颂不置"。

1928 年 1 月，傅作义终因粮尽援绝，撤出涿县城，接受奉军改编。由于拒绝张作霖委任，被软禁于保定张学良指挥部，5 月初出逃至天津。

第二期北伐击败奉军后，傅作义任第三集团军第 5 军团总指挥兼天津警备司令。1930 年中原大战期间，任阎锡山的第 3 方面军第 2 路军指挥官，率部在津浦铁路沿线与蒋军作战。战败后被南京国民党政府收编。1931 年任第 35 军军长兼绥远省政府主席。

1931 年九一八事变后，傅作义通电坚决抗日。1933 年所部编为第 7 军团，任总指挥，率部在密云、怀柔一线参加长城抗战，施近战、夜战、白刃战，给日军以打击。1935 年 4 月被授为陆军二级上将。1936 年指挥绥远抗战，采用集

1937 年 11 月 8 日，太原失陷。图为从北门入城的日军

中优势兵力各个击破、出其不意等战法奇袭日伪军，获百灵庙大捷，收复失地。

1937 年 11 月上旬，日军大举进犯山西。傅作义临危受命，率第 35 军固守太原。战前，他激昂慷慨地对部属说："我们今天守太原，就像活人躺在棺材里，只差钉上棺材盖了。如果我们齐心协力守住太原，就能把棺材盖子给顶开了，大家也就得救了。否则，棺材盖子就被敌人给咱钉死了。困兽犹斗，我们抗日军人，为何不能和敌人决一死战呢？"

在顽强坚守太原城三天后，傅作义奉命率部突围。这一系列坚守孤城的防御战，为傅作义赢得了"守城名将"的美誉。

此后，傅作义先后任第八战区副司令长官、第十二战区司令长官，指挥所部转战晋、冀、察、绥等省，灵活运用阻击、偷袭等战法打击日军有生力量，取得包头、绥西、五原等战役的胜利。

卓资山战斗结束后，毛泽东电令聂荣臻、贺龙："应在卓资山附近休息数天，完成一切进攻准备，然后集中全力歼灭傅顽，夺取归绥。"

30 日，聂荣臻、贺龙、李井泉、张经武、耿飚下达攻取归绥的命令：晋绥野战军第 358 旅和独立第 1、第 2、第 3 旅等部，在平绥线以南、大黑河以北地区，由东至西肃清什兰代、范家营等据点守敌，向归绥旧城以南进逼；郭天民纵队肃清铁路以北红山口、坝口子及鹤心营子等地守敌，占领坝口子；陈正湘纵队第 3 旅和第 4 旅第 6 团配属郭天民纵队，其余部队担任对大同之敌的警戒任务；杨成武纵队集结于陶卜齐地区为总预备队，并以一部进占归绥城东阵地，控制绥远城西南及西北地区。

各部在完成对归绥的合围后，独立第 1 旅、绥蒙军区骑兵旅、郭天民纵队骑兵旅第 2 团等部沿绥包路西进，截断傅作义部归绥与包头的联系；郭天民纵队主力和独立第 3 旅逼近沿绥以西铁路，准备攻城或打援。

当日黄昏，归绥外围战打响了。至 11 月 1 日，晋察冀、晋绥野战军各部攻占外围大部据点，形成对归绥包围之势。

傅作义深感死守城池不是万全之策，决定以攻为守，命令暂编第 3 军军长袁庆荣主动出击，挫败共军攻势。

当日下午，国民党军出动 2 架飞机，对白塔南北的乔家营、五路及右力半乌素之间各村实施轰炸，并低空扫射陶卜齐车站。新编第 32 师由北面向坝口子、红山口方向突击，企图夺回丢失的阵地。至 12 日，傅作义部组织的多次疯狂反扑均被击溃，伤亡 3000 余人，被迫转入固守。

而晋察冀、晋绥野战军多次强攻归绥城，也因城防设施坚固未能得手。双方一时间形成僵持局面。

根据中央军委"如傅部固守归绥，则先将包头、五原、固阳占领，使傅部绝粮突围，然后歼灭之"的电示精神，为孤立归绥守敌，聂荣臻、贺龙决定以晋绥野战军独立第 1 旅、绥蒙军区骑兵旅和郭天民纵队骑兵旅第 2 团组成西进部队，统由独立第 1 旅旅长王尚荣、绥蒙军区副政委张达志指挥，攻击包头。

位于平绥铁路西端的包头，是通向黄河后套的门户，也是傅作义设在后方的重要补给基地。城墙高达近 7 米，厚 2 至 3 米，城周长近 20 里，建有大东门、大西门、大南门、大北门和西北门 5 个城门。城外有深宽各 2.5 米的外壕，城

向敌固守的城池发起攻击

下及部分墙角构筑有明暗水泥碉堡，外壕内侧险要地带还设置有电网、雷区，城外各据点与城内有明壕沟通。城东面及东北角转龙藏高地、玉皇庙高地有原日军修筑的钢筋水泥碉堡，城南电灯公司及火车站一带筑有各种野战工事。

驻守包头的国民党军有第101师、新编第31师、新编第32师各1个补训团，暂编第17师1个步兵团、第十二战区别动队，以及由绥东西撤的第67军军部、特务营及新编第26师残部和伪蒙陆军部长李守信的骑兵第4、第5、第6师残部等，共1.2万余人。

考虑到守军正规部队少、新兵多、建制混乱、战斗力不强，傅作义急调第十二战区政治部主任董其武兼任包头城防总指挥，并任命第67军军长何文鼎为城防司令、暂编第3军副军长王雷震为副司令。

董其武，1899年生于山西河津固镇。

1919年，董其武到太原考入阎锡山创办的学兵团（后为斌业学校）。1924年入国民军第2军，历任排长、连长、营长、第9混成旅旅部副官长。1927年到武汉，入国民革命军第4军，参加北伐战争，任第4军先遣总队支队长。1928年秋到天津，在傅作义部任天津警备司令部参谋、第73师第436团团长。九一八事变后，在长城抗战中，率部担任阻击任务，指挥部队连续数次击退日军的疯狂进攻。1936年初任国民党军第35军第218旅旅长，同年冬率部参加绥远抗战。

抗日战争全面爆发后，董其武曾率2个团的兵力，攻克被日伪军占据的商都城，继而率部参加忻口等战役。1937年12月，升任第65军第101师中将师长。

董其武题词：挽救国家，复兴民族

与守敌展开逐房逐院的争夺

1939 年参加由傅作义组织指挥的抗击日军的包头、绥西、五原战役。1940 年起历任暂编第 4 军、骑兵第 4 军、第 35 军和暂编第 3 军军长，第十二战区政治部主任，晋陕绥边区副总司令等职。

11 月 7 日上午，董其武乘坐专机从归绥城飞抵包头，次日即对城防重新做出调整部署：第 67 军军部及特务营和骑兵第 4、第 5、第 6 师残部防守大西门至小北门城墙地段；第 101 师补训团防守西北门以东至大东门城墙地段，并派 1 个营守卫大南门外面粉厂、发电厂；新编第 31、第 32 师补训团和暂编第 171 师 1 个团、第十二战区别动队防守大东门至大南门城墙地段，并派 1 个团守卫大南门外靠近城墙的院落；新编第 26 师防守东城外水源地、水库，并派一部兵力守卫火车站；达拉特旗保安队森盖部防守转龙藏高地南端。

8 日，西进部队分多路对包头外围据点发起攻击。激战三昼夜，相继攻占转龙藏制高点、原日本小学、火车站等据点，迫使守军逃入城内。

为增强攻城力量，贺龙命令第 358 旅主力由归绥地区西进包头参战。至 12 日，除发电厂、玉皇庙据点外，城东、城南、城北外围据点基本扫除，对包头城形成了半包围态势。但由于守军凭借坚固城防拼死防守，双方呈相峙局面。

当日深夜，攻城部队对包头发起第一次攻击。担任主攻的独立第 1 旅第 2 团和第 358 旅第 715 团在炮火掩护下，猛烈攻击西北门，一举突入城内，与守军展开激烈巷战。

13 日，守军集中优势兵力火力连续进行反冲击。突入城内的部队虽一度控制了三分之一的街区，但终因敌众我寡，弹药耗尽，加之不善巷战，被迫撤出战斗。

16 日夜，攻城部队从东、西、南、北四面再次向城内守军发起猛烈攻击。

激战至次日下午，仍未奏效。

由于包头不能迅速攻克，晋察冀、晋绥野战军面临着东西扯制、两面作战的不利形势。为打破僵局，16日午后，中央军委下达了野战军主力全力西进、攻取包头的指示。

17日，贺龙、李井泉率领晋绥野战军主力和陈正湘纵队第3旅（欠1个团）、第4旅第6团进抵包头附近。

聂荣臻对全力攻打包头有不同的看法，认为："这基本上是一个置归绥于不顾，而倾全力取包头的方案，这显然是不妥的。"当天，他向中央军委陈述了三点意见：

第一，如果晋察冀部队主力西进，围城部队即转为劣势，而敌人必然乘机反击，全部战局有恶化的危险。第二，如以全部主力西进，夺取五原、临河、陕坝，这样，就分为归绥、包头、河套三个战场，相距800余里，势必兵力分散，三处力量皆弱，难以相互策应。第三，绥远地区并非根据地，没有巩固的后方补给线，粮食、弹药无法迅速前运，伤员后送也是个大问题。

据此，聂荣臻主张仍按原部署再打几仗，视情况发展，必要时考虑结束战役。

而贺龙、李井泉致电中央军委坚持首先夺取包头、五原、临河，孤立傅作

解放战争时期的聂荣臻

义部，并提议晋察冀部队再抽出 3 个团协助攻取包头。

19 日 23 时，聂荣臻、萧克等在获悉宁夏马其良率骑兵师 3000 余人由五原东进、新编骑兵第 4 师亦由归绥西援后，遂令陈正湘纵队第 3 旅西进，以解除晋绥野战军攻打包头的东西顾虑。

22 日，中央军委复电，再次阐明中央战略意图和发动绥远战役的意义，并提出打破僵局的三个办法：一是按照聂荣臻的意见执行，以晋察冀部队围困归绥，晋绥部队全力攻取包头，但短期内不会获得结果，天气渐冷，不是上策。二是放弃围困归绥，晋察冀、晋绥部队全力攻打包头，并打击可能增援部队，但后方可能被傅作义部截断。三是放弃围困归绥与攻取包头，暂时结束战役，部队撤至机动位置休整，待机再打，但战略任务未能完成，傅作义部仍为大患。

24 日，聂荣臻分别致电中央军委和贺龙、李井泉，如果攻取包头确有把握，即按原计划行动，否则，为避免与敌僵持，撤至机动位置。

贺龙、李井泉反复研究，认为攻占包头是战役转变的关键，决心再次攻包。

12 月 3 日黄昏，攻包部队集中力量，对包头城再次发起攻击。具体部署是：晋绥军区第 358 旅和独立第 2、第 3 旅向西北面实施突击；陈正湘纵队第 3 旅一部在东南、东北面实施助攻；独立第 1 旅为预备队。

包头地处塞上高寒地区，时为隆冬季节，朔风呼啸，冰雪皑皑，平均气温在零下 10 多度。为了增加解放军攻城难度，守敌每天夜间都往城墙外侧浇水，

我军发起冲锋

水随浇随冻，包头四周城墙变成冰雕雪铸的一般。

激战一夜，攻城部队仍未得手。贺龙、李井泉考虑到部队官兵衣着单薄，病员增多，战斗力下降，且补给困难，继续攻城十分不利，遂决定停止进攻，于4日夜撤出战斗。

董其武在他的战地日记中是这样记述的：

1949年9月，董其武在绥远起义通电上签字

包头东北地势偏高，西南地形平坦开阔，濒临黄河，多为沼泽地带，使共军行动困难，虽然数次突破城防，并一次攻入城厢，但却功败垂成……即使如此，连日以来每到入夜，共军仍然攻城不止，双方激战甚酣，共军有一次还用烈性炸药炸开一处豁口，但是当即被我军堵住。20多天来，我军先后击退共军数十次进攻，虽然付出了重大代价，幸赖天助我等，总算城池未失，不然真是无颜向傅将军交代。

14日，晋察冀野战军也撤围归绥，转入休整。

此役历时近两个月，晋察冀、晋绥野战军密切合作，以伤亡近7000人的代价，共歼灭傅作义部1.2万余人，收复了丰镇、集宁、卓资山、陶林、凉城、武川、萨拉齐等10余座城镇和绥东、绥南广大地区，保卫了以张家口为中心的战略基地，打破了国民党军控制平绥铁路的企图。

2. 热河保卫战

  1946 年 1 月 5 日，国民党政府迫于国内外和平民主力量的压力，同时鉴于进犯解放区屡屡失利，发动全面内战尚未准备就绪，被迫与中国共产党签订了《关于停止国内军事冲突的命令和声明》（即《停战协定》），并于 10 日公布 1 月 13 日午夜停战的命令。

  但蒋介石对实现国内和平毫无诚意，只是在和平幌子的掩护下，加紧调动军队，为继续进攻解放区做准备。于是，和平的呼声犹在耳边，协议的墨迹尚

最高军事三人小组视察停战情况

未干透，国共之间已然风云突变，兵戎相见了。

为了在"停战令"生效前达成占领并控制热河省（今分属河北、辽宁和内蒙古）全部，切断东北与华北解放区联系的目的，蒋介石于1月7日密令"各部在停战令生效前应速抢占战略要地。在热河方面，最好于停战令前占领承德"。

承德时为热河省会，是关外与关内相通的必经之路、战略要地。承德以西方向的古北口、以南方向的喜峰口，为长城著名要隘，自古便是屏障北平的重要门户。

日本投降前夕，晋察冀根据地部队发起大反攻，解放了热河省全境，并成立了以李运昌为主席的热河省人民政府。国民党若要打通华北和东北的联系，就必须拿下承德，控制热河。

国民党侵吞承德蓄谋已久。早在国共重庆谈判过程中，国民党就想通过谈判夺回承德。但中国共产党据理力争，严加驳斥。和平夺取承德的阴谋破产后，国民党企图用武力夺取。

1945年9月，国民政府宣布恢复已12年不存在的热河省政府的建制。10月8日，任命原东北军将领刘多荃为热河省主席。19日，美国军舰运送国民党军第13军在秦皇岛登陆，准备用武力抢夺东北和热河。31日，国民党军队向山海关发起进攻。11月16日攻占山海关，26日进占锦州。与此同时，国民党军队开始接收北平（今北京）、唐山等大中城市，对承德形成了三面包围之势。

随后，国民党军参谋总长何应钦亲自飞到北平部署，以北平行辕和东北保安司令部共8个师的兵力，分三路进攻热河省和冀东地区，计划首先攻取古北口、喜峰口，然后配合由朝阳沿锦承（锦州—承德）铁路前进的国民党军会攻承德。

其中，西路由第16军1个师、第92军2个师和伪治安军1个师组成，沿平承（今北京—承德）铁路北进，企图夺占古北口，进攻承德；中路由第94军1个师另2个团及伪军一部组成，由唐山出发，进犯冀东腹地，企图北出喜峰口，进攻承德；东路由第13军和第52军各2个师组成，由阜新沿锦承铁路西犯热河，策应古北口作战。

对蒋介石的这一阴谋，中共中央早有警觉，做出武力据守承德的全面部署，指示晋察冀军区"迅速集中冀东及杨苏主力等，不惜一切牺牲打击进攻热

1945 年 9 月，冀东八路军向热河进军

河之顽军，以保卫承德"，强调保卫热河"关系热、察、东北大局""对全国战略意义及我党在全国的地位均有极大关系"。

遵照中共中央关于保卫热河的指示，晋察冀军区决定以所属冀热辽军 2 个纵队和冀中、冀晋、冀察军区各 1 个纵队及原计划挺进东北的晋冀鲁豫军区第 1 纵队，由晋察冀军区副司令员兼冀热辽军区司令员萧克、冀热辽军区政治委员程子华指挥，部署在承德以东和西南两线，抗击国民党军的进攻。具体部署是：

以冀中（黄寿发）纵队第 1、第 2 旅配置在平泉以东锦承铁路沿线，为第一梯队，担负阻击任务；热辽（黄永胜）纵队第 22、第 27、第 30 旅和混成旅集结在平泉和叶柏寿地区，为第二梯队；杨得志、苏振华第 1 纵队主力集结在承德、古北口一线，为预备队；冀晋（赵尔陆）纵队第 1、第 2、第 3 旅从永宁地区前出到古北口，并指挥冀东第 14 军分区部队，阻击沿平承铁路北犯之敌；冀察（刘道生）纵队随时准备东进，配合赵尔陆纵队歼灭进犯古北口之敌。

时任晋察冀军区司令员兼政治委员的聂荣臻回忆道：

果然，在停战令生效的前几天，晋察冀周围的敌人，按照蒋介石的密令，倾巢而出，从东西两个方面向解放区大举进攻。这些在抗战期间抛下老百姓弃地南逃的人，一下子变成了要向人民"收复失地"的"勇士"。我们按照毛泽东同志"针锋相对，寸土必争"的方针，按照预定的作战部署方案，展开了反

聂荣臻在晋察冀军区司令部

对敌人抢占战略要点的斗争。

那些天，我一直住在作战值班室旁边，守着电话机，及时处理各种紧急情况。

1月4~10日，东路国民党军第13军和第52军第195师由阜新沿锦承铁路突然进攻热河，接连攻占北票、朝阳、叶柏寿、凌源等地。

由于黄永胜纵队刚刚组建，部队分散驻扎，一时难以达到集中主力，阻击国民党军，只得边打边撤，向赤峰方向转移。

11日，中央军委致电萧克、程子华："国共停战命令已发表，你们应坚守承德、平泉、古北口、凌源及其他要地，坚决消灭进攻之顽军，不得轻易退让，以保持我在热河之地位。"

这时，杨得志、苏振华第1纵队第2旅、黄寿发纵队1个旅和刘道生纵队2个旅另1个团，火速增援，赶到平泉、五十家子附近。

13日拂晓，根据萧克命令，增援部队迅速出击，在平泉以东及东南地区，依托有利地形，顽强阻击进攻的国民党军3个师。激战至深夜，国民党军一部突入平泉，攻势不减。

萧克回忆道：

1946年3月，聂荣臻、周恩来、叶剑英、蔡树藩、贺龙、萧克（左起）在张家口

平泉战斗是十分紧张的。主要是蒋军全是美械装备（不仅武器，就是运输、通信器材也是美国造的），他们沿着日伪军修筑的平坦马路前进，速度极快。而我军装备仍是小米加步枪，部队又多是刚从华北其他地区调来，还没有来得及整理，加之有些部队，没有装备，不能参战，致未能有效地阻止住敌人。那天晚上打到1点多，停战令生效了，敌我各占了平泉城一半。但我们的阵地暴露在敌人的射程之内，很不利。次日晨，我们撤出城外，平泉便成为有争议的地区。

10日，西路国民党军第16军第22师、第92军2个师及收编的伪治安军1个师在第十一战区司令长官孙连仲的指挥下，沿平承铁路大举进犯，直逼承德。

孙连仲首先以1个师在飞机掩护下，进攻古北口西南的兵马营及新开岭、湘水峪，遭到冀东第14军分区部队2个团的英勇阻击。战后，第16团第7连被授予"英雄阻击连"的光荣称号。

此时，赵尔陆纵队第1旅正由察南永宁堡向滦平疾进。11日傍晚，第1旅到达虎什哈，接到纵队首长命令：务必于12日晚赶到古北口。

虎什哈距离古北口还有130多里的路程，且天寒地冻，道路崎岖。第1旅官兵克服种种困难，终于按时赶到古北口以南的磨石山及南台东北一线。前卫第3团立即进入新开岭阵地，第1团部署于河东南台一带，第2团作为旅第二梯队，集结于公路以西郝家台一带。

时任冀晋（赵尔陆）纵队第1旅政治委员的曾美回忆道：

在古北口西南的一个山坡上，设立了旅的指挥所。东方微微发白，各团相继报告：部队已按预定部署进入了阵地，正在紧张地构筑工事，准备战斗。

太阳升到一竿高的时候，敌人突然向我们阵地前沿和纵深打来零乱的炮弹。不一会儿，前沿阵地上响起了激烈的轻、重机枪声和手榴弹爆炸声。原来敌人仍以为我们这里只有一两个连的兵力，便大摇大摆、傲气十足地向我军阵地前沿开始攻击了。当敌人快上到山顶时，三团的勇士们突然一顿迎头痛击，

1945年12月，晋察冀野战军向塞外进军。图为部队通过长城要隘古北口隧道

打得敌人乱跑乱叫，死伤了一大片。敌人遭到意外打击后，发觉我们的主力已到，便集中各种大炮向我们猛轰。一团团烟火腾空而起，霎时间吞没了整个前沿阵地，初升的太阳也被遮蔽住了。三团的勇士们一次又一次地击退了敌人的疯狂进攻。

……

敌人凭借着居高临下的地形和优势兵力、火力，仍然继续攻击。三团的勇士们逐山逐沟地和敌人反复冲杀、反复争夺。又过了一个小时，公路两侧的几个高地都被敌人占去了。

在这千钧一发的时刻，突然在右前方刚被敌人占领的山头上，响起扣人心弦的喊杀声和手榴弹爆炸声——二团向敌人反击了。他们从侧翼迅速、秘密地接近敌人，勇猛地冲上山去。敌人遭到突然袭击，仓皇逃窜。我的心放下了。旅长脸上泛起了笑容，连声称赞："好！打得好！"旅指挥所里所有的同志都兴奋地跳起来，个个鼓掌叫好。

2.
热河保卫战

　　勇士们继续向各个山头的敌人英勇冲杀，当冲到公路以西的最后一个制高点时，遭到了敌人严密火网的拦阻。勇士们前仆后继，连续数次冲锋，终于端着明晃晃的刺刀杀上敌阵。我在望远镜里看到：英雄们在手榴弹爆炸腾起的烟雾中东冲西杀，左拼右刺，刺刀映着夕阳的余晖闪闪发光；在英雄们的刺刀面前，没有来得及逃跑的敌人，乖乖地举手投降，顽抗的丧了狗命；有的战士的衣服被敌人的火箭弹打着了，他们带着满身烈火扑向逃敌……我的心被眼前的英雄行为振奋着，我告诉身边的政治部主任袁佩爵同志："赶快给二团写一封鼓励信，就说他们打得好，打得机智，打得勇猛！勉励他们继续发扬这种精神，和敌人战斗到底！"

　　敌人趁我立足未稳，向我拼命反扑。在英雄们的顽强打击下，敌人七次反扑都被打垮了。

　　在暮色苍茫中，勇士们跨过公路，像一把锋利的尖刀，插入新开岭东山，敌人像被冲散的羊群一样东奔西窜。正在向三团阵地进攻的敌人像家里着了火似的扭头就往回跑，三团的勇士们趁势向敌人压过去，敌我短兵相接，枪声、喊杀声搅成一片，敌人号叫着乱作一团。混战了一个小时，敌人除一部被歼，一部沿潮白河逃跑外，其余退守妈妈山。

　　据一团报告：潮白河以东也激战了一天。敌人拼命想夺取扼守通路的小庙山，无数次的冲锋，都被我们击退，阵地仍然屹立未动。

我军在古北口南面山区构筑工事，阻击国民党军进犯热河

我军守卫的古北口车站

晚上，我们又派刚赶到战场归我们指挥的二旅四团的一个营袭击妈妈山。他们秘密地摸上山头，把敌人打得晕头转向，乱成一团。后因山上敌人兵力过大，给敌以巨大杀伤后撤了回来。

激战至13日，第1旅等部歼敌3000余人，恢复了大、小新开岭阵地。14日，冀察纵队主力赶到，国民党军深恐被歼，遂后撤至密云东北的石匣。

13日，南路国民党军第94军第5师、第43师2个团及收编的伪治安军一部，由唐山出发，在进占丰润后，企图北出喜峰口，直取承德。

冀东军区第13旅和遵化、丰润、滦西县支队在民兵配合下，采取以一部兵力正面阻击，主力向侧翼迂回攻击的战法，进行英勇顽强的阻击。

14日，国民党军队又分两路向罗文峪、豆各庄方向进犯。第13旅顽强抗击，将敌阻于丰润县城、柴草坞、罗文口以南一线。

当日午夜，国共两党达成的停战协议生效后，南路国民党军继续攻占玉田县城和榛子镇等地，冀东纵队等部实施反击，收复了失地，并迫使南路国民党军主力于18日撤回唐山。

就这样，冀热辽部队在东、西、南三面同时作战，在极其困难的条件下，虽丢失了热东重镇平泉，但粉碎了国民党妄图在停战令生效前抢占承德的狂妄计划，取得了第一次承德保卫战的胜利。

但敌人是不甘心失败的。见以武力强占不成，便派出军事调处执行小组，与中共进行所谓的"谈判"。

当时，根据《停战协定》成立的北平军事调处执行部开始办公，并派出若干军事调处执行小组，分赴各地冲突地点进行调处。向热河派出两个执行小组，即赤峰第 2 执行小组和承德第 11 执行小组。

承德第 11 执行小组由国民党代表岳昌赢、中共代表陈伯钧、美国代表葛瑞夫上校组成，于 2 月 1 日到达承德。

在承德第 11 执行小组的美蒋代表的包庇纵容下，国民党军不顾中共谈判代表的一再警告，屡屡违反《停战协定》，向承德发动进攻。

国民党军第 94 军第 5 师以开赴东北"接收"为名，由冀东进至绥中后，折向热河，不顾中共方面谈判代表的一再警告，违约北犯，遭到热河第 3 旅的猛烈阻击。战斗中，第 3 旅团长王占一、政委周文乃遭敌炮击壮烈牺牲。至 11 日，第 5 师进至平泉以南的梓罗树。与此同时，国民党军第 13 军第 54 师由天义（今宁城）侵占平泉北部黄土梁子，造成多路进攻承德之势。

18 日，在承德第 11 执行小组美方代表主持下，中共代表萧克和高级参议赵毅敏与国民党代表第 13 军军长石觉等，在平泉下坝村举行高级将领会谈。

双方谈判的重点是：（1）停止冲突问题；（2）双方恢复 1 月 13 日 24 时停战令生效前位置问题；（3）双方部队遵照命令实行隔离问题。

由于国民党军缺少诚意，平泉谈判最终破裂。国民党立即撕掉"调处"的假面具，兵分四路，以平泉为中心，出动 4 个师的兵力展开对承德的进攻。

北平军事调处执行部成员合影

梓罗树战役烈士陵园

25 日，国民党军第 94 军第 5 师进占梓罗树地区，并向承德进攻。晋察冀军区集中冀东、冀晋、冀热辽 3 个纵队主力，突然将其四面包围。

激战至 29 日，晋察冀军区歼敌 1300 余人，取得了第二次承德保卫战的胜利。热河战场双方暂时处于对峙状态，但朝阳、北票、平泉等热东重镇被国民党军侵占，造成了直接威胁承德的局面。

萧克回忆道：

这时，国民党在美帝国主义的支持下，加紧内战部署。在北面，蒋介石的企图是"稳住华北，抢占东北"。到 4 月底，已出现了"关内小打，关外大打"的局面，国民党开始抽调在热河的部分兵力投入东北战场。为策应东北作战，牵制热河敌人东调，中央于 4 月 30 日致电晋察冀军区首长和我们，指出：蒋介石拒绝在东北停战，继续调兵向东北进攻，已将冀热辽方面第 195 师调去，望你们立即准备，如顽方再调军队，聂荣臻、刘澜涛须对平古线及南口地区举行攻击，程子华、萧克须对石觉举行攻击。

结果不出所料，5 月，国民党军再次向承德方向进攻。萧克根据四五个月来保卫热河战斗的经验，认为对石觉部作战，不能正面打，最好攻其侧后。

承锦铁路横贯热河南部东西两面，叶柏寿刚好位于中间。赤叶铁路既连承锦路，又处热中南北，成丁字形。因此，攻打赤热线有两大有利之处：一是敌

1946年晋察冀边区青年踊跃参军，开赴前线

后之敌兵力分散，便于各个击破；二是控制赤热线，便能打通热河东西两面，而控制了两路接合部，承锦路也就打开了大缺口。这样，热河全省就基本上成为整块根据地。

冀热辽中央分局决定发动赤（峰）叶（柏寿）战役。晋察冀军区以8个旅分三路向凌源、叶柏寿，平泉、八里罕甸子，山海关、锦州间实施反击，一举攻占古山、平庄等多处据点，歼灭号称"铁团"的第13军第54师第162团和1个炮兵营共2000余人，破毁锦承线铁路400余里。

全面内战爆发后，中共冀热辽中央分局发出了《关于保卫承德、赤峰紧急动员的指示》，命令全区军民"誓死保卫承德、赤峰，誓死保卫热河，誓死保卫冀热辽"。

从8月21日起，国民党军第13、第53、第93军大举进攻热河。此时，晋察冀军区野战部队集中在西线大同、集宁地区作战，仅以冀热辽军区独立旅和地方武装在承德地区实施机动防御。

26日，第13军由平泉分三路进攻承德。一路沿锦承铁路经下板城、上板城进攻承德；一路由黄土梁子经头沟，迂回到承德北部，回头攻击承德；一路沿承平公路，经七沟、三沟进攻承德。

27日，第13军主力迂回至承德以南，攻占上板城、六沟；第53军进占双山。冀热辽军区部队遂主动撤离承德，大部向围场、赤峰撤退，一部向兴隆撤退。29日，第13军进占承德，30日占领滦平、隆化，9月11日再占丰宁。

与此同时，第93军也分左右两路向宁城、建平攻击。其中，右路暂编第22师于9月4日占领建平。左路暂编第18师于9月11日占领宁城。10月4日，第93军占领赤峰。

第13军在加强承德防御的同时向外进击，于10月7日占围场，12日占多伦，13日占沽源。为策应张家口作战，另派出2个师占领赤城。至此，国民党军发动的"热河战役"遂告结束。

热河保卫战中，晋察冀军区部队共歼灭国民党军3.1万余人，迟滞了其向东北的增援。

3. 晋北战役

1946年初，国共两党达成的停战协议生效后，晋绥军区部队转入休整，开展练兵运动，协助地方党建立各级政权，巩固和扩大解放区。

然而国民党军第二战区司令长官阎锡山和第十二战区司令长官傅作义，遵照蒋介石的旨意，利用暂时休战的机会，一面收编日伪军，加紧扩军备战，积极准备内战，一面指挥所部不断蚕食解放区，制造摩擦。

是年春，国共冲突日趋激烈，驻山西省同蒲（大同—风陵渡）铁路太原至大同沿线的阎锡山所属第19、第43军及收编的日伪军一部，不断向解放区发起进攻，企图扩大占领区。

晋北一直就是阎锡山部不断扩张、长期盘踞的重要地区。5月底，阎锡山部在蚕食汾河以东地区后，于6月中旬又占领了中共控制的晋北解放区崞县（今原平崞阳镇）、忻县（今忻州市）等12座县城。

为遏制国民党军对晋绥、晋察冀解放区的进攻，6月4日，中央军委电示晋绥军区："可以同时或先后攻取朔

统治山西长达 38 年之久的阎锡山

县、宁武两点，得手后再考虑攻取山阴、岱岳两点。"

晋绥军区司令员贺龙认为晋绥部队要南北同时对抗傅作义部和阎锡山部，兵力不足，必须赶在傅作义部尚未到来之前，全力消灭阎锡山的1至2个师，夺取晋北同蒲路沿线及其两侧地区，切断太原和大同国民党军的联系，扫清阎锡山部在晋北的势力，使晋绥和晋察冀解放区连成一片，获得人力、物力的补充，以利于尔后会攻大同。

据此，贺龙决定以晋绥军区部队为主，在晋察冀军区一部的配合下，实施反击，发起晋北战役。计划首先夺取朔县（今朔州）、宁武、崞县后，再攻代县、原平、五台、定襄、忻县，而后挥师北上，夺取应县、怀仁，最后孤立围困并相机夺取大同。

16日，晋北战役打响了。

晋绥军区独立第2、第4旅和雁门军区地方部队，晋察冀军区第11旅和冀晋军区第1、第2军分区部队，共1.5万余人，分别在同蒲铁路东、西两侧地区发起进攻。其中，晋绥军区部队进攻朔县、宁武等城，晋察冀军区部队进攻繁峙、代县等城。

朔县，位于山西北部雁门关外，北起黑驼山与平鲁交界，南至紫金山与宁武、代县、原平相邻，东到东榆林与山阴接壤，西至兰家窑与神池毗邻。境内交通便利，同蒲铁路贯穿全境。朔县历史悠久，28000年前的旧石器时代晚期"峙峪人"就在此栖居生息。夏商时为楼烦地，春秋战国时为狄人所居，后属赵国雁门郡，秦时置马邑县，唐时改为朔州，民国时撤州改县。

当晚，晋绥军区独立第2旅一部和地方部队共3个团突然向朔县发起猛攻，迅速攻入城内。战至次日清晨，全歼守军约1300人。

转战在晋西北地区的晋绥军区部队某部开赴前线

晋绥军区首战告捷，继续沿同蒲路南下，进击宁武县城。驻守此地的是阎锡山的暂编第40师第3团一部和保安第12团，约1400人，由保安第12团团长辜仁声任守城总指挥。

29日夜，独立第2旅冒雨发起进攻。至30日扫清城周外围据点，连夜攻城。守军已如惊弓之鸟，不敢恋战，趁雨夜弃城而逃，途中遭晋北野战军拦截，损失惨重，只剩下300余人退入原平镇。

至此，晋绥军区部队在半月之内连克两城，切断了同蒲铁路。

与此同时，晋察冀军区部队也在同蒲铁路以东地区，对山阴、繁峙、应县等地发起攻击。

21日，冀晋军区第1军分区副司令员刘苏率独立第12、第13团，会同雁门军区第5军分区第2、第3团，在山阴、怀仁2个县大队的配合下，一举攻克了山阴县城，逼近岱岳镇。

守军暂编第38师第3团向大同撤逃，留下挺进支队、自卫团等千余人，依托原日军修筑的防御工事，负隅顽抗。

23日夜，第1军分区从东、南、西三南包围了岱岳镇。第5军分区部队则进至岱岳以北地区，警戒大同、怀仁方向援敌。

24日拂晓，攻城战斗打响。在炮火的猛烈轰击下，岱岳镇土城墙及四周碉堡多处被炸塌，守军乱作一团。担任主攻的独立第12、第13团趁势攻入镇内，俘虏自卫团等部500余人。挺进支队残部400余人由镇北逃至北周庄村南，遭

我军战士登上房顶，追歼敌人

镇外部队堵截。激战至上午 10 时，将其全歼。

随后，第 1 军分区和雁门军区第 5 军分区部队继续北上，分别逼近应县、怀仁县城。

在此期间，晋察冀军区第 4 纵队由阳高县聚乐堡、马官屯一带出发，向应县推进。

19 日拂晓，第 4 纵队第 10 旅旅长邱蔚、政委傅崇碧率第 28、第 29、第 30 团和 3 个炮兵连，隐蔽运动至应县县城东北的郭家寨、东西辉耀、南北马庄地区。

应县位于山西北部，朔县东部。战国为赵地，秦属雁门郡，西汉置剧阳县，唐末置金城县，五代后唐置应州，民国元年改州为县，始称应县。驻守应县的是国民党雁北挺进纵队乔日成部及若干地方武装上千人。

邱蔚、傅崇碧决定以第 28 团附野炮 3 门、反坦克炮 1 门、迫击炮 4 门，主攻东关，突破后夺取县城十字街以东地区；第 29 团附第 33 团 2 个连及野炮、反坦克炮各 1 门，主攻西关，突破后夺取十字街以西地区；第 30 团为第二梯队，准备随时增援第 28 团。

20 日 16 时 30 分，攻打应县的战斗打响了。第 28 团首先在猛烈的炮火轰击和支援下，以猛打猛冲的战术，很快夺占了东关东南角堡垒，但在继续向纵深发展时，被东关街内地堡及两侧火力所阻，激战一夜始克东关。第 29 团以迅速动作击溃守敌，占领西关，向西门攻击前进。

战至 21 日中午时分，由于守敌火力猛烈，攻城部队虽数度攻至城根，仍不能得手，最终因伤亡过大而被迫撤出战斗。

23 日、24 日，第 10 旅相继攻克城东北角的两座制高堡垒。乔日成见势不妙，下令城外守军全部退据城内，以第 1 团守东城墙，第 2 团守南城墙至西门，第 3 团守西门至

我军攻城

东北角，骑兵为驰援力量待机。

就这样，守军在城上筑工事，第 10 旅在城外挖地道，双方形成相持局面。

直到 27 日，西南角城墙由于天降大雨而滑塌。与此同时，第 10 旅的地道和交通壕也挖到城下。邱蔚、傅崇碧决定在冀晋军区第 1 军分区独立第 12、第 13 团和怀仁、应县 2 个县大队的配合下，继续强攻应县。具体部署是：仍以第 10 旅担任主攻；以独立第 12 团和怀仁、应县县大队位于南宴庄、毛家皂打援；以独立第 13 团位于韩家坊，准备歼灭由应县突围之敌。

28 日上午，第二次攻城战斗打响。

第 28 团在东门实施坑道爆破作业，但由于测量出现失误，未能炸毁城门。而攻城部队也没有利用爆破的有利时机，乘守敌混乱发起冲锋。结果当突击队冲到城根时，遭守敌猛烈射击，伤亡较大，被迫撤出战斗。

第 29 团利用猛烈炮火在西门南侧轰开一个缺口后，依靠机枪掩护，使用云梯实施突击登城。乔日成亲自督率第 3 团拼命反扑。激战中，攻城部队一度登上城头，并击毙了乔日成。但因后续部队遭敌飞机轰炸，未能及时跟进，致使登城部队在优势之敌的凶猛反扑下无法立足，被迫退了下来。

7 月 1 日，晋绥军区组织晋北野战军司令部，由晋绥军区副司令员周士第兼任晋北野战军司令员和政治委员，统一指挥晋绥和晋察冀两军区在晋北的部队，继续反击国民党军的进攻。

我军攻上城头

3 日，由阳高南下的晋察冀军区第 4 纵队第 11 旅在旅长陈坊仁率领下攻克繁峙，全歼守敌千余人。

位于繁峙西南枣林的守军及国民党地方官吏，纷纷向代县溃逃。5 日，当窜至二十里铺时，被第 11 旅第 33 团包围，予以歼灭。

当晚，陈坊仁率第 31、第 32 团进占代县西南阳明堡，与第 33 团会合，兵临代县城下。守城的阎锡山部省防军第 12 团及国民党地方县政府人员慑于解放军的强大攻势，星夜弃城南逃，窜入崞县。

崞县东临五台，西接宁武，南与忻县、定襄毗邻，北同代县、朔县接壤。自西汉以来就是山西北部的一个重要县份，也是太原通向塞外的交通枢纽。清代举人兰尔潜在《崞县赋》一文中曾作过这样的精辟概述："东跨五台，西吞八口，形胜居中央之势。南襟忻界，北扼雁门，分疆缠参井之墟。此固三关之锁钥，实则全晋之机枢。"战略地位之重要显而易见。

驻守崞县的国民党军为暂编第 40 师第 2 团 1700 余人，以及崞县、代县民团等部，共 2300 余人，工事坚固，防守严密。

11 日，晋北野战军司令部决定攻取崞县。具体部署是：以独立第 2 旅负责攻城；以第 11 旅阻击原平方向援军，并截击崞县出城守军；以雁门军区地方部队袭击上阳武守军，破坏忻县至太原交通，并警戒太原方向；以冀晋军区第 2 军分区部队位于五台、定襄间，牵制敌军。

当夜，独立第 2 旅在扫清外围据点后，分别从崞县城西北、西南和北门同时发起攻击。23 时，攻城部队炸开城门，迅速突入城内，与守军展开激烈的巷战。至次日晨，歼灭守军 1 个团及地方团队一部共 2200 余人。

驻原平、忻口、五台、定襄等地的国民党军闻讯后，仓皇逃往忻县。

忻县为晋北交通孔道，同蒲路贯穿全境，南倚石岭、赤塘两关，北有忻口、云内要塞，在战略上历来为兵家必争之地，故有"晋北锁钥"与"三关总要"之称。忻县历史悠久，汉时属阳曲县；三国时期魏国设置郡县，由秀容县

崞县古城

负责管理；唐代时期命名为忻州，隶属定襄郡；民国时期改州为县，隶属于山西雁门道。守军为暂编第40师第3团及周围县镇逃到这里的各式武装，共计8000余人。

晋北野战军在攻克崞县后，乘胜南下，进军忻县。14日，先头部队第4纵队第11旅进占原平、忻口，随后继续逼近忻县县城。

贺龙为祝贺部队取得的胜利，特派七月剧社到忻县城西冯城村慰问，演出了歌舞剧《白毛女》，极大地鼓舞了战士们的战斗意志。

自20日起，晋北野战军司令部先后以10个团的兵力进攻忻县县城，威逼太原。至30日，攻克田村、豆罗、庄磨、平社等外围据点9处。

忻县告急，阎锡山慌忙命令驻黄寨的第68师前往增援。22日，第68师2个团2000余人，在师长许鸿林的率领下，北援进至平社地区。

贺龙、周士第决定留少量兵力继续围困、监视忻县城内守敌，集中独立第2旅和雁门军区等部5个团的兵力，首先歼灭增援之敌，而后再行攻城。

战至23日凌晨，将援敌大部歼灭于南山汾阳岭、邢家山一带，许鸿林仅率400余人逃回黄寨。

30日晚，晋北野战军冒雨会攻忻县城。

激战一夜，独立第2旅扫清南关外围据点，第11旅攻入城外匡村、营盘守军阵地。但因大雨倾盆，道路泥泞，守军凭借坚固工事拼死顽抗，进展不大。时任晋绥第6军分区通讯员的陈玉亭回忆道：

7月30日开始对火车站、大营盘、匡村、南关及西城门发起攻击，但由于当天雨下得特别大，导致河东部队无法参战，天亮前，部队只好返回原驻地休整。第二天，敌3架飞机向我军扫射轰炸，遭我高射武器还击，有一架敌机被击落在东社、逯家庄村附近。我军经过几天休整，又于8月11日第二次对忻州城发起攻击。

这次，晋北野战军突入守军阵地，与敌展开冲锋与反冲锋。然而血战至次日凌晨3时许，天降大雨，攻城行动再次受阻，被迫于天亮前撤出战斗。

15日，晋北野战军决定以一部兵力继续围城，主力转入休整，战役结束。

晋北战役历时58天，共歼国民党军8000余人，击落飞机1架，解放朔县、

我军击落的美制国民党军飞机

山阴、宁武、崞县、繁峙、代县、五台、定襄等8座县城，控制了同蒲铁路南起忻县、北至大同以南近200公里地段，孤立了大同国民党军。

4. 大同集宁战役

1946 年 6 月 26 日，蒋介石悍然撕毁停战协议，调集重兵向中原解放区发动大规模进攻，全面内战爆发了。

在华北，以张家口为中心的晋察冀解放区正面临着被东西夹击的困境。第十一战区孙连仲部、第十二战区傅作义部和第二战区阎锡山部，共 38 个师近 33 万人，部署在晋察冀和晋绥解放区周围，企图首先在北面占领热河省（今分属河北、辽宁和内蒙古）承德和冀东地区，切断关内关外的联系，而后从东西两个方向进攻张家口，最终控制平绥（今北京—包头）线和同蒲（大同—风陵渡）、平汉（今北京—汉口）铁路北段及北宁（今北京—沈阳）、锦承（锦州—

抗战胜利后，冀东八路军向热河进军

承德）铁路，分割晋察冀、晋绥和东北解放区。

对蒋介石蓄意打内战的阴谋，中共中央和毛泽东早有警觉。6月19日，中央在致各战略区的电报中指出："观察近日形势，蒋介石准备大打，恐难挽回。大打后，估计6个月内外时间，如我军大胜，则必可议和；如胜负相当，亦可能议和；如蒋军大胜，则不能议和。因此，我军必须战胜蒋军进攻，争取和平前途。"

据此，中央在随后给晋察冀、晋绥军区领导人的电报中，提出了"三路四城"的方针：晋察冀、晋绥、晋冀鲁豫军区除以主力准备对付热河、平津方向和河南方向蒋军主力外，其余各以一部分别夺取同蒲、正太（正定—太原）、平汉铁路北段，并相机夺取保定、石家庄、太原、大同。

大同位于张家口以西，平绥、同蒲铁路的交会点，是晋北的战略要地，历史上就是兵家必争之地。阎锡山的暂编第38师和马占山的东北挺进军骑兵第5、第6师，连同保安团队共约1.9万人，在此驻守。

遵照中央军委指示，晋察冀军区和晋绥野战军联合组成大同前线指挥部，由晋绥野战军副司令员张宗逊任司令员，晋察冀军区副政治委员罗瑞卿任政治委员，统一指挥晋察冀军区第2纵队第4旅，第3纵队第7、第8旅，第4纵队第10旅和军区教导旅，晋绥野战军第358旅，独立第1、第3旅及骑兵旅等部，连同地方武装共9个旅30个团的兵力夺取大同。其中以5个旅和地方武装一部攻城，以4个旅和地方武装一部位于绥远省（今属内蒙古）集宁附近的卓资山、土城子、商都、凉城地区担任打援。

我军进入集宁火车站

7月31日，扫清大同外围的战斗打响了。至8月4日，攻占大同周围大部分据点，歼灭国民党守军2000余人。但外围战打得并不理想，没有达到将城外各点敌人分割歼灭的预期目的，致使守敌大部退集到城郊和城内，增加了攻城难度。

聂荣臻回忆道：

前线指挥部经过考虑，认为一举攻克大同不易实现，决定采取稳扎稳打的战法，大力改造地形，攻占一点，巩固一点。

后来，敌人的防线被我军突破了，但向纵深发展仍然困难。直到九月四日，大同城郊的据点，才被一个一个地啃下来，部队逼近到大同城下，开始坑道作业，准备攻城。

可就在这时，蒋介石突然签发一道命令：将原属阎锡山第二战区的大同划归傅作义的第十二战区管辖。

原来，蒋介石摸透了傅作义的心思，一纸命令果然收到了立竿见影的效果。傅作义马上集中第35军3个师、暂编第3军2个师和4个骑兵纵队（师）共3万余人，自归绥（今呼和浩特）分三路向集宁进犯，企图夺取集宁，南援大同。

集宁，地处绥远东部，是平绥铁路线上的一个战略要地。向南出兵丰镇、隆盛庄、大同，可以控制晋北地区之作战；向东挺进，出兵尚义、张北，可直下张家口，以操纵察哈尔（今分属内蒙古、河北）。

就在这年初，蒋介石利用国共停战协定生效的机会，密令各地国民党军大肆抢占地盘，企图借以造成既成事实。

傅作义（左）与赵承绶在集宁

傅作义得令后，当即派第 35 军新编第 31、第 32 师和新编骑兵第 4 师等部兵分两路，奔袭卓资山和集宁。至 1 月 14 日，先后抢占陶林、和林、集宁等地。冀晋纵队第 3 旅、第 4 旅第 6 团和晋绥军区第 27 团等部随即发起反击，围攻集宁。

聂荣臻回忆道：

就在我军猛攻集宁城垣的时候，敌人耍了个贼喊捉贼的伎俩，向北平军事调处执行部派了一个小组来张家口同我会晤。这个小组由美军一个上校、国民党一个中校率领，他们于一月十六日十二时许，乘坐北平军事调处执行部的一架飞机，在张家口机场降落，来到了晋察冀军区司令部。

他们说明来意之后，要我们派人一同飞往集宁，共同视察集宁的停战情况。我首先说明集宁的事实真相，据理驳斥了傅作义的谎言。同时，我还告诉美蒋代表：集宁是绥蒙军区所在地，归晋绥军区管辖，晋察冀军区不能指挥他们。但是，我们可以和晋绥军区取得联系，如果得到他们同意，晋察冀可以派人陪同前往。为了击破国民党的阴谋，我们将谈判延迟到了大约下午三时左右，美蒋代表只得同意先与晋绥军区取得联系，然后再派人一同飞往集宁。可是，时间已经不早了，他们只好先回北平，约定翌日十时再来张家口，由我们派人陪同飞往集宁视察。

聂荣臻参加国共停火谈判

就这样，我们赢得了收复集宁的时间。

随之，我们命令冀晋纵队第三旅等部队，协同晋绥军区部队发动强攻，务于十七日八时以前，歼灭集宁的敌人。

各部队接到这个命令，在十七日凌晨，从四面八方发起总攻，用炸药把城墙炸开了一个突破口，在敌人一片慌乱之中，突进了集宁城内，经过英勇激烈的战斗，歼灭了城内敌人一千二百余名，其余逃跑。

八时许，集宁城又回到了人民手中。不久，军调部执行小组的那架飞机在集宁降落，我军已把战场打扫完了。美蒋代表走进集宁城一看，已是"落花流水春去也"，本搞个鬼名堂抢占战略要点，造成既成事实，却没想到落了个扫兴而归。

对此，傅作义懊丧不已，曾说："这次作战，我军师出无名，招致伤亡。这是哑巴吃黄连。"

8个月后，傅作义卷土重来。这次，他吸取了上次攻击卓资山和集宁失利的教训，发动进攻还是比较谨慎的。以董其武、孙兰峰分别担任第一线步骑兵的总指挥。由董其武率暂编第3军并第35军新编第31师为第一线主攻部队，在攻下卓资山后继续向集宁攻击；以第35军第101师并附第105榴弹炮营为第二线部队，随第一线部队跟进，支援攻城部队的作战。以孙兰峰为骑兵总指挥，指挥各骑兵部队向集宁东南迂回攻击，策应主力的攻城作战。

1946年8月，我军某团在集宁城下会战中

时任第101师参谋长的郭维周回忆道：

在部队开进之前，傅作义特地召集参战部队团长以上人员开会，各军师将领如董其武、孙兰峰、郭景云、安春山、杨维垣、刘万春等都出席会议。傅作义在会上讲述了作战要旨和部队部署，并鼓舞大家振作士气，努力完成任务。特别指出，应该记取上次利用国共和谈停战之机，偷袭卓资山、集宁失败的经验教训，那次作战吃了大亏，一之为甚，岂可再乎。勉励大家，既然命令已下，我们只有服从，务要做好充分准备，谨慎从事，万不能再蹈前车覆辙。

时任国民党军第十二战区长官司令部参谋处长的贾璜和参谋任崇玉回忆道：

九月初，傅作义一面以要求解放军停止对大同的围攻作战为口实，指派周北峰为代表前往解放区（经丰镇去大同附近）进行和谈交涉；一面又秘密召来董其武、孙兰峰，鲁英麔等极少数高级将领，开了个两三小时的作战前部署会议。其部署要旨是：以董其武、孙兰峰分别担任第一线步、骑兵主力军总指挥。以鲁英麔之三十五军（欠安春山三十一师，暂归暂三军临时建制），卫景林机动兵团，刘春方新骑四师为第二线部队。决定先一举进占卓资山，继而夺取集宁这个战略要地，然后打通经丰镇到大同的铁路线，以解大同之围并攻占整个绥东地区。

董其武在三道营集结了其暂三军主力（军直及暂十一、十七两师），完成经福生庄向卓资山附近前进的战备行军部署，同时命令新三十一师由陶林出发，向卓资山东北附近高地挺进。两部队在预定时间、地点会师后，即令暂十七师与新三十一师，对卓资山的解放军发起东西夹击。此时，刘春方新骑四师，由归绥经由凉城县崞县窑子向五里坝附近挺进，监视从凉城北援的解放军，并威胁卓资山解放军向南的退路。又令三十五军主力与机动兵团，由归绥向铁路线白塔车站以东转移，准备随时支援第一线部队之作战。

根据敌情变化，大同前线指挥部决定采取先打援后攻城的方针，以3个旅和部分地方武装围困和监视大同国民党军，增调晋察冀军区第1、第2纵队3

4. 大同集宁战役

大同战斗中我军准备出击

个旅参战，集中25个团4万余人的兵力于集宁地区迎击国民党军援军。

卓资山四面环山，地形复杂。新编第31师安春山部按预定作战计划，由陶林出发，向卓资山方向前进，与暂编第3军董其武部会合后，即协同暂编第17师对卓资山展开攻击。

坚守卓资山的解放军虽然不多，但依山构筑工事，形成严密炽烈火网。激战一天，国民党军屡攻不下。

9月5日，暂编第3军军长董其武命攻击部队对卓资山实施东西夹击。随后，骑兵第4师挺进至五里坝附近，截击由凉城北援的解放军，并切断卓资山解放军南退之路。战至黄昏时分，解放军鉴于敌我兵力过分悬殊，主动放弃卓资山，向东南方向撤退。

10日，董其武率新编第31师和暂编第11、第17师，在空军配合下从西、北两个方向进攻集宁。贾瑅、任崇玉回忆道：

傅作义由于董其武军一战夺取了卓资山，或多或少产生了轻敌念头。于是在九月七、八日下令董、孙步骑主力军，仍按原部署，继续向集宁前进。他以为董、孙两军到达集宁附近，协同作战，能够轻易地拿下集宁。因此，仅分令刘春方新骑四师进出于五里坝以东地区；第二线部队三十五军主力和卫景林机动兵团进至卓资山、马盖图、十八台地区，即停止待命，不再续进。这样，就造成了与第一线主力部队之脱节，使担任攻城的暂三军侧背后产生了较大空隙地带。

董其武军对集宁城的攻击部署概要是，以安春山新三十一师为第一线主攻部队右翼队，以杨维垣暂十一师为第一线主攻部队的左翼队，分别推进并位置于铁军山与集宁城北门外附近；暂十七师为总预备队，位置在铁军山向西北逶

集宁今貌

逦的三座高地；军指挥所位置于安师之左侧后，即铁军山西侧与军总预备队间隐蔽地。攻击重点，在右而不在左。但令左翼师发起攻城战斗，以利于右翼师的顺利进展。

对集宁攻城战斗打响后，左翼杨维垣暂十一师由霸王河南而攻击西城，由于缺乏攻坚经验，加之听信谣传，说解放军张宗逊将军率四个野战旅增援到达，严重威胁侧背之安全，惊慌之下，军心动摇，攻城首先遭到顿挫，伤亡团长以下多名，有的部队一度撤至土城子附近，左翼受挫，严重影响右翼的攻击。

左翼安春山新三十一师在攻城中同样受到惨重打击。当时解放军控制了老虎山、卧龙山等制高点，居高临下，战斗形势非常有利。傅军攻击相当困难。安春山师以优势火力为掩护向山头攻击，反复争夺，伤亡很重。该师九十二团长孙英年攻击卧龙山身负重伤。九十三团赵晓峰攻打老虎山，各级官员伤亡亦重。该师迭经苦战，才突破东南角，进入集宁城内。在激烈的巷战中，仅营长就伤亡三四人。双方形成拉锯，相持不下。

这时，解放军增援部队从集宁东南方向蜂拥而来，向董其武军之侧背迂回攻击，致使暂十七师指挥所与师直属部队首先受到冲击，也像暂十一师一样，败退到霸王河以北地带。这一转移又波及董其武总指挥部与军直部队，也不得不变换位置，向新三十一师安春山指挥所附近靠拢，以免受到冲击。

在上述危急情况下，傅作义与董其武及三个师之间的无线电联络也中断了几个小时。飞机在集宁上空看到地空联络信号，才知道安春山师与暂十七师

晋绥军区某部沿着黄河向绥远进军

三个团，仍在集西线路各高地原位置。攻城前线战况，趋于沉寂。

11日下午，晋察冀军区部队和晋绥野战军实施反击，向退守卧龙山、脑包山之敌发起攻击，歼灭暂编第11师大部、第17师一部共5000余人。

郭维周回忆道：

傅军攻占集宁外围高地的第二天，即全线开始攻城。新三十一师安春山部主攻方向是集宁县城东南角；暂十一师杨维垣部攻击重点是集宁西南角；骑兵第四师在集宁东南地区，截断平绥线的交通，并牵制老虎山的解放军，以保侧翼安全。

当各部队接近城垣时，由于没有重炮轰击城防，对城防工事破坏不大，因而进展迟缓。城郊区多为平原，护城壕既宽且深，城墙上及城内高大建筑物上，均配置有周密的火力网点，攻击部队每前进一步，都要付出一定代价。以城内水塔为例，这个制高点既是指挥所，又是狙击点，而且狙击手们枪法特好，致使攻城部队受创甚重。这样，第一次攻城受挫，徒有伤亡，而无成效，冲杀数次均未能突入城内。不得已，攻击部队于黄昏时退回原阵地，另作计划，重新部署。傅军的这些攻城部队，要与解放军对比，在武器装备上是处于优势的，在数量上也大于解放军十倍（据说解放军守城兵力仅是一个27团）。以这样优势兵力和条件，其所以不能克敌制胜，主要的原因是：官无必胜信念，兵无战斗决心，人心厌战，不愿八年抗日之后再起内战。

出乎攻城部队意料的是，在攻城受挫的当夜，解放军增援部队利用西山复杂地形，进出于傅军攻城部队之后方，对傅军形成反包围，到天明后包围圈越缩越小，使傅军欲进不能，想退不得，情况万分危急。这时，董其武战役指挥官，一方面急电要求第一〇一师火速增援，一方面召集攻城部队各师长商讨放弃攻城计划，准备相机突围，以免攻城不得反而遭到被歼灭之结果。据说新

我军重机枪阵地

三十一师安春山部已将一部分阵亡士兵尸体掩埋于战壕之内，其情势危急可见一斑。

集宁争夺战仅仅过去3天，董其武所率攻城部队就伤亡3000余人，陷于被动状态。

傅作义即令第二线部队先头郭景云第101师与机动兵团第105榴弹炮营，火速取道三义堂，向集宁以西急进，增援攻城部队，并悬赏一千万元。同时电令新编骑兵第4师刘春方部，火速从五里坝以东地区出发，向集宁西南进发，配合郭景云第101师对包抄董其武部侧背后的解放军，形成反包围的有利态势。并责令董其武、安春山坚持战斗，当机立断，发起强攻，不惜一切代价占领全城。

傅作义还分令孙兰峰率骑兵大部队向集宁东迂回攻击，策应董其武部的攻城战斗；命令鲁英麐率第35军主力与机动兵团（欠第105榴弹炮营）向三义堂附近前进，与郭景云第101师紧密联系。

郭维周回忆道：

董其武召集各师长（郭景云尚未到），重新部署攻城，各师攻城任务及主攻方向不变。鉴于第一次攻城失败的教训，进一步加强了战斗的具体指挥和必要的措施：①饬令各师组成督战队，对攻城部队巡回纠察，发现有畏缩不前者，立即就地正法。②挑选突击队，实行突击攻城，对首先登城突入者给予重奖。③准备云梯、跳板、爆破器材和各种必要设备，以备爬城、越壕之用。④各部队务于拂晓前逼近城墙外围，以免遭受重大损伤。

经过深入动员，各攻城部队再接再厉，鼓舞士气，痛下必胜之决心。如暂十一师师长杨维垣，鉴于第一次攻城不力的教训，返回阵地后立即召集团长以上人员开会，宣布上级命令和整顿攻城部署。为了激励士气，以免遭受军法制裁，他当场抽出军刀，剁掉自己的两个手指头。并说："有敢畏缩不前者，有如此指！"以示攻城决心。新三十一师安春山也电报上级表示决心。

国民党军士兵在战斗间隙休息

大同战斗中，我军在机枪掩护下冲锋

12 日，第 101 师和第 105 榴弹炮营来援，进至三义堂以东。大同前线指挥部令主力西进阻援，双方随即展开激战。第 105 榴弹炮营以炽烈炮火，向集宁城内猛烈轰击，支援董其武部的攻城战斗。新编第 32 师、新编骑兵第 4 师等部尾随第 101 师续援，并于 13 日拂晓全力进攻集宁城。

晋察冀军区部队和晋绥野战军鉴于战役形势对己不利，遂于当晚撤出集宁城，并于 16 日撤围大同。

此役历时一个半月，共歼国民党军 1.2 万余人，但未能达到攻城、打援的预期目的。

5. 张家口保卫战

1945 年 8 月，冀察军区部队从伪军手里夺取张家口，成为解放战争前夕中国共产党控制的第一座较大的城市。作为晋察冀解放区首府，张家口经过一年多的建设，已初具规模。

晋察冀军区某部由张家口大境门入城

1946 年 9 月，国民党军在西占集宁、东陷承德和冀东大部解放区后，张家口即处于两面受敌的严重形势。

为摧毁热河（今分属河北、辽宁、内蒙古）、察哈尔（今分属内蒙古、河北）、绥远（今属内蒙古）三省的解放区，夺取张家口，打通平绥铁路（今北京—包头），蒋介石可谓煞费苦心，命令国民党北平（今北京）行辕主任李宗仁，调集第十一战区孙连仲部和第十二战区傅作义部，共 11 个师 7 万余人由南口、怀柔和集宁、丰镇两个方向进攻张家口。具体部署是：

在东线，以孙连仲部第35集团军（即李文兵团）的第16、第53军沿平绥铁路向怀来进攻；以第13军从承德进至丰宁、沽源作为配合；以第94军在北平地区机动，作为预备队。在西线，傅作义主力第35军、新编骑兵第4师和骑兵纵队等，以及阎锡山的暂编第38师，集结于大同、集宁一线，待机行动，随时准备会攻张家口。

在夺占张家口问题上，蒋介石和傅作义存在着很大的矛盾。蒋介石一心想让他的嫡系李文兵团抢先占领张家口，以免落入傅作义手中。而傅作义也不甘示弱，摆出了对张家口的必夺之势，竭力争取向华北腹地发展。

东西两面受敌的张家口，一时形势万分危急。

晋察冀军区司令员兼政治委员聂荣臻审时度势，认为军区部队经晋北、大同、集宁战役，伤亡较大，没有及时休整；国民党军人多势众，志在必得。因此，坚守张家口势必使部队陷于被动的局面。

在紧急召开的晋察冀中央局常委会上，他提出："我们不能在平绥线打下去了，我们要向中央提出意见。"时任晋察冀军区副司令员的萧克回忆道：

在集宁失守、大同撤兵，敌主力进攻平绥线情况下，对于张家口这一解放区人口最多、政治影响很大且有些现代工业的城市，应该采取什么方针？是坚守，还是放弃？晋察冀中央局和军区领导在大同撤围的那天开会讨论。大家分析了战略态势及敌我力量的对比，认为部队经过连续作战，损耗较大，需要补

张家口市民召开动员大会，积极组织起来保卫张家口

5.
张家口保卫战

充、整顿，当前的态势不利于我坚守张家口。

记得中央局开会，在决定放弃张家口时，聂荣臻提议举手表决，我首先举手。之所以如此，是从两个方面考虑的：一方面我认为敌3个主力军，全部美械化来进攻，我必须避强；只有避强，才能集中兵力去击弱，另一方面也是对聂荣臻领导的支持……

举手表决通过后，中央局向中央军委建议，在敌人进攻张家口时，能守则守，不能守就主动撤离，以争取今后战局的主动。9月18日，中央军委复电同意我们的建议，认为"依南口至张家口之地形及群众条件，我事前进行充分准备，各个歼敌，打破此次进攻之可能性是存在的"，但同时指出，应"以歼敌有生力量为主，不以保守个别地方为主，使主力行动自如，主动地寻找好打之敌作战。如届时敌数路密集，不利于我，可以临时决定不打"。军委还指示我们，对张家口的机关与物资应秘密进行疏散，准备于必要时放弃之。

基于对蒋介石、傅作义钩心斗角情况的分析，聂荣臻"判断敌人的主攻方向，将是平绥铁路的东段，在东线敌人未攻下怀来之前，西线的敌人不会轻易东进"。据此决心集中军区野战部队和地方部队，并在晋绥野战军一部协同下，共13个旅的兵力，分东西两线组织防御，歼敌有生力量，同时准备在必要时放弃张家口。并组成野战军前线指挥部，以萧克为司令员、军区副政治委员罗瑞卿为政治委员。

张家口军民在街头构筑工事

具体部署是：以第 2 纵队主力及地方部队一部于张家口以东怀来、延庆地区在正面抗击国民党军进攻；第 1 纵队及第 2 纵队第 4 旅、第 3 纵队第 7 旅隐蔽集结于怀来以南地区待机；第 4 纵队和晋绥野战军 4 个旅在张家口以西柴沟堡（今怀安）、阳高地区防御大同、集宁方向国民党军的进攻。同时，以第 3 纵队 1 个旅和冀晋、冀察、冀中军区部队共 6 个旅在平汉铁路（今北京—汉口）北段发动攻势，配合张家口地区作战。

　　聂荣臻回忆道：

　　我们这样部署防御力量，是想利用蒋、傅之间的矛盾，力争在撤离张家口之前，更多地消灭敌人。所以，先顶住李文兵团的东线进攻，在消耗了敌人大量有生力量之后，再撤出张家口，以打乱蒋介石的如意算盘。

　　9 月 29 日，国民党军第 16 军和第 53 军 1 个师及 1 个炮兵团，分为两个梯队，在飞机、坦克的掩护下，由怀柔、南口沿平绥铁路西进。

　　晋察冀野战军沉着应战，凭借野战工事，顽强阻击。至 10 月 2 日，国民党军在付出了很大伤亡后，推进至东、西花园等地。

　　3 日拂晓，国民党军投入 2 个师的兵力，在十多公里宽的正面上，向怀来东面火烧营地区展开了全线猛攻。

　　小小的火烧营村子，一天之内竟落下了 7000 多发炮弹。坚守在此的第 2 纵

向敌坦克发起攻击

队第 14 团第 2 营的防御工事，悉数被摧毁。火烧营，名副其实。

敌人在飞机、坦克的掩护下，发起一波又一波的冲锋。2 营官兵并没有被敌人的猛烈攻击所吓倒，从拂晓一直拼杀到黄昏，将敌人死死地阻击在阵地前，屹然立于焦土之上。

战斗中，6 连 3 排长孙才带领 1 个战斗小组，据守某高地。当敌军的坦克轰鸣着冲过来时，孙才抱着集束手榴弹，决然地迎上去，与坦克同归于尽。

萧克回忆道：

这天，敌人出动飞机一百多架次，炸弹、炮弹向我阵地倾泻下来，真是"万炮齐轰"。我军官兵以短促火力向敌急袭，用集束手榴弹和汽油瓶打敌坦克，以小分队对进至我阵地前沿之敌行反冲锋、反突击，甚至插入敌群，与敌展开白刃格斗。从拂晓到黄昏，打退了敌人三次大的进攻，制止了敌人陆空联合攻击，迫使敌人又退回到东、西花园等地。

我们摸到了敌人一个作战习惯，不轻易打夜战。敌人进至我正面预设阵地之前，在受我阻击不能再前进时，就会退回进攻出发地，我则乘其安营未定，战后饥疲交加时，从侧后夜袭其驻地，即"击其惰归"之意。当晚，我们按预案执行。执行夜袭任务的是第 1 纵队，他们预先在我正面的右侧后 10 里处待机。黄昏后，即向敌左侧的突出部东花园和旧村突袭，约一个钟头，歼灭敌一个团和一个营，完全恢复了火烧营阵地。

蒋介石检阅部队，对"剿共"充满信心

见正面进攻怀来受阻，蒋介石急忙派参谋总长陈诚和北平行辕副主任陈继承于 4 日到南口，部署从侧面实施迂回进攻。

　　7 日，国民党军第 94 军主力 2 个师由北平附近西调，企图经怀来东南 20 公里的马刨泉、横岭，向晋察冀部队侧翼迂回，配合正面进攻。

　　萧克、罗瑞卿识破了敌人的阴谋，决定迅速转移兵力，由杨得志、苏振华率第 1 纵队和第 2、第 3、第 4 纵队的 2 个旅另 1 个团，在马刨泉地区设伏。

　　8 日傍晚，敌人大摇大摆地进入了伏击圈。设伏部队立即发起猛烈进攻，激战 4 小时，歼第 43 师 1 个团和 3 个炮兵连约 1600 人。

　　不甘心失败的敌人随后又分别经镇边、横岭迂回怀来。晋察冀野战军在南石岭、镇边城东南进行两次阻击战，共歼敌 1600 余人，从而粉碎了敌人从侧翼迂回怀来的企图。

　　经过 10 天战斗，东线部队将国民党军阻于怀来以东地区，歼敌万余人。

　　与此同时，出击平汉铁路北段的部队捷报频传。9 月 30 日，独立第 1 旅克望都；10 月 1 日，独立第 7 旅夺徐水；2 日，冀中第 10 军分区取容城；3 日，第 3 纵队第 8 旅占定兴。5 天之内相继攻克保定南北的 4 座县城，歼国民党军 8000 余人，活捉第 1 纵队少将司令康慕飞，控制铁路 120 余公里，占领高碑店至漕河和于家庄至清风店的全部车站，有力地策应了晋察冀野战军主力在张家口地区的作战。

　　蒋介石眼见李文兵团抢占张家口的计划无法完成，在权衡得失后，将张家

傅作义与蒋介石在一起

口这个诱饵抛给了傅作义，划归第十二战区所属。

傅作义果然老辣，来了个"明修栈道、暗度陈仓"。

就在平绥、平汉路激战正酣之际，傅作义派出1个团在白天乘火车从集宁、大同一带招摇东进；夜间，原班人马乘原车返回原地。如此周而复始，以区区1团兵力伪装成大兵团汹汹东进的态势。

10月7日，傅作义以其主力第35军、暂编第3军及骑兵团，从集宁地区出发，穿越数百里草原，绕道商都，经大清沟奔袭张家口北方门户——张北。

由于晋察冀军区领导"对傅作义经丰镇、大同、阳高东进策应怀来是有准备的，但对他从集宁、尚义（南壕堑）直插张北估计不足"，张北县城只有第7军分区司令员陈宗坤带领的2个团驻防。当他们发觉大清沟方向有敌人活动后，以为是小股敌人袭扰，马上出击，只留1个人数较少的连队留守县城。

为以防万一，8日凌晨2时半，郑维山派警卫团团长李金石带领5个多连，前往张北一带警戒。郑维山还特意命令李金石率1个步兵连和机枪连一部乘车先行，其余部队徒步跟进，以争取时间，

上午9时，李金石率队到达张北县城。仅仅过了1个小时，傅作义部骑兵第4师先头的700余骑杀至城下。李金石指挥仅有的这点人马奋力抗敌，掩护县和分区党政军机关人员转移。

敌军后续部队源源不断地赶来，李金石难以抵挡。下午3时，张北县城失守。张家口的北大门被撞开了。

10日，傅作义部骑兵第4师和暂编第17师挥师南下，推进至狼窝沟及长城一线，造成对张家口的威逼态势。

我军骑兵部队向前线挺进

狼窝沟，位于张北城南50里，是扼守张家口以北地区的最后一道屏障。一旦丢失，不仅张家口难保，而且城内晋察冀解放区的党政军机关也将撤离不及。

傅作义部绕道从北面进攻张家口，大大出乎晋察冀野战军的意料。此时的张家口可以说是一座空城，可用于作战的部队只有教导旅。为阻击傅作义部进攻，以争取时间，掩护城内党政军机关、学校及大批物资顺利转移，郑维山在请示聂荣臻后，急命教导旅抢占狼窝沟。

教导旅是一支组建不久的年轻部队，刚刚参加大同集宁战役，还没有来得及进行补充休整，疲惫不堪。然而形势万分危急，教导旅在旅长李湘、政委张明河的率领下，依托狼窝沟周围地形，构筑临时野战阻击工事，与敌展开殊死拼杀。

骑兵第4师以3个团的兵力，在飞机火炮的掩护下，向狼窝沟教导旅阵地发起了潮水般的集团冲锋。

教导旅的官兵们深知他们是阻击敌人的最后一道防线，身后就是张家口，晋察冀解放区的首脑机关还在转移中，决不能让敌人冲过去。旅长李湘亲临一线指挥战斗，官兵们咬紧牙关，浴血奋战，连续打退了敌军骑兵发起的17次集团冲锋。担任正面阻击任务的教导旅第1团，多次与突入阵地的敌军展开白刃格斗，以坚忍顽强的意志守住了阵地。

战场上终究是靠实力说话的。纵然教导旅官兵以一当十、以死相拼，但毕竟敌众我寡、实力悬殊。战至中午时分，教导旅第一、第二道防御阵地相继被敌攻破，随即转入机动防御，利用狼窝沟至张家口公路两侧的有利地形，以前

进攻张家口的傅作义部接受检阅

面阻截、两翼侧击、背后袭扰等战术，节节抗击。

下午，傅作义部先头突破狼窝沟后，继续向南推进，距离张家口已不足40公里，而后续部队主力也在张北以南展开。张家口危在旦夕。

对于张家口是守还是撤，晋察冀军区领导出现了不同的意见。时任冀中军区司令员的杨成武回忆道：

有的同志主张固守张家口，与敌对垒，认为张家口是不能够丢的，也是不应该丢的。持这种意见的同志说，冯玉祥当年就固守过张家口，以证明张家口可以守和应该守。总之，对于从张家口撤退，有些同志一时扭不过弯子来。还有一种情绪，认为第二次国内革命战争时期，我们被逼得从苏区撤出来，进行两万五千里长征，现在蒋介石军队比那时还多，又有美国支持，我们怎么打？这些同志对前途怀有很重的忧虑。

聂司令员力排众议，对持这些观点的同志做了充分的说服和教育。聂司令员下定决心，决不背张家口这个包袱。

不能背这个包袱！聂司令员以很重的四川口音，强调着他的决心。敌人同时分几路来，我为什么要受你的包围，搞这个被动局面呀？只要离开张家口，把这个包袱丢掉，我就自由得很。可以随便到哪个地方打，进退自如。

10日晚，晋察冀解放区党政军机关、人员和物资井然有序地转移出张家口。

当夜，明月高悬。张家口，这座要塞山城，依然同平日一样。东、西太平山耸入高空，古老的城堞隐隐可见，大洋河从城南缓缓流过。与往常不同的是，胶轮大车、毛驴驮子不断往城外转移物资。一些群众静静地站在街道两侧，眼里含着凝重的神情，目送向城外转移

守卫张家口的晋察冀军区部队

准备开赴前线的张家口工人自卫队

的队伍，依依不舍。

11日9时，傅作义集中4个师的兵力，全力猛扑张家口。教导旅在张家口南天门以北地区，顽强地与敌血战一天，完成了掩护任务，于当晚撤出阵地。

在部队全部撤离时，聂荣臻既没有下令炸毁张家口的发电厂，也没有破坏任何城市设施。因为他坚信收复张家口的那一天会很快到来的。聂荣臻在回忆录中是这样写的：

我们在撤离张家口时，只搬走了一部分有用的机器设备，对张家口及其附近地区的各种建筑设施，例如下花园的发电厂、张家口飞机场，等等，我就告诉部队不要进行破坏性处置。因为我们撤出来以后，那里还有人民群众；何况撤出来是暂时的，用不了多长时间，我们还是要回来的。

12日，东线防御部队撤出怀来地区，西线部队亦随即转移。历时14天的张家口保卫战就此结束，晋察冀野战军共歼灭国民党军2.2万余人。萧克回忆道：

张家口的得而复失，在当时不仅使美蒋反动派得意忘形，喧嚣一时，而且也引起了各界人士的震惊，就是在我们自己的同志中也众说纷纭。对张家口保卫战的认识，我认为应与内战爆发后北线（晋察冀、晋绥地区）的战略计划联系起来看。战争的胜负不在于一城一地的得失，而是看谁能掌握主动权。在张家口为中心的平绥线战局处于不利情况下，主动放弃张家口，缩短战线使军事

5.
张家口保卫战

蒋介石召开"国民大会"

战略开始从被动转到主动。

　　傅作义集团攻占张家口的消息，一时震惊海内。

　　蒋介石和他的高级将领们都被"收复张家口"的胜利冲昏了头脑，认为"共军已总崩溃""可在三个月至五个月内，完成以军事解决问题"，一时气焰甚嚣尘上。

　　李宗仁认为："张家口是个战略地区，我军克张家口，便将在东北与华北的共军腰斩为二。当时中央统帅部估计错误，认为张垣既克，关内共军得不到关外的补充，必可次第肃清；关内隐患一除，便可徐图关外，中共将不足为患了。"

　　就在傅作义占领张家口的当天下午，蒋介石迫不及待地宣布于第二天，即10月12日召开所谓的"国民大会"，制定"宪法"，准备出任"总统"。至此，蒋介石彻底关闭了与中国共产党和谈的大门，全面内战已不可避免。

　　正为维持国共和谈而奔走的中国民主同盟秘书长梁漱溟闻听此讯，发出一声叹息："一觉醒来，和平已经死了！"

　　13日，延安《解放日报》发表社论，指出："我们全解放区一切军队、一切人民，一定要彻底粉碎蒋介石的进攻，收复张家口、承德、集宁、菏泽、淮阴以及一切失地，而蒋介石今天的一切罪恶必将自食其果。"

6. 易满战役

1946年10月，国民党军占领晋察冀解放区首府张家口后，第十一战区司令长官孙连仲以集结在涞水、定县（今定州）、保定地区的第53、第94军等部继续向解放区腹地进攻，企图与进占察南（原察哈尔省张家口以南地区）的第16军和第53军一部会攻涞源，将晋察冀解放区分割为南北两部分，而后各个击破。

聂荣臻回忆道：

晋察冀军区某部战后召开总结会

那时候，敌人的活动很猖狂，重新占领了平汉铁路北段，又侵占了察南地区。敌人的企图很明显，他们想深入晋察冀腹地，占领要点，封锁关隘，把我军主力困在山区，进而包围歼灭。为达到以上目的，敌第五十三军在平汉铁路上维护交通，第九十四军准备攻占易县，西出紫荆关，与察南敌人会攻涞源，以实现分割晋察冀腹地的梦想。虽然，敌人的野心很大，这样却拉长了它的战线，力不从心，首尾难顾。

为粉碎国民党军的企图，打击其嚣张气焰，聂荣臻决心发起易（县）满（城）战役，保卫察南解放区。具体部署是：以第3纵队并指挥3个独立旅，首先歼灭第94军一部，然后扩张战果；以第1、第2、第4纵队在察南寻机歼灭第16军；以独立第7旅在平汉线（今北京—汉口）牵制国民党军。

11月2日，国民党军第94军第121师由涞水出发，沿公路西犯易县。

易县位于涞源以东、满城以北地区，距涞水约20公里，东临平汉铁路，西接晋察冀老根据地山区，是晋察冀野战军东出平汉路的咽喉，也是阻敌西犯的重要屏障。

晋察冀军区以独立第8旅在正面采取运动防御，节节抗击，诱敌深入；以第3纵队及独立第4旅在易县至涞水公路门敦山、南北桥头、二十里铺等地设伏。

第3纵队司令员杨成武、政治委员李志民向部队提出响亮的口号："打好同美械化敌人作战的第一仗，歼灭蒋军主力，粉碎敌人进攻，保卫易县！"

3日晚，国民党军先头第361团被独立第8旅诱至设伏地域。第3纵队主力出击，第361团迅速龟缩一起，企图固守待援。

杨成武立即调整部署：以第7旅主力进至南北秋兰地区阻援断后；以第8旅、第7旅第19团和独立第4旅乘敌立足未稳，突然发起猛烈攻击，准备予以围攻。

21时，各部以迅猛动作，从南北两面向第361团发起猛烈攻击。第361团凭借美械装备的炽盛火力，负隅顽抗。激战至23时，第8旅第22团攻占了台头村，第23团拿下了樊家台，第24团夺取了冀家沟东侧无名高地和二十里铺，将第361团余部压缩在南桥头村内。

为了不给敌人喘息之机，杨成武命令部队在夜幕的掩护下发起连续攻击。

我军在易县战斗中缴获的火炮

他回忆道：

　　敌人的美械装备果然名不虚传，火力很强，一发现我们进攻，各种火器同时开火，只见夜空里到处都是照明弹，到处都是曳光弹划下的稍纵即逝的弧线，到处都是炮弹爆炸时闪烁的白光，忽闪忽闪的强光一秒不停地闪烁。步枪声、机枪声、炮声……所有这些声音交织在一起，就像平地骤起的狂飙。在枪炮声中，隐隐可辨我们战士冲锋的喊杀声。

　　激战竟夜，至次日拂晓，我们终于突破了敌人的前沿阵地。这时，敌人仓皇地向东北突围，与其增援的一个营会合，向涞水溃逃。八旅、独四旅展开追击，北面七旅又迎头挡住，至九点钟，一个美械化团和一个美械化营，共两千六百多人无一漏网，被我干净利索地歼灭掉；我缴获各种火炮二十门，轻重机枪七十九挺，大批步枪、弹药；击毁坦克、汽车各一辆。

　　在灿烂的阳光下，部队押着两千多名俘虏，离开了硝烟弥漫的战场。

　　这是我们打敌人美械化主力的头一仗，首战告捷是对敌九十四军一个有力的打击，给在察南窥伺着我根据地的敌十六军一个震慑，迫使敌至蔚县后不敢继续深入。

　　但敌人还是不甘心失败的，很快就卷土重来。为增强攻击力量，北平行辕

6.
易
满
战
役

缴获国民党军的武器

将位于平汉路北段的第53军和第94军第5师,调至涞水县城及以北的南北涧头、石亭一带。

13日,国民党军分两路再攻易县。北路,第53军第116师和第130师2个团,由中、下车亭经永阳、居士,向易县进攻;南路,第94军第5师附第121师1个团,沿涞水至易县公路,由东向门敦山、易县进攻。

15日,第53军第130师进至东西垒子、永阳、居士村一线,第116师进至娄村镇,第94军进至二十里铺、南北桥头、门敦山地区。

这时,晋察冀军区主力已由察南秘密转至易县及其西北地区,决心在萧克、罗瑞卿的指挥下,采取"钳北打南"的战法,以部分兵力钳制北路之敌,集中主力歼灭南路之敌。具体部署是:

杨成武、李志民统一指挥以第3、第4纵队及冀中军区独立第7、第8旅组成的右纵队。先以第3纵队及独立第8旅由石寨、东茹堡地区向东北进攻,以第4纵队由石柱、长安城地区向西北进攻,分别揳入第94军4个团的侧后,封闭其退路,并截断与第53军的联系,而后将其歼灭于门敦山、二十里铺地区。

郭天民、韩伟统一指挥由第2纵队和独立第1旅组成的左纵队。依托四风坡、南北留召,以铁路为分界线,由西北向东南展开攻击,积极配合右纵队行动,以一部钳制第53军。

16日晚,右纵队各部按预定计划分别向进至易县以东地区的第94军4个团发起攻击。其中,第3纵队向台头、范家台等地攻击,第4纵队向张家沟、二十里铺、南桥头等地攻击。但因敌军猬集于十多个村庄里，互为依托，拼死顽抗。激战一夜，未能将敌隔断。

为迅速歼灭被围之敌，杨成武果断命令第8旅第23团第1营，直插敌人腹地——樊家台北面的刘家沟，切断了樊家台与南桥头敌人之间的联系。

17日拂晓，樊家台守敌发现侧背受到威胁，急忙出动2个团3000多人，从四面包围了刘家沟，并在坦克和大炮的配合下，向第1营发起了疯狂的进攻。

第1营战斗力很强，特别能打硬仗。第一次进军绥远（今属内蒙古）时，敌人守在集宁西山顶上，部队几度仰攻受挫。营长朱彪火了，就把骑兵通信员的几匹马集中起来，临时编组成骑兵在前面打头阵，步兵在后跟随。他一马当先，带头冲入敌阵，拿下了山头。

事后，杨成武特意把朱彪找来谈话，狠狠地批评了他一顿。起初，朱彪还不服气，满不在乎地辩解说：干部的勇敢是最好的战斗动员。

杨成武耐心教育他：叫你当营长，是让你指挥部队，不是叫你当冲锋战士、当机枪射手。个人勇敢很重要，这是基础，不勇敢就没法指挥，勇敢、沉着就有办法。但强调勇敢，不是叫你骑着马打冲锋！

见司令员一脸严肃，朱彪也意识到自己的鲁莽和错误，就低下头，不再吱声了。杨成武打心底里喜欢这位作战勇猛的营长，批评完后，就又送给他一包缴获敌人的咖啡茶，以示鼓励。

谁知，朱彪接过咖啡茶，笑嘻嘻地说："司令员，你以后多批评我几

晋察冀野战军某部指挥员在前线观察敌情

6.
易
满
战
役

次吧！"

"为什么？"

"我好多喝几包咖啡茶呀！"

第1营坚守的刘家沟，是个有着一百多户人家的村庄，四面都是平地，无险可守。全营240名官兵面对十多倍于己、全副美械化的敌人，毫无畏惧，准备与敌殊死拼杀。

朱彪深知这是一场实力极为悬殊的战斗，注定是一场无比残酷的血战。他一面命令各连趁敌人进行炮火准备时，冒着纷飞的弹片，抓紧时间构筑防御工事，做好打恶仗的准备；一面又派出通信员去团里报告情况。

然而，在敌人密集的炮火下，朱彪派出的通信员一个又一个地倒下了。最后他选了一个年龄最小的通信员，但也只冲出村子一百多米就牺牲了。情报送不出去，向上级求援的希望一时无法实现。

面对如此严峻的考验，朱彪把全营干部召集起来，命令大家指挥好部队，死守东北角、西北角上的两个院子，必须坚持一天，为主力歼灭被围之敌创造条件。

刚刚部署完毕，敌人从四面八方发起了进攻。1营官兵们凭借在敌军炮火准备时临时构筑的简易工事和村内几所深院大宅，打退了敌人一次又一次的进攻。

经过几个回合的激战，小小的刘家沟落下了上千发炮弹，房屋大部坍塌，

与敌展开村落争夺战

整个村庄笼罩在浓烟火海里。1营的伤亡也越来越大，只剩下几十个人。

战斗间隙，已多处负伤的朱彪把大家召集在一起，商议是坚守，还是突围？很显然，以他们这点兵力与敌2个团对阵，毫无胜算可言。但他们的任务就是穿插到敌人纵深，分割敌人、吸引敌人，将其死死拖住。简短讨论后，他们做出了一个无怨无悔的决定：为了主力歼敌，坚决在刘家沟与敌周旋，"誓与阵地共存亡"。

朱彪和教导员曹良向所有同志提出了政治口号："今天是为革命、为人民流尽最后一滴血的日子，我们要死守阵地，完成任务！""只要我们坚决抵抗，敌人就无法歼灭我们！只有坚守阵地，才能夺取最后的胜利！""每个伤员重新拿起武器来！共产党员要起模范作用！"

由于减员严重，每名战士都要负责守卫几处工事。于是，战士们发明了"来回运动战"的新打法：先在这边的工事里打几枪，然后跑到那边的工事里再放几枪，使敌人摸不着头脑，感觉不到村内兵力减少。

朱彪向各连干部交代坚守的办法：要注意节省弹药，把牺牲战友的枪支弹药都收集起来。敌人上来时，一枪一个，瞄准再打，靠近时甩手榴弹，敌人掉头逃跑时用机枪扫射。不准多打，不要轻易开枪、扔手榴弹。

敌人又开始炮击了。这次更为猛烈，炽盛的炮火几乎把刘家沟翻了个个儿。炮火过后，敌人的坦克出动了，后面跟着大队步兵。

战士们用汽油瓶回击逼近的坦克，用不间断的火力阻击坦克后面的步兵，又打退了敌人的多次进攻。

我军重机枪对敌射击，坚决打退敌人的进攻

　　坚守在村东南的1连1个排打到最后只剩下一名排长和两名战士，才撤进村里；2连4班长王春琴左手负伤后，咬紧牙关，坚持做了1个立射工事和1个卧射工事，9枪打死了9个敌人；新战士李右华负责监视敌人，被炮弹掀起来的土掩埋了4次，仍沉着应战，后来把手榴弹扔光了，就跑到连长那里又要了1颗，继续执行任务……

　　这时，全营的重机枪都已打坏了，弹药也所剩无几，每个人都意识到：今天怕是要为革命流尽最后一滴血了。于是，大家不约而同地在做最后的准备——

　　朱彪给自己身边留了一挺歪把子机枪，弹仓里压满了子弹，准备到最后时刻抱起这挺机枪扑向敌阵，与敌同归于尽。

　　教导员曹良眼睛中弹，为了不落入敌人手里，他把心爱的手表砸坏，并把所有的文件、信封、信纸、战地日记烧掉，拔出手枪准备自杀，幸被通信员及时发现，夺下手枪。

　　全营剩余的轻机枪、步枪堆放在一起，上面铺上柴草，每名战士都分到几根柴火，随时可以点火；重伤员能爬的爬，不能爬的由战友抬着，躺到柴草堆上，准备与身下的枪支一起化为灰烬；轻伤员则继续坚持战斗；所有人都把身上的纸币撕得粉碎，这些钱是他们从很少的津贴中节余出来的……

　　时至黄昏，经过整整一个白天的血战，1营打退了敌人的数十次冲锋，死

我军与敌在村庄内激战

死守住了刘家沟。杨成武回忆道：

　　在整个战斗中，我们一直关心着一营的战斗。虽然一营没能派出通信员来，但终日不歇的枪声、轰隆轰隆的炮声加上坦克、飞机的马达声，传来了他们顽强战斗的信息。敌人对他们发动的猛烈进攻，正说明敌人的危机感，说明一营戳到了他们的痛处。

　　在一营有力地拖住敌人时，我们加紧了对敌人最后歼灭的部署。任何胜利都是需要付出代价的。我们忍痛付出一营重大伤亡的代价，正是为了换取歼灭敌人四个团的重大胜利。作为纵队领导，我们一直关注着一营的指战员，关注着一营长朱彪和一营教导员曹良。

　　暮色苍茫中，第8旅第23团团长张英辉亲自率部增援刘家沟，1营乘势发起反冲锋，内外夹击。敌人终于坚持不住了，拖着400多个缺胳膊少腿的伤员，狼狈地败下阵去。300多具敌人的尸体横七竖八地堆在村里村外，2辆被击毁的坦克冒着浓浓的黑烟。

　　战后，第1营受到晋察冀军区嘉奖，被纵队授予"钢铁第一营"称号。《晋察冀日报》以醒目的大字发表消息，标题是："钢铁第一营以寡敌众，死守阵地气壮山河"。

　　当地群众在易县西北角的南山上修了一座烈士纪念碑，碑上镌刻着"钢铁

第3纵队第8旅第23团1营荣获"钢铁第一营"称号

第一营"血战刘家沟的英雄壮举，以及烈士们的英名。这座纪念碑与狼牙山五壮士纪念碑在易水河南北两岸交相辉映。

18日，第3纵队攻占范家台，第4纵队从右翼攻占张家沟，共歼敌1200余人。正当右纵队准备给予第94军以致命打击时，由于左纵队未能及时赶到出击地域，切断第94军与第53军联系，致使两部敌军靠拢，猬集于二十里铺、南北桥头、门敦山地区。

见战机已失，晋察冀军区主力随即于当晚撤出战斗，转至满城、易县、定县、唐县地区休整待机。19日，第94军撤回涿县（今涿州）、定兴一线。

两犯易县均遭失败，但敌人并未放弃分割晋察冀解放区的图谋。经过近一个月的准备，北平行辕下达了第三次进攻易县的命令：除以第94军继续由涞水、高碑店出动，进犯易县外，另抽调第53军第130、第116师各2个团及暂编第1路军第1纵队第2总队（2个团），向保定以北地区进攻，企图迷惑和牵制晋察冀军区部队，掩护第94军行动。

12月16日，第53军4个团与第2总队2个团分左、中、右三路，由保定、漕河向满城进攻。敌人吸取了以往教训，行动极为谨慎，采取梯次配备、钳形攻击、缩小间隔、相互策应、齐头并进、步步为营的战术，每天推进不足10公里，宿营后即构筑工事，以防解放军夜袭。

晋察冀军区决定以第2纵队1个团位于徐水以南牵制第94军，以5个团进

晋察冀军区某部开赴前线

至满城及以南地区为预备队，集中第3、第4纵队主力反击进攻满城的第53军等部，争取歼其一至两路，并以冀中军区独立第7、第8旅向平汉路固城、保定间出击，阻击第94军南援。

19日，左路第116师进占满城东南之南、北奇村；中路第2总队进占满城以东之周家庄、道口、相庄地区；右路第130师先头第388团进占满城东北的前、后大留，第389团进占杨庄、东南韩。

针对左路之敌进展缓慢，而右路和中路之敌较为突出的情况，晋察冀军区命令杨成武统一指挥第3、第4纵队及独立第7、第8旅，歼灭前出的第388团和第2总队。

当晚，第3、第4纵队分别从易县、定县地区以急行军隐蔽进至满城以东。第3纵队猛插第53军右翼，包围进至后大留地区的第130师第388团。杨成武回忆道：

敌三八八团是美械化团，为了迅速歼灭它，我们使用了第七旅、第八旅两个旅的兵力。于二十日黄昏，对敌三八八团发起攻击，有的分队突入村内，但很快遭到敌人猛烈反击，没有能够巩固住突破口，仅控制了外围阵地，战斗呈胶着状态。敌人见它的一个团被我们团团包围，立即派三八九团紧急增援。当时，敌五十三军一一六师、一三〇师都相距不远，如果我们不能速战速决，待敌援兵赶到，则会造成又一次歼灭战的落空。

半夜十二点钟，我到了七旅指挥所。七旅指挥所设在后大留村外的田埂上，离后大留不过几百米远，能清楚地看到村内夜战的情景。敌人非常凶猛。抗日战争时，

晋察冀军区某部与敌激战

敌第五十三军曾远征日军侵占的泰国、缅甸，是美军一手训练、装备的，战斗力较强。

我把七旅旅长周彪和八旅政治委员王道邦召集到一起，为两个旅组织协同，并派出二十三团阻击敌三八九团的增援。

这样，按照统一号令，两个旅对敌三八八团发起猛攻，把敌人压向村内。借助照明弹，我看到我们的指战员和敌人激烈搏斗的壮烈情景。村落里每条街道每幢房屋都成了战场，到处喊声，炮火连天。这场厮杀一直进行到拂晓，敌人终于被我们粉碎了。这次战斗毙敌四百多人，俘敌少将团长佟道以下两千二百多人，美械化三八八团全体官兵无一漏网。这是我们三纵队继全歼美械化三六一团后全歼的第二个美械化团。

与此同时，第4纵队主力5个团也于20日晚揳入第2总队侧后，向周营、道口、相庄的总队指挥所和2个团发起猛攻，另1个团则进至满城东南的南、北奇村一带，钳制第116师，不使其北援。

第11旅在旅长李湘、政委张明河的率领下，首先歼灭了驻周营的第2总队指挥所和炮兵阵地，使敌陷入指挥上的混乱。其中一部向南、北奇村方向突围时，被驻守此地的第116师误认为是趁夜偷袭的"共军"，遂进行阻击。黑夜中，双方激烈交火，死伤百余人后，方知是"大水冲了龙王庙"。

乘敌混乱之机，第11旅又向驻道口、东营的第2总队第3团发起攻击。战至21日晨，将其大部歼灭，残部向高屯方向溃逃，被尾追而至的第11旅部队包围于野外开阔地带。

第10旅则在旅长邱蔚、政治委员傅崇碧的率领下，经彻夜激战，将第2总队第2团大部歼灭于温屯、相庄，残部压缩于各村的少数院落里。上午，第4纵队各攻击部队展开围歼作战，将第2总队2个团残部歼灭。

1955年被授予中将军衔的王道邦

面对右路、中路进攻接连受挫，左路第53军第116师和第130师第389团惊慌异常，仓皇撤回保定。位于北线涞水、定兴的第94军龟缩不前，未敢南援。国民党军分割包围晋察冀解放区的计划就此被完全粉碎。

此役，晋察冀军区部队共歼灭国民党军4个团，毙伤俘7900余人，其中第388团少将团长佟道还是晋察冀军区俘获的第一个国民党正规军将级军官，挫败了国民党军攻占易县和会攻涞源的企图，打破了蒋介石集团所谓美械装备之国民党军不可战胜的神话。

7. 正太战役

1947 年春，经过 8 个多月的作战，国民党军虽然占领了解放区的 105 座城市，但付出了惨重代价，被歼 66 个正规旅（师），连同非正规军共损失 71 万余人，经补充重建，总兵力已由战争开始时的 430 万下降为 394 万。同时，战线过长与兵力不足的矛盾日益加深，能用于第一线作战的机动兵力只剩下 85 个旅，战略上陷入被动。

为挽救全面进攻的失败颓势，蒋介石决定收缩进攻的正面，在东北、晋察冀、晋冀鲁豫战场上改取守势，抽调兵力重点进攻山东和陕北两解放区。

朱德在保卫延安军民大会上讲话

在晋察冀战场上，北平（今北京）行辕主任李宗仁部被歼 8 万余人，虽然还有正规军 10 个军 29 个师（旅）84 个团，约 31.5 万人，但为确保华北战略要地，维护交通线，保持与东北的联系，将主力集结在北平、天津、保定和北宁（今北京—沈阳）铁路北平至山海关段、平绥（今北京—包头）铁路北平至张家口段、平汉（今北京—汉口）铁路北平至石家庄段沿线，实际能抽出来用作机动的部队只有第 53、第 94、第 16 军和整编第 62 师中的 4 个师（旅），根本无法组织起大规模的攻势行动，遂以第 94、第 16 军各一部共 7 个团的兵力向冀中解放区大清河以北地区实施局部进攻。

同时，由于多数部队遭受过打击，缺编严重，士气低落，官兵厌战、反战情绪增长，普遍不愿为国民党卖命打仗。第 53 军第 130 师第 390 团团长傅广恩就直言不讳地说："我的团不能打仗，不去抢孝帽子往头上戴。"

与之相反，在解放区人民群众的大力支持下，共产党领导的革命武装力量越战越强，不断壮大，兵力发展到 137 万人，装备也得到较大改善。晋察冀军区部队已由 20.7 万人发展到 28 万余人，其中野战军由 5.1 万增至 7.8 万余人。武器装备也得到了很大改善，军区组建了炮兵团，各纵队组建了山炮、步兵炮混合营和工兵营。

根据形势的发展，中央军委确定：继续执行积极防御的战略方针，在内线作战。要求山东、陕北人民解放军实行诱敌深入，集中优势兵力，抓住战机，逐次歼灭进犯之敌，为而后转入战略进攻创造条件；豫北、晋南、晋察冀、东北战场的人民解放军大力举行战略性反攻，求歼当面之敌，逐步收复失地，以配合山东、陕北人民解放军粉碎敌人的重点进攻。

聂荣臻遵照中央军委关于大踏步进退、完全主动作战、先打弱敌后打强敌等指示精神，针对正太（正定—太原）铁路东、西段分归北平行辕和太原"绥靖"公署，指挥不统一，且各图保存实力，协调困难，以及在石家庄及正太铁路东段只有第 3 军 2 个师、第 43 军 1 个师和保安团队守备，兵力薄弱等弱点，决心集中野战军 3 个纵队在冀中、冀晋等军区部队配合下进行正太战役。战役拟在一个月内完成，分两期进行：

第一期，扫清石家庄外围的敌人，以主力第 2、第 3、第 4 纵队及地方武装一部，首先歼灭滹沱河左岸正定及石家庄东南栾城等地国民党军，孤立石家庄守军，尔后以地方武装一部于完县、满城和阳高以西地区，向保定、满城活

晋察冀军区某部行进在大清河北岸

动,准备阻击南援之敌。

第二期,以2个纵队主力分别经石家庄南、北地区,沿正太铁路向西发展攻势,首先歼灭井陉、获鹿等地之敌,尔后继续西进,求歼太原出援的国民党军。同时,以冀中军区部队牵制向大清河北进攻的国民党军。

聂荣臻回忆道:

战役前,我们对敌情作了研究分析,认为敌人的主力集结在平、津、保和北宁、平绥、平汉铁路北段沿线,如我军继续向这个方向寻找战机,根据前一段与敌人作战的情况看,是不可能打出什么名堂来的。因为那个地区的敌人过于密集,打起来,要想分割包围它不那么容易;包围起来,要想很快解决战斗也不大容易。而且那里交通方便,增援部队很快就可以赶到。只有东面的津浦路和南面的正太路,敌人比较弱。两者相比,又以打正太路的敌人更为有利。正太路的敌人除了石家庄、太原两点兵力较多而外,其他主要是些战斗力较差的地方保安团队,由于守备着沿线铁路,兵力也比较分散。而且,以娘子关为界,分属两个指挥系统。东面属孙连仲的保定绥靖公署,西面属阎锡山的太原绥靖公署。历来的军阀都有一个不可改变的特性,那就是不管什么时候,他们都要保存自己的实力。因此,我们估计在石家庄周围发动进攻时,阎锡山一般是不会支援的;我向太原方向发动进攻时,孙连仲同样也不会支援。这就便于

保南战役中，我军某部指挥员在距离敌人 30 米处察看地形

我们各个击破。此外，一九四七年一月，我军在保南作战中，将保定至石家庄的平汉铁路进行了破坏，已经不能通行，使冀西和冀中基本上连成了一片，我军在石家庄周围发动进攻，北面的敌人南下增援就不那么容易了。

4 月 3 日、4 日，第 2、第 3、第 4 纵队分别由高阳、任丘等地区，成威庄、富头、东杨村一带和肃宁西北、蠡县以东地区出发，向战役集结地域开进。为保证行动的隐蔽，部队昼伏夜行，并一律停止电台联系，沿途封锁消息。

9 日凌晨 1 时，各部按预定计划，兵分两路向石家庄外围国民党军发起突然进攻。

在滹沱河以北地区，杨得志、李志民的第 2 纵队和杨成武的第 3 纵队攻击石家庄以北安丰、正定地区守军。至 10 日，第 2 纵队推进至正定以东地区，第 3 纵队攻占正定火车站和正定县城北关、西关及城南大杨庄，并炸毁了滹沱河铁桥，切断了正定守军逃向石家庄的退路。

坐落在滹沱河北岸的古城正定，距石家庄 16 公里，为石家庄北面的重要屏障，是正太、平汉铁路的汇集点，战略地位十分重要。

县城方圆 20 多公里，城墙高三丈余，顶宽两丈，东、西、南、北四门各有瓮城三层，城角和城门楼上筑有坚固的水泥碉堡工事，形成上下、正侧交叉火力配系。城外地形开阔，有一条宽 10 米绕经城西、南、东三面的天然护城河，并筑有两道护城壕沟，可谓易守难攻。

晋察冀军区某部涉过滹沱河

　　驻守正定的是国民党军第3军第7师第19团和保安第5总队3个团，共6000余人，由第7师少将副师长刘海东指挥。

　　晋察冀军区决定以第2纵队第4旅从东门以北和北门以东、第5旅从南面和东门以南、第3纵队第7旅从西面和北门以西分别实施攻城，突破后采取向心攻击的战法，围歼城内守军。第6旅为第二梯队。

　　11日18时，正定攻坚战打响了。在军区炮兵团2个营猛烈炮火支援下，第2纵队从东、南两面，第3纵队从西、北两面，同时发起攻击。

　　根据战役部署，第2纵队第5旅在占领西林济、太平庄、南关等地域后，对自东门以南至南门以西地段实施进攻，突破城垣后，向市中心第7中学敌总指挥部和老营盘、大佛寺发展，歼灭东、西大街以南城内守敌。

　　旅长马龙、政治委员李水清研究决定，以第13、第15团在城南角两侧各展开2个营，以第14团在南门以西展开1个营，每个营组成2个梯子组、2个突击组，同时实施登城突击。李水清回忆道：

　　十四团以两门战防炮、两门迫击炮，向南门城楼射击，同时以两门战防炮、四门迫击炮向南门西侧所选定之突破口射击，在四五十米宽的城垣正面上，还集中了五挺重机枪、十三挺轻机枪、五具掷弹筒。顿时城头砖石横飞，烟尘滚滚。在强大密集的火力掩护下，三营七连七班班长黄树田带领全班，抬着长三丈六尺、重六百余斤的云梯，迅速穿过一座石桥、一道壕沟，通过了一百二十米的开阔地段，仅十分钟就将云梯靠上了城墙。这时，被我猛烈炮火打晕了的敌人，似乎刚清醒过来，一边拼命投手榴弹，一边使劲推云梯。

"同志们，党考验我们的时候到了！""我们一定要保住云梯！"黄树田一边大声地喊着，一边两手抓起手榴弹，左右开弓，向城上投去。扶云梯的几个战士，虽然不同程度地负了伤，但他们紧紧扶住云梯不撒手。突然，又一颗手榴弹落在梯子下面，黄树田手疾眼快，飞脚踢了出去，使云梯牢牢地靠在城墙上。

晚七时，突击组开始登城，第一名战士刚接近城垛，被敌人抛下的砖头砸伤，为不妨碍后续人员登城，他立即沿梯子绳索滑下。敌人又扔砖头，又投手榴弹，突击组受到严重威

赶制攻城云梯

胁。正当危急时刻，炊事班班长辛英送来两筐手榴弹。黄树田、辛英等同志，立即向城上投手榴弹，掩护突击组登城。四班副班长王儒怀着宁肯战死在城楼上、也不倒在城墙下的坚强决心，在掩护组配合下，冒着敌人的枪林弹雨，奋不顾身地往上冲。接近城头时，掩护组的火力转移到云梯两侧，他接连投了四五颗手榴弹，趁着腾起的烟雾纵身一跃，第一个登上城头。

战后，晋察冀军区授予第7连"登城先锋"锦旗一面，记集体大功；4班、7班各荣立集体特等功；黄树田、王儒荣立特等功；王儒还被授予"登城英雄"称号。

继第5旅突破城垣后，第4、第7旅也分别突入城内，迅速向纵深发展，与守敌展开激烈巷战。残敌猬集于大佛寺、天主堂及正定中学一带，企图负隅顽抗。

12日晨，攻城部队发起总攻。激战至8时，全歼守军，俘虏守将刘海东。

与此同时，在滹沱河以南地区，陈正湘、胡耀邦的第4纵队主力及冀中军

解放军登上城楼

区第 11 军分区部队，在冀南军区部队的配合下，以奔袭战法，攻击石家庄以南方村、栾城、北固城等地守军。战至 12 日，攻克栾城，有效牵制了第 3 军主力，使其不敢贸然北援，配合了主力部队在滹沱河以北的作战。

经过三昼夜的战斗，晋察冀军区部队攻克正定、栾城两座县城及石家庄外围据点 90 余处，歼灭守军 1 万余人，造成攻取石家庄之势。

国民党军第 3 军军长罗历戎异常惊慌，一面龟缩在石家庄城内，凭坚据守待援；一面向保定"绥靖"公署告急求援。

但北平、保定、天津之间的国民党军第 94 军、第 16 军、整编第 62 师等部，并没有直接南下救援石家庄，而是向冀中解放区大清河以北地区发起大举进攻，于 15 日占领胜芳镇，17 日又由煎茶铺等地经霸县（今霸州），急转平汉铁路；保定的第 53 军向南增援，到达方顺桥、望都地区。

敌人显然是在效仿孙膑，用"围魏救赵"之计，企图诱使晋察冀军区主力部队北上，以解石家庄之围。

聂荣臻可不是庞涓，不为敌人所动，在命令冀中军区部队与进攻大清河北之敌周旋，以地方部队监视保定南援之敌的同时，指挥主力于 14 日实施第二期战役计划，由正定地区沿正太铁路发展进攻。他回忆道：

在这种情况下，我们是向正太线继续进攻呢，还是把部队拉回来，到大清河北去保卫地方呢？这是一个关键。经过安国会议，总结了以往的经验，我们

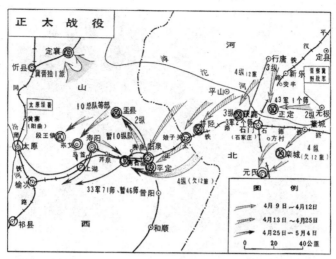

正太战役示意图

的思想很明确，除由孙毅、林铁同志指挥冀中军区的部队和民兵与敌周旋外，我主力丝毫不为所动，在完成了第一期作战任务后，毅然挥师西进。对于我们的这种做法，毛泽东同志曾来电称许说："你们现已取得主动权，如敌南援，你们不去理他，仍然集中全力完成正太战役，使敌完全陷入被动，这是很正确的方针……"我们真正这样做了，敌人也就没有什么办法。敌人所谓南下增援，由于受到我冀中军区部队和民兵的阻击，除了空运第十六军的一个团到石家庄以外，地面部队直到正太战役临近结束时，还在保定附近徘徊不前。

14日黄昏，第2、第3纵队主力经灵寿、平山沿滹沱河两岸秘密西进。15日夜，第9、第12旅一举攻克获鹿县城，全歼守敌。16日晚，第3纵队主力以"掏心"战法，乘夜大胆穿越沿途林立的敌人碉堡群，直插敌之纵深。经激战，至17日攻克井陉县城和井陉矿区，打开了西进的通路。

此时，国民党保定"绥靖"公署为解第3军之危，急将在大清河以北的第94军等部调回保定，增援石家庄，企图牵制晋察冀军区部队主力。

22日，中央军委电示晋察冀军区："你们现已取得主动权，如敌南援，你们不去理他，仍然集中全力完成正太战役，使敌完全陷入被动，这是很正确的方针""这即是先打弱的、后打强的、你打你的、我打我的（各打各的）政策，亦即完全主力作战政策"。

正太战役中，晋察冀野战军独立第 7 旅进攻敌人固守的堡垒

据此，晋察冀军区以地方部队于望都、方顺桥地区阻击南援的国民党军，以第 4 纵队集结于井陉地区为预备队，以第 2、第 3 纵队继续西进。

当晚，第 2 纵队主力从北面逼近阳泉；第 3 纵队以第 7 旅西攻娘子关，第 8 旅沿正太路向阳泉发展，第 9 旅进攻平定县城。

23 日夜，第 7 旅向娘子关发起进攻。

娘子关，又名苇泽关，西距山西阳泉 40 公里，为太行山中段著名关隘，晋冀门户。娘子关地居险要，襟山带水，东西流向的绵河经此切穿太行山，进入华北平原，形成峡谷，成为东西交通的孔道。峡谷两侧峭壁耸立，南有绵山、亡命垴，北有阎治、凤葫芦岭，谷底最低处海拔仅 350 米，南岸的绵山海拔为 850 米，高差达 500 米。周围重峦叠嶂，山势陡峭，奇峰突起，易守难攻，号称"天下第九关"。

在此驻守的是国民党军第二战区阎锡山部保安第 4 团千余人，并构筑有坚固的碉堡群，控制着周围的村庄和道路。

时任第 3 纵队司令员的杨成武回忆道：

星光下，我策马西行。我看着苍苍群山，看着几路纵队并进的浩浩荡荡的队伍，听着长空雁叫，战马嘶鸣，想起百团大战时进军的情景。同样是夜晚，而且是同样的前进路线，连目标也是相同的——井陉。可是，那时人缄口，马衔枚，一队队，一行行，步兵、骑兵、炮兵和民兵，在山腰间、崖脚下，在崎岖的小路上，在挂满露珠的青纱帐里发出沙沙沙的脚步声。是的，那时我们的力量还小，为了发起突然进攻，收到迅雷不及掩耳的效果，我们需要隐蔽行迹，秘密接敌。许多历史事件无独有偶，两次战役中的头一仗，都是从井陉打起。战役目的，也有很大的相似性。那次战役是以彻底破坏正太铁路若干要隘，消灭部分敌人，收复若干重要关隘据点，较长时间截断该线交通，并乘胜扩大战果，拔除该线南北地区若干据点，开展沿线两侧工作，基本上是以截断该线交通为目的。而今天的战役，则是为了彻底截断该线交通了。

井陉，还是老样子，倚山筑起的县城，城北面是煤矿区。城西南，雪花山高耸碧空，从云端里俯瞰着古城。星罗棋布的据点和碉堡群，拱卫着城垣和矿区。外壕、鹿寨、电网、铁丝网等，比比皆是。

战斗打响后，守敌凭险据守，借风纵火，负隅顽抗。第7旅运用攻克井陉的"挖心"战术，从正面及侧面数路同时揳入要地纵深，相继夺取磨河滩、地都、南峪等要点后，一鼓作气于24日3时攻克娘子关，全歼守敌。

这时，第8旅也越过娘子关，攻克移穰、乱流等车站和据点；第9旅扫除了平定外围据点，攻击平定县城，准备直插阳泉以西地区，切断守军退路。

至此，第3纵队主力从东南和东面逼近阳泉，与第2纵队构成了会攻阳泉之势。

见固若金汤的"东方要塞"娘子关失守，阎锡山惊慌失措。阳泉及黄丹沟

抗日战争时期，八路军某部向娘子关进军

我军攻克娘子关

煤铁矿，是阎锡山重要的燃料基地和重工业原料产地。为确保阳泉，他急令第7集团军总司令赵承绶率第33军第71师、暂编第46师（欠1个团）等部共5个团由太原、忻县（今忻州）乘火车东援。

25日晚，援军进入阳泉、赛鱼地区，与守军暂编独立第10总队会合，使该地区国民党守军增至1.1万余人。

晋察冀军区遂改以第3纵队从正面牵制阳泉守军；以第2纵队一部向寿阳西北地区迂回，至28日攻占盂县城、宗艾镇等地；第4纵队于29日进至芹泉地区，截断了阳泉、寿阳间的交通；冀晋军区独立第1旅攻占定襄县城，牵制太原国民党军。

面对晋察冀军区主力强大的围攻态势，进入阳泉地区的赵承绶惧怕被歼，于29日下午率第33军军部、第71师主力、暂编第46师回撤，向寿阳方向突围。在进入测石驿（今测石）地区时，遭第4纵队顽强阻击，被迫就地转入防御。

5月1日，晋察冀军区部队向阳泉紧缩包围，第2纵队一部攻占寿阳西南的马首、上湖火车站，切断了寿阳与太原的联系；地方部队攻占太原东北郊段王镇。

阎锡山判断晋察冀军区部队将要进攻太原，遂电令被阻于测石驿地区的赵承绶：敌已西侵，攻省城的征候甚显。我已令第8集团军集结第34军和第19军向东打；你速将阳泉部队集中寿阳，阳泉只留下几十个敌人打不了的力量即

向阳泉外围堡垒发起进攻

可，大敌来了能跑。等你把部队集中到寿阳，东西夹击敌人，以解太原之危。

赵承绶不敢怠慢，立即命令阳泉守军暂编独立第10总队总队长荆谊，率所部主力开赴寿阳。

2日，暂编第10总队除留下独立保安第5大队守备狮脑山外，主力和保安第4团及部分伪政府人员共8000余人，仓皇撤离阳泉城，沿正太铁路向寿阳靠拢。

位于阳泉西南4公里处的狮脑山，原名狮子山，因山形似狮子而得名；又因山石穴中生菖蒲，也称蒲山、蒲台山。这里奇峰陡立，峭壁千尺，地势非常险要，海拔1176米，是这一带山脉的最高峰，站在上面可以居高临下俯视整个阳泉城。北边山下正太铁路由东向西而过，东边山下是阳泉通向和顺、辽县的公路，地理位置十分重要。

守敌独立保安第5大队是日本投降时阎锡山收编的日军，有一定的战斗力，大队长滕田信雄原为侵华日军华北方面军独立混成第4旅团大队长。

当阳泉守敌西撤时，第3纵队第8旅即对狮脑山发起围攻。激战一天，第8旅第23团攻占了狮脑山发电厂，歼敌一部，并切断了水源。

困守山上的敌军开始动摇，遂派人下山送信，请求谈判投降。信中称：敝国战败以后，兵无斗志，因回不了国，混碗饭吃，有些问题可以研究。同时流露出对妻子儿女安全的担心。

狮脑山高地工事遗址

第23团团长张英辉义正词严地对送信人说："我们军队纪律严明，秋毫无犯，不像你们日本军队那样惨无人道，所到之处烧杀抢掠、奸污妇女、残害儿童。我们不但保证你们人身安全和私有财产不受侵害，还保证你们下山以后有吃有住，给你们以妥善安排。"

随即派第3营营长马兆民上山与敌人谈判受降。杨成武回忆道：

马兆民带上通信员，上了狮脑山顶。敌大队长滕田信雄向他"咔"的一个敬礼，说："我们已经不能打了，我们可以投降，要求贵军保障我们生命、财产的安全，保障我们家属的安全。"敌人仍对于生命、财产、妻子、儿女放心不下。马兆民说："这两条你们放心。我们和什么敌人作战也没有污辱过妇女，没有杀害过儿童。我们是优待俘虏的。这三条我们可以保证。你们赶快放下武器！"

滕田信雄喊了一声，日军就都从工事里走出来，把枪架好，列队立正。然后，滕田信雄送上花名册。花名册上写明：一共多少人，被打死多少人，有多少武器装备。依照花名册，一一进行了对照清点。一部电台上的仪表玻璃有裂缝，用胶布粘着，军械官说：这不是故意破坏的，早就坏了。

清点完后，滕田信雄问把部队带到哪里。

这时，马兆民感到纳闷：敌人一再担心妻子儿女，可是一个也看不见，便问："你们要我们保障你们妻子儿女的安全，他们在哪里？"

经这一问，日军大队长才把一群妇女儿童从一个岗楼里叫出来，有百十

阎锡山收编的部分日军。最前面戴眼镜者为第十总队少将副队长
李诚（原名山田岩）

个人。

马兆民派部队护送日军及其家属下山，然后到岗楼里看了看，只见里边污
秽不堪。一个小岗楼，挤了这么多人，又不敢出来，在里边吃，在里边拉，情
况是可想而知的。日本军国主义者把灾难强加在中国人民的头上，也给日本人
民带来了灾难。

这些日本兵及其家属下来以后，我叫人把他们安置在阳泉原日军营房，尽
量给他们方便，他们很受感动。滕田信雄说："你们说话算数，说到做到，我
们放心了。"

2日19时，从阳泉撤出的敌军先头进至测石驿地区，与第33军等部会合，
随后继续西行。当主力进至赛鱼、测石驿、狼峪，先头进至芹泉附近时，遭第
4纵队迎头阻击，被迫回撤。

第3纵队由东向南、第4纵队由西向东压缩，将第33军第71师、暂编第
46师和独立第10总队等部包围于旧街、狼峪、测石驿、坡头地区。当夜即发
起全线攻击。战至4日，歼敌万余人，生擒暂编独立第10总队少将总队长荆
谊，残敌逃往榆次。

在此期间，冀中军区部队和民兵有效地牵制了国民党军7个师13个团，并
于定县（今定州）以北地区歼灭由保定地区南下增援的第94军等部千余人。

晋察冀军区部队解放井陉煤矿

　　此役，晋察冀军区部队共歼灭国民党军 3.5 万余人，解放县城 7 座和井陉、阳泉、黄丹沟等矿区，控制获鹿至榆次间铁路 180 余公里，孤立了战略要点石家庄的国民党守军，对扭转华北战局起了重要作用。

　　聂荣臻回忆道：

　　正太战役的胜利，使晋察冀与晋冀鲁豫两大战略区连成一片，石家庄的敌人更加孤立。这次战役，使我区战局开始转入了主动。战役的全部过程，始终贯彻执行大踏步进退、在运动中以歼灭敌人有生力量为主的作战原则，不受局部情况的牵制，因而摆脱了被动。在战役方向选择上，指向了敌人的薄弱环节，利用了敌人两个系统互不支援的弱点，实行突破，是成功的。当时，毛泽东同志在给我们的前述电报中，曾将正太战役的这些经验总结为："这即是先打弱的、后打强的、你打你的、我打我的（各打各的）政策，亦即完全主动的作战政策。"后来，毛泽东同志又将"先打分散和孤立之敌，后打集中和强大之敌"列为著名的十大军事原则之一，是具有重大指导意义的。

8. 青沧战役

　　1947年春夏之交，人民解放军在全国各个战场上获得了重大胜利。

　　在东北战场上，东北民主联军取得三下江南四保临江的胜利后，已在南满站稳脚跟，东满、西满、北满根据地业已初步建立起来，总兵力达到46万余人，其中野战军5个纵队计15个师和11个独立师24万人，准备发动夏季攻势，转入战略性反攻。

　　在西北战场上，彭德怀、习仲勋指挥西北野战兵团以极端劣势的兵力和装

豫北战役中，晋冀鲁豫野战军某部在汤阴县城城墙上欢呼胜利

备抗击了国民党军的疯狂进攻，接连取得青化砭、羊马河、蟠龙、陇东、三边等战役的胜利，兵力由 2.6 万人增至 4.5 万人。

在晋冀鲁豫战场上，刘伯承、邓小平指挥晋冀鲁豫野战军取得豫北战役的胜利，转入休整，准备举行战略出击，"向中原出动，转变为外线作战"。

在山东战场，陈毅、粟裕指挥华东野战军取得孟良崮大捷，一举全歼号称国民党军五大主力之一的整编第 74 师 3 万余人，击溃进犯鲁中的国民党军。

在华北战场上，晋察冀军区部队取得正太战役的重大胜利，迫使国民党保定"绥靖"公署将所属部队主力收缩于北平（今北京）、天津、保定三角地带。

5 月中旬，东北民主联军发起强大的夏季攻势。为确保东北这一战略要地，蒋介石只好"挖肉补疮"，命令北平行辕派兵增援。

中央军委电示聂荣臻、萧克、罗瑞卿："东北我军由北满出动主力八个师（每师约万人）入南满，向敌举行反攻，五、六、七月是关键，你们必须钳制关内敌军，不使东调，使东北取得胜利。"

同时为适应晋察冀战局发展的需要，经中共中央和中央军委批准，重新建立了晋察冀野战军指挥机构，杨得志任司令员，罗瑞卿任第一政治委员，杨成武任第二政治委员。

根据中央军委指示和战区内国民党军部署情况，晋察冀军区主力的作战方向主要有四种选择：一是察南，二是平保间，三是大清河北、永定河南，四是津沧线。

经反复讨论，最终决定由杨得志、罗瑞卿、杨成武组成前方指挥所，以杨得志为司令员、罗瑞卿为政治委员、杨成武为副司令员，统一指挥第 2、第 3、第 4 纵队和炮兵旅、冀中军区、察哈尔（今分属内蒙古、河北）军区部队各一部，在山东渤海军区部队一部配合下发起青沧战役。

主要理由是：天津以南青县至沧县 80 余公里的铁路沿线"虽有地形上若干限制（处于运河、捷碱河、碱河之间），工事较坚固，群众条件不很好，极大的打援困难，但守敌较弱易取"，仅驻有河北省保安第 2、第 6、第 8 总队和各县保安团队，共 1.3 万余人，战斗力不强，而且"可直威胁天津，可迅速调动敌人，对阻敌向东北增兵尚有作用。如津沧线获胜，平汉北段敌可能来援，可以调动敌人。因此，决定先出击津沧线，尔后再依情况向平保间或平津保三角地区发展"。

军民合力破坏保北铁路，切断敌之交通

战役定于 6 月 12 日 18 时发起，具体部署是：

第 2 纵队全力围攻沧县及其附近地域之敌。其中，第 4 旅在扫除捷地、郝庄、王希鲁庄等外围据点后，由南向北攻击；第 5 旅占领火车站后，由东向西攻击；第 6 旅首先扫除河西岸碉堡，创造渡河条件，由南向东攻击。

第 3 纵队攻击唐官屯至青县段之敌，同时依托北碱河构筑工事，准备阻击可能由天津来援之敌。

第 4 纵队主力攻歼兴济、姚官屯守敌，以一部攻歼窑丹口、辛庄之线守敌，配合第 3 纵队阻援，并堵击可能由沧县、兴济北窜之敌。

渤海军区以 1 个团围逼津南之小站，相机占领，并钳制、警戒天津之敌；以 1 个团控制北碱河水闸，防止敌军掘堤放水；以 1 个团配合第 2 纵队攻击沧县。

冀中军区第 8 军分区部队向独流以西进攻；第 9 军分区部队位于徐水、漕河间；独立第 7 旅和第 10 军分区部队破击北宁铁路（今北京—沈阳）平津段，并相机攻占永清。

察哈尔军区第 5 军分区部队位于徐水、定兴间；第 7 军分区部队位于涿县（今涿州）、良乡间；独立第 4 旅位于松林店、高碑店间，破击平汉铁路（今北京—汉口），以迟滞敌军调动。

冀晋军区第 3 军分区部队向保定佯动。另外，除将炮兵旅原属各纵队的山炮分别配属给原纵队外，另配属第 2 纵队 8 门野炮、第 3 纵队 2 门野炮、第 4 纵队 4 门野炮，以加强各纵队火力。

解放军炮兵开赴前线

　　6月上旬，各部队分由平山、灵寿、行唐、曲阳等地区出发，跨越平汉铁路，进入冀中平原，到达集结地域。杨成武回忆道：

　　我带着三纵队跨过了平汉线，进入了冀中千里沃野。这时，小麦正在抽穗，一眼望去，绿浪滚滚，如波如涛，呈现出一派丰收在望的景象。这里的村庄，在一片明媚的阳光里，生机勃勃。乡亲们为迎接子弟兵，沿街搭起欢迎棚，准备了大批慰问品。男女老少排列街头，敲锣打鼓，笑逐颜开，相迎相送。乡亲们看到冀中子弟兵如此雄壮威武，不少的同志便凑上去摸摸战士肩上的美式枪支。顽皮的孩子还兴高采烈地伴着行军队伍走上一程，缠着问这问那，问都是些啥新式武器。精力旺盛的小伙子们更是撒了欢儿，骑上自行车，追逐运载弹药的十轮大卡车，一追就是十来里地，还为此而感到自豪。老大娘提着一篮篮熟鸡蛋，往战士们的挎包里装。年轻的妇女端着一碗碗绿豆汤，往战士手里送。秧歌队、高跷队，在路旁不住的表演，使战士们走出老远还在频频回头。

　　12日夜，战斗打响了。

　　第2纵队在渤海军区部队一部的配合下，对沧县城外围据点的国民党守军发起攻击。

　　沧县位于河北省东南部，冀中平原东部，北冀京津，东邻渤海。县城在运

国民党军修筑的碉堡

河、碱河之间，周围系沼泽地带。城墙高不过 7 米，但上端、腰部、底部均挖有射击孔，工事碉堡稠密，与城外星罗棋布的据点构成严密的防御体系。

第 4 旅在渡过南碱河后，兵分两路向北、西北猛插，一路攻占捷地火车站和捷地镇，歼沧县保安警备队 400 余人；一路攻占王希鲁庄，歼沧县保安警备队第 6 中队 200 余人。第 5 旅在渡过南碱河后，绕过达子店等据点，于 13 日 7 时攻占沧县火车站、东大圈，继续向南关攻击。17 时占领南关，逼近南门。第 6 旅相继攻占菜市口、十二户，于 13 日 14 时进抵军桥。战至 16 时，将城西面和西南面的守军全部肃清。

经过一昼夜准备，第 2 纵队于 14 日 19 时向县城发起总攻。时天公不作美，风雨大作，护城河及沼泽地中水势猛涨，道路泥泞，给攻城行动带来很大困难。

在猛烈炮火的掩护下，第 6 旅第 16 团突击队仅用 13 分钟就通过护城河，由城西南角登上城头，率先打开了突破口。第 18 团一面以强大的火力压制西门两侧守敌，一面由爆破队使用 300 斤炸药把西门炸开，大部队乘势突入城内。

与此同时，渤海军区部队由城北、第 5 旅及第 4 旅 2 个营由城东，相继突破城垣。入城各部与守敌展开激烈的巷战，逐街逐房的争夺。至 15 日晨，全歼守敌，俘虏沧县指挥官河北第 3 专署少将保安司令王维华。

12 日 20 时，第 3 纵队第 7、第 8 旅以隐蔽的动作徒涉运河，分别向唐官屯、

8. 青沧战役

马厂等发起突然而又猛烈的攻击。其中，第7旅以1个团攻占马厂及其车站后，控制了北碱河铁桥，主力迅速进至北碱河南岸构筑工事，准备打援；第8旅攻占唐官屯及其车站后，乘胜前进，再克陈官屯火车站，歼河北省保安第2总队1个大队600余人；第9旅对青县城及火车站发起攻击。

对国民党坚守的工事进行爆破

青县，位于冀东平原，运河西岸，北依平津，南接沧州。县城四周环水，守军为河北省保安第8总队一部及青县保安警备队共千余人。为阻击解放军攻城，守军将西、南、北三门堵死，只留下东门进出。

激战一夜，至13日8时，第9旅占领了青县火车站和南关，但两次攻城未果。黄昏后，第9旅以一部向东关北侧佯动，吸引守军火力，同时以一部徒涉护城河，迅速夺占东关，扼住了守军的咽喉。

14日凌晨4时，第27团及第26团一部冒着倾盆大雨，向青县县城发起总攻。攻城部队首先实施山炮抵近轰击，在密集炮火的掩护下，爆破组用炸药炸开东门，突击队立起云梯登上城头，突入城内，与守军展开激烈的巷战。至5时30分，攻占全城。天亮后又向南追击40余公里，将突围逃跑之敌300余人全歼于沧县以北地区。

12日23时，第4纵队对兴济、姚官屯等据点发起攻击。至13日晨，第10旅（欠第29团）攻克东窑子口、大朱庄、炕头等，于15时进至屯贤集地区，修筑工事，准备阻击天津可能出援之敌。第11旅攻克高官屯和兴济火车站后，在第10旅第29团的配合下，准备强攻兴济镇。第12旅攻克姚官屯、徐官屯后，主力集结于马落坡、豆店附近待命，准备阻击可能由沧县突围之敌。

西靠运河的兴济镇是个有着近2000户的大镇，东、南、东北三面环水，镇四周有一道高约4米的土围墙，墙外挖有深宽各约3米的外壕，与运河相通，

红旗插上城楼

仅有南、北两条道路可通镇内，易守难攻。镇内各通路要口、各个方向支点、围墙内外均筑有多层高碉地堡，工事坚固，并设有多道铁丝网、鹿寨，形成了高低结合、远近相辅、火力相互支援的城防配系。

守军为河北省保安第8总队2000余人，总队长高洪基吹嘘："北平、天津可破，兴济不可破！"

兴济镇果然是块难啃的骨头。第11旅第一次攻击兴济镇失利，第32团一度从镇北突入，但因后续部队遭敌火力拦阻，突入部队在敌军疯狂反扑下，伤亡较大，无法立足，被迫撤回原地。第32团总结经验，将炮兵阵地前移，同时改从工事较为薄弱的西北角突破。

15时，第二次攻击发起了。在纵队炮兵火力的有效封锁支援和第29团的积极配合下，第32团各突击部队越过水壕，炸毁城墙高碉，突入镇内。此时，第33团也从镇南门及西南角成功突破，杀入镇内。战至黄昏，歼灭守军1200余人。

高洪基见大势已去，遂率残部数百人，企图以骑兵开道突围，涉水向东南方向逃窜，但大部被毙俘于水中。

与此同时，冀中、察哈尔、渤海军区部队各一部分别在平汉铁路徐水以北、大清河以北和津浦铁路（天津—浦口）唐官屯以北地区进行牵制作战。其

8.
青沧战役

被我军破坏的铁路

中，冀中军区独立第7旅及第10军分区部队攻占永清县城，毙伤守军1500余人，并破坏了北平至天津铁路；第8军分区部队攻克天津西南王口镇；察哈尔军区独立第4旅攻克平汉线之高碑店等地；渤海军区部队攻克天津以南大里八口等地；第5、第7、第9军分区部队破坏了北平至保定铁路。

国民党军第16军及整编第62师、第92军第142师等部被迫由天津南下增援，原来准备增援东北的国民党军第94军第43师也收缩于天津。

15日，战役结束，共歼灭国民党军1.3万人，解放了沧县、青县、永清三县，控制了津浦铁路80多公里，使冀中和渤海两大解放区连成一片。同时拖住了敌人，迫使刚从察南调到保定的国民党军第16军紧急返回原地，而原计划调往东北的国民党军第94军第43师也被迫留驻天津，直接配合了东北野战军的作战，打乱了国民党的华北、东北战略决战意图，实现了中共中央的战略决策。

19日，胜利捷报传到陕北，中央军委、毛泽东致电朱德、刘少奇、聂荣臻并转杨得志、罗瑞卿、杨成武："青沧战役胜利完成甚慰。"

29日，朱德回电中央军委，赞扬青沧战役"之所以取得胜利，是由于打堡垒及攻城的战术都有相当的提高，步兵炮兵能够协同作战，步兵并善于使用炸药"，后以《冀中战况》为题，赋诗一首：

飒飒秋风透树林，
燕山赵野阵云深。
河旁堡垒随波涌，

我军炮兵部队实施炮击

塞上烽烟遍地阴。
国贼难逃千载骂,
义师能奋万人心。
沧州战罢归来晚,
闲眺滹沱听暮砧。

9. 保北战役

　　1947 年 6 月，解放战争刚好进行了一年，全国形势已发生了显著变化。

　　国民党政府不仅在政治、经济方面陷入困境，在军事上更是危机重重。国民党军被歼正规军 97.5 个旅，连同地方部队共计 112 万人，虽经不断补充，但总兵力已由战争开始时的 430 万人下降为 373 万人。其中正规军虽然还保留着 248 个旅的番号，但人数已从 200 万降为 150 万，机动兵力更是严重不足。部队士气日益低落，官兵厌战情绪持续增长，战斗力急剧下降。

守卫大桥的国民党军士兵

同国民党军队相反，人民解放军经过一年的英勇奋战，不断发展壮大，总兵力由战争开始时的127万人增加到195万余人，其中正规军接近100万人。虽然在兵力装备上仍居劣势，但握有战略机动力量。在战略全局上除陕北、山东战场尚处防御地位外，其他各战场已逐步转入战略性反攻。部队士气高涨，战斗力不断提高；广大解放区的土地改革已基本完成，后方日趋巩固。

在华北战场上，6月中旬，国民党保定"绥靖"公署所属部队在津浦铁路（天津—浦口）北段青县、沧县地区作战失利后，主力被迫东移，第16军、整编第62师、第92军第142师，以及原拟增援东北的第94军第43师等部，收缩于天津以南地区。而保定及其以北地区仅有6个师另2个团，兵力较弱。其中独立第95旅和保安第2、第3师驻保定，第94军第5、第121师和第109师1个团及保安第7总队驻徐水至高碑店铁路沿线和易县、涞水地区。

为继续牵制华北国民党军，使其无暇东顾，以策应东北民主联军正在发动的夏季攻势，6月20日，聂荣臻、罗瑞卿决心"乘雨季前，以野战军全部出击平汉线北河至漕河段，攻占徐水、固城、北河、容城、漕河等点，歼灭守敌，争取打援"。

据此，杨得志、罗瑞卿、杨成武指挥所属第2、第3、第4纵队发起保北战役，攻歼北河店至漕河铁路沿线国民党守军，并求歼其援军一部。同时，以冀中军区独立第7旅和第10军分区部队主力挺进至永定河北的庞榆地区，破毁平津铁路；第8军分区主力向津西进攻，配合渤海军区部队在津南行动；第9军分区部队配合第4纵队行动；察哈尔军区独立第4旅和平西军分区部队在高碑

出击平汉路，我军占领徐水车站

店、松林店、易县、良乡间活动。战役计划于 6 月 24 日晚发起。

　　参战各部经过 3 天的休整，夜行晓宿，隐蔽向保定以北地区开进，于 24 日到达保北平汉铁路（今北京—汉口）以东预定地域。

　　时天降大雨，道路泥泞，增加了行动的困难，军区领导当即决定推迟一天发动进攻。

　　25 日晚，保北战役正式打响。第 2 纵队攻击徐水县城，第 3 纵队主力攻击固城和北河店，第 4 纵队主力攻击漕河和徐河桥。同时，第 3、第 4 纵队各以一部兵力阻援。

　　位于平保之间铁路线上的徐水县，距保定 30 余公里。县城有南北两关，周围地势平坦，水系沟渠纵横，护城河宽深各 6 米。城墙上筑有明碉暗堡，与城内外纵横交错的壕沟相通，形成严密的防御体系。

　　守城的是国民党军第 16 军第 109 师第 325 团。该团虽是正规军，蒋介石嫡系部队，装备精良，但却是在怀来作战时被歼后重建的，士气低落，战斗力不强。

　　第 2 纵队第 4、第 5 旅对徐水县城实施南北对攻，第 6 旅负责攻击县城以北田村铺及附近据点。激战一夜，26 日晨，第 4 旅首先攻克南关。下午 3 时，第 5 旅攻占北关和火车站。

　　第 2 纵队随即发起总攻。17 时 30 分，第 5 旅第 13 团向城东北角发起攻击，仅用 10 分钟就突破城垣，杀入城内。第 4 旅也相继由城东南和南面突破，与守

我军突击队员奋勇登上徐水城墙

军展开巷战。至 23 时，攻克徐水县城，全歼第 325 团。

固城镇是保定至定兴间国民党守军的重要据点。镇子虽不大，但设防坚固，建有大小碉堡 500 多个、伏地堡 200 多个，且多为钢筋混凝土的永备性工事。镇子四周有 5 米宽的外壕，通往镇内各主要路口均为暗堡控制。东西两侧及镇北 100 米处的村落为外围支撑点，西南角大庙处地形较高，是守军的主要制高点。

驻守固城镇的是国民党军第 94 军第 121 师主力第 362 团，蒋介石的嫡系部队，全部美械装备，军官也大部受过美军训练，颇有些战斗力。团长张剑秋更是狂妄至极，吹嘘："固城之防'固若金汤'。""只要有我三六二团在，就是丢了北平，也丢不了固城。"

25 日夜，第 3 纵队按预定计划，向北河店至徐水间各点及大楼底守军发起猛烈攻击。

经彻夜激战，第 7 旅攻克北河店及火车站，肃清了北河店以南至固城间沿线据点，歼第 362 团 5 个连又 1 个排，并在红树营东西地区构筑第一道防御阵地，转入向北阻援。

第 8 旅并指挥第 9 旅第 27 团在攻占、控制刘家庄、十五汲、九汲庄地区后，就地构筑向北防御的第二道阵地，并再克田村铺、固城间碉堡及火车站、东庄，逼近和包围了固城。26 日 18 时，第 8 旅等部对固城发起攻击，但遭到守敌的顽强抵抗。

突击队在冲锋中

由于主要突击方向选择不当，夺取城外居民地后至固城镇有上百米的开阔地无法克服，加上步炮协同不济，炮兵未能及时压制守敌，有效支援步兵冲锋，致使担任主攻的第8旅第22团一连三次冲锋均遭敌火力封锁，进攻受挫。

担任助攻的第23团同样因将突破口选在镇西南角大庙守军较强的支撑点上，进攻未能奏效。

为解固城之围，国民党军保定"绥靖"公署一面急令第94军第5师由涞水经高碑店南下增援，一面将第16军和拟援东北的第94军第43师从天津以南地区调回平汉路，以策应南下增援的第94军行动。

26日拂晓，第5师先头部队被第7旅阻击部队击退后，主力相继进至红树营以北地区。27日，第5师以3个团的兵力，在飞机大炮的掩护下，分两路向第7旅第19、第20团翼侧阵地发起猛攻。激战一天，第5师发动的7次进攻均被击退，一无所获。

这时，第16军已由天津进至涿县（今涿州），第94军第121师也由高碑店进至定兴、北河店一线。

28日，第2纵队第6旅和第3纵队第7、第8旅各一部将国民党援军阻于北河店以南十五汲一带，以第2纵队第6旅另一部迂回攻击其侧后，迫使其退守北河店以北地区。杨成武回忆道：

二十八日，敌人又增调第一二一师三六三团。这样，敌人的援兵达四个团。我二十团第一营在东刘庄、第三营第九连在泥马铺，节节抗击敌人，完成大量杀伤、迟滞敌人的任务后，主动撤回十五汲、受坊村主阵地。十二时左右，敌人向我二十团第三营阵地发起猛烈进攻。三营依托十五汲村沿工事顽强抗击敌人。经过两小时激战，由于敌众我寡，阵地几度复而又失。敌人逐次增兵，战斗愈打愈烈。第三营第八连、第九连被迫转至村南，第七连被敌人包围在村内。敌人为迅速攻占十五汲，组织两个营的兵力，向七连猛攻。而七连这时仅剩下连长、指导员和十二名战士，而且连长耳朵被炮弹震聋，鲜血外溢。他们扼守着村南的一个大院，挡住了敌人通往固城的道路。

这时，围攻固城的战斗也进入到白热化的状态。

27日14时，第3纵队发起总攻。第8旅避强击虚，改由南面向镇内实施

对敌据点发起攻击

突击。第 23 团第 3 营营长马兆民一声令下，全营官兵脱掉上衣，手端刺刀，勇猛冲击。激战 2 个小时，终于突入镇内，并打退了守军 2 个连的疯狂反扑，巩固了突破口，为主力部队打开了通道。

战后，杨成武策马来到固城，在第 8 旅旅长易耀彩、政治委员王道邦、副旅长宋玉琳的陪同下，视察了这个突破口。只见突破口上白刃格斗的痕迹比比皆是：折断了的刺刀，还没有来得及处理的敌人尸体，我们战士洒下的鲜血……

从镇东面发起攻击的第 9 旅第 27 团，采取单兵滚进、小组爆破、炸毁大碉堡的战法，一举突入镇内。

28 日拂晓，第 8 旅第 22 团和第 2 纵队第 6 旅第 16 团先后从东北角攻入镇内。各部采取分割围歼的战法，与守军展开激战。至 16 时，攻占固城镇，全歼守军第 363 团，并拔除田村铺至北河店间铁路沿线各据点。

在此期间，第 4 纵队主力在冀中军区第 9 军分区部队的配合下，相继攻克保定东北地区的十里铺、荆塘铺、漕河、抬头、米家堤、孙村、樊庄等据点，歼灭河北省保安第 2 师第 5 团第 3 营及保安第 3 师一部，彻底破坏了徐水以南至抬头的铁路及沿线国民党军防御工事，有力地配合了第 2、第 3 纵队在徐水、固城的攻坚作战。

7 月 1 日，中央军委电示晋察冀军区："如定兴、北平间有好仗可打，即集中全力向该段薄弱之敌进击，否则应转移至永定河以北，向平津路进击。""每

我军攻克定兴城后，受敌投降

次作战计划以歼灭孤立分散之敌为主，必须对敌方增援有充分之事先准备，但不要将计划重心放在打增援上。因在目前情况下，敌方往往畏惧增援，若决心增援，又往往集中兵力使我不易歼击。"

此时，南援国民党军已察觉晋察冀野战军主力北上的意图，而将其主力猬集于定兴、高碑店和涿县地区，暂取守势，不再贸然前进。

为调动驻保定的国民党军出援，创造新的战机，第4纵队于4~6日袭占保定以西马厂、谢庄、南北奇村等据点，歼灭满城、完县（今顺平）保安团队千余人。但保定国民党军一直龟缩城内，未敢出援，战役结束。

此役，晋察冀野战军共歼国民党军8200余人，缴获火炮92门、轻重机枪200余挺、步枪3000余支，解放了徐水、固城，切断了平汉铁路北段，达到了拖住国民党军、不使其增援东北的目的，有力地配合了东北民主联军的夏季攻势作战。同时，改变了晋察冀解放区的军事形势，牢牢掌握了战场主动权，为转入战略进攻奠定了基础。

10. 清风店战役

    1947年秋，驻华北地区国民党军在重点对大清河北地区进行"清剿"，集中主力在正太铁路（正定—太原）与晋察冀野战军缠打的同时，为解决日益严重的粮荒，组成"清剿队""运粮队"，在解放区边沿地区四处抢夺秋粮。

    晋察冀军区一面组织野战军主力向大清河北地区出击，一面组织全解放区军民开展反"清剿"斗争。

    9月中旬，东北民主联军发起秋季攻势作战。为挽救东北危局，蒋介石命令北平（今北京）行辕从晋察冀地区抽调第92军第21师、第13军第54师、

国民党军出城抢粮

第94军第43师等5个师，至北宁铁路（今北京—沈阳）沿线或出关增援东北。这样，国民党军在华北地区兵力不足的弱点就更加突出。

晋察冀野战军在取得正太、青沧、保北三战三捷后，士气旺盛，司令员杨得志、第二政治委员杨成武、参谋长耿飚决心乘国民党军兵力空虚之际，在平汉铁路（今北京—汉口）保定以北地区发起攻势作战，调动和歼灭国民党军一部，策应东北民主联军的秋季攻势。

经过晋察冀军区部队连续打击，国民党北平行辕为防止晋察冀野战军乘虚而入，除以1个军驻守石家庄地区外，将所部主力5个军收缩于北平、天津、保定三角地带，企图依托铁路线，确保平、津、保战略要地。具体部署是：

第16军驻守大清河以北的雄县、霸县（今霸州）、新城；第22师守卫平津间交通线；第94军第1师的1个旅配置于涿县（今涿州）、涞水、定兴一带；第5师位于北河店、固城、徐水一带；新编第2军的2个师驻守保定；第3军驻守石家庄。

杨得志回忆道：

他们的企图仍然是要确保平津保三角地带这块战略要地。如果把这块三角地带比作一头牛，那么，北边的北平就是牛头，东西两侧的天津、保定便是牛腿了。我们决心既不砍它的头，也不剁它的腿，而是在保定以北实行中间突破，吃掉这头牛最肥的部分。

晋察冀军区某部开赴前线

10月3日，杨得志、杨成武、耿飚致电中央军委、中央工委和晋察冀军区，提出出击保北的3个方案：

（一）以第2、第4纵队及独立第7旅由东向西，第3纵队由西向东，攻克徐水、容城，扫清固城、保定间点碉，开辟打援战场。尔后以一部由北向保定外围佯攻，诱敌来援；以一部扼守徐水，主力准备在徐水附近歼灭援敌。

（二）扫清固城、徐水、保定间小据点，孤立固城、徐水、保定，然后围城打援。如援军多，则西进隐蔽于遂城、姚村以西，诱援敌向遂城或姚村追击，寻找战机各个歼灭。

（三）以一部围攻涞水，争取于涞水、高碑店间打援。

4日，晋察冀军区决定先攻徐水，调动敌军增援，尔后"于徐保线开辟战场，力求在运动中歼敌援兵"。据此，命令第2、第3、第4纵队和炮兵旅及冀中军区独立第7、第8旅向保定以北地区出击，采取围城打援战法，以一部兵力围攻徐水，吸引国民党军增援，以主力集结于徐水东北地区，寻机歼灭国民党援军。

国民党军保定"绥靖"公署主任孙连仲察觉到晋察冀野战军有再战保北的迹象，急忙向南京统帅部报告。

6日，蒋介石亲自在北平召集军事会议，商讨应付对策。会上，各军长纷纷请求统帅部解决粮食供应不足的困难，而对作战中屡遭挫折的原因只字不提。蒋介石大为不满，认为这是"本末倒置，只顾到遭遇的困难而忘记了我们根本的任务"，要求会议"应该着重于剿匪的经验，要指出匪军的长处，检讨自己的缺点，并研究如何制胜匪军的方法"。

11日黄昏，晋察冀野战军各部开始行动。一夜之间，国民党军防守的点线被割得支离破碎、七零八落。至12日晨，全部扫清了北河店至徐水间铁路沿线国民党军据点。

根据野战军司令部的命令，第2纵队第4、第5旅及第3纵队一部达

蒋介石部署"剿共"计划

成对徐水的包围；第3纵队（欠1个团）、第4纵队、独立第7旅等部于徐水以北烟台、芦草湾、三台镇地区开辟了打援战场；第2纵队1个团占领徐水城南漕河沿岸，向保定方向警戒。

13日晚，陈正湘、李志民指挥第2纵队向徐水城发起总攻，相继占领徐水车站及南北城关，紧逼城垣。

徐水既是北平的南大门，又是平汉路的咽喉之地。驻守在此的是国民党军第5师第15团和师属炮兵连，全部美械装备。

战斗打响后，守军拼死顽抗，企图凭着城高垒坚固守待援。激战至14日，第5旅有3个连一度突入城内，但可惜第二梯队动作稍慢。突入城内部队遭守军猛烈反击，未能巩固住阵地。第2纵队遂采取紧缩包围，进行坑道作业，准备继续攻城，以实现打援的预定方案。

杨得志回忆道：

敌人援兵出动的方向可能有两个：一是徐水以南的保定；一是徐水以北和东北的固城、容城。至于石家庄罗历戎的第三军能不能被调出来，我们也作过研究和分析。罗历戎是蒋介石和胡宗南的嫡系，石家庄是蒋介石支撑平津保三角地带的重要据点。我们当然希望能把罗历戎调出来，在运动中歼灭他。如能取得这样的结果，它的意义就不仅是歼灭了敌人的有生力量，更重要的是可以进一步孤立石家庄这个具有战略意义的大城市，并为最后夺取它创造有利条件。我们分析，这种可能性是存在的。当然，要使罗历戎离开石家庄钻进我们的口袋，比调动其他的部队要难得多。因为石家庄位置的重要，罗历戎和他的上司是很清楚的。这里的关键仍然是徐水方面的战斗情况。要使罗历戎和他的上司，确实感觉到我们的决心是不惜一切代价要拿下徐水，而徐水一旦被我们攻占，保定便危在旦夕，石家庄将受到更大的威胁。这就是说，要使罗历戎出石家庄，就必须以我们的战役行动造成敌人的错觉。

敌人果然被调动出来了。14日，国民党保定"绥靖"公署为解徐水之围，急调5个师和1个战车团，沿铁路东西两侧的容城、固城齐头并进，直奔徐水。其中，第94军等部6个步兵团，在战车第3团配合下由涿县向固城方向推进；第16军4个步兵团由霸县向容城方向推进。但石家庄方向，罗历戎仍按兵不动。

清风店战役示意图

晋察冀野战军以一部兵力继续围攻徐水，以一部兵力阻击由容城向徐水增援的第16军一部，集中主力求歼由固城西援的第94军第5师等部。

然而，徐水、固城、容城是一个小三角形地带，敌我双方众多的兵力集结于此，运动起来相当困难。经过4天激战，敌我双方形成胶着状态。这是杨得志等人早已预料到，但并不希望出现的局面。

为打破僵持局面，晋察冀野战军决定调整部署，除以一部与敌保持接触外，主力立即向平汉铁路以西的易县、满城之间转移，以诱使援军西进，便于在运动中寻机歼灭。

此时，坐镇北平的蒋介石以为晋察冀野战军兵力不足、已陷于不易脱身的被动境地，急令驻石家庄的第3军军长罗历戎率所部第7师及第16军第22师1个团北上保定，企图南北夹击晋察冀野战军于保定以北地区。

聂荣臻回忆道：

正在这个节骨眼上，蒋介石飞到北平帮了我们的忙。他错误地估计了情况，误认为我军在保北地区，已被他的主力所钳制，陷入被动，脱不了身，于是，他命令石家庄的第三军军长罗历戎亲自率领主力赶赴保北战场，企图从南

清风店战役纪念碑

北两面夹击我军。我当时正在完县参加边区土地会议，得知这一情况后，马上急电野战军的领导同志，告知了第三军出动的情报，要他们根据当时的情况，立即在前线相机做出处置和部署。这时已是十月十七日下午，保北我军主力正在向路西运动。

事后，听杨得志同志讲，他和杨成武、耿飚同志，接到军区敌情通报的时候，野战军指挥部正由驻地容城东马村向西转移。他们刚骑马走出十多里路，见到一个骑兵通信员，从东马村驻地飞奔而来，送来了军区发出的敌情通报。他们三人看完电报，得知罗历戎率第三军出动，喜出望外，立即下马，在路旁打开地图，仔细研究了这一情况。他们认为这是一个非常难得的机会，只要不失时机，就可以打个漂亮的歼灭战。但是，我军必须在十九日以前，至少把敌人阻击在方顺桥以南。敌人从新乐到方顺桥，不过九十余里路程，而我军要从徐水以北，绕过敌人固守的保定，赶到方顺桥以南地区，路程在二百里以上。所以，歼灭敌人的关键，全在能否及时赶到预定地区。

杨得志回忆道：

我们三个人围在地图旁，以小时为单位计算着敌我双方行军的速度。

我们正常的行军速度一般为每小时十华里。现在情况异常，这样的速度显然不行，要强行军。强行军的速度，每小时可达十四华里。但是连续强行军很难按这个时速计算。因为四个小时以上总要吃东西，十几个小时以上总要有点休息的时间。就算我们的战士不吃不喝不休息赶到预定战场，巨大的体力消耗是很难保证战斗胜利的。另一方面，我们从来不打糊涂仗。当时野战军三个纵

晋察冀军区某部行进中

队的大部分及上万的地方部队，都在运动中西进，要他们掉头南下，就必须讲清楚这个带全局性变化的原因。这也需要时间。

时间，时间，一切的一切都集中于时间。

我们三人的计算更具体了。罗历戎距清风店地区九十余里，天已过午，国民党军队是不敢也不愿搞夜行军的。何况罗历戎根据蒋介石的通报，认为我军兵力不足，行军速度不会加快。即使他发现了我们的意图，他的部队由于一些军官眷属紧随不舍，一小时能走十华里，也就不错了。当然，最主要的原因是从新乐县至清风店地区都属于解放区。罗历戎从石家庄北进，实际上是孤军深入。我们在这个地区有坚强的地方党和政府，有广大的、觉悟很高的人民群众，有原先布防于此的徐德操等同志指挥的独八旅和大量的地方武装、民兵。他们了解野战军的战略意图后，会积极有效地袭扰和钳制敌人，迟滞其前进的速度。因此，罗历戎到达我们预定的战场清风店一带，最早也得明日黄昏。如果地方武装和民兵钳制得好，甚至可以迟滞他们到后日拂晓。就我们的部队来说，前三个昼夜在徐水地区，不论是攻城的，阻击打援的，都是在运动中激战，体力消耗很大，减员也不少，现在强行军南下，困难自然很多。但是，要抓住罗历戎并且消灭他，我们的主力无论如何必须在二十四小时内走完二百里左右的路程，赶到方顺桥以南的清风店地区。否则，不但这个仗能不能打上是问题，即使打上，要消灭他，困难将会更多、更大。

取胜的关键仍然是无情的时间。

晋察冀边区群众积极支前。图为老百姓在易满地区修桥筑路

决心既定，绝不动摇。耿飚同志蹲在秋风萧萧的田野里起草命令：全军除原攻击徐水归二纵队指挥的部队不动外，其余各部接令后一律立即掉头南下，目的地是方顺桥以南的清风店地区。

从接到敌情变化的电报到发出南下清风店的命令，总共用了不到半个小时。

晋察冀野战军司令部下达的命令是：以第2纵队司令员陈正湘、副司令员兼参谋长韩伟、政治部主任向仲华统一指挥第2纵队第5旅和第3纵队第7、第8旅及冀中军区独立第7旅，在徐水地区坚决阻击南下增援之敌；以第4纵队、第2纵队第4、第6旅及第3纵队第9旅，经保定东西两侧，于19日拂晓前赶到清风店地区，围歼第3军。其中第4纵队3个旅配属野炮8门、山炮2门，经保定以东的大因镇、范家桥，进至望都以东的阳城镇地区；第4旅经善马庙、板桥镇，进至保定以南的温仁地区；第6、第9旅经满城、大固店，进至方顺桥以西、以南地区。

17日黄昏，参战各部立即隐蔽出发，跑步南下，边行进边鼓动。为抢在第3军前面赶到清风店，野战军司令部的动员令异常大胆，却处处透着自信：

配合兄弟地区反攻，打大胜仗的机会到来了！我们面前是蒋匪忠实走狗罗历戎亲率第七师和六十六团四个团。敌人轻率远逃，行军疲劳，孤军深入，心理恐慌，已经给我们造成打大歼灭战的充分条件，我们已调了绝对优势兵力和

晋察冀野战军某部渡过滹沱河

炮兵来歼灭敌人!

一、集中一切兵力、火力,猛打!猛冲!猛追!发挥三猛战斗作风。狠打、硬打、拼命打,毫无顾虑地冲垮敌人!包围敌人!歼灭敌人!

二、不顾任何疲劳,坚决执行命令!不顾夜行军、急行军!不管没吃饭、没喝水!不管连天、连夜的战斗!不怕困难!不许叫苦!不许怠慢!走不动也要走!爬着滚着也要追!坚决不放跑敌人!全体干部以身作则,共产党员起模范作用。

三、高度发挥作战机动性,哪里有敌人就冲向哪里,哪里有枪声就冲向哪里,哪里敌人没消灭就冲向哪里!各连、各营、各团、各旅,步兵、炮兵在统一命令和指挥意图下,要积极主动,密切协同作战!谁消极观望就是犯罪!敌人顽抗,必须坚决摧毁;敌人溃逃,必须追上歼灭!

同志们!坚决、干净、彻底、全部歼灭敌人!活捉敌人军长罗历戎!活捉敌人师长、团长!创造晋察冀空前大胜利,看谁完成任务最多、最好,看谁胜利成果最大。

打胜仗的比赛!缴枪捉俘虏的比赛!为人民立大功!

秋日黄昏的太阳,金光闪烁在冀中平原之间这一巨幅富饶旷野,从来没有显得这么活跃。千军万马从这里流过,猛扑向罗历戎的第3军。战斗号召

追赶敌人

激荡着战士们火热的心，千万双脚同时迈着步伐，向南勇猛追击，有如狂潮席卷而去。

为了节省时间，追击部队是空着肚子进行急行军的。战士们饿了就啃几口干粮，渴了就喝几口冷水，脚上磨出一层又一层的血泡。有的战士鞋底磨破了，干脆就脱掉鞋子，赤着双脚前进。在追击的行列中，没有人叫苦，没有人抱怨，除了宣传员的鼓动声，就是嗖嗖的脚步声……

果然不出所料，罗历戎不敢夜行军，17日晚在新乐县城宿营了。

情报很快送到了晋察冀野战军司令部：从敌人号房子贴的"贴子"了解到，第3军仅直属单位就有参谋处、副官处、军务处、军法处、军医处、新闻处、人事室等10多个，还有一个全套的野战医院。最为可笑的是，罗历戎竟带了一个由十三四岁的娃娃们组成的魔术团。

罗历戎可以在新乐城里看魔术、睡大觉、做美梦，但晋察冀野战军却是枪不离肩、马不卸鞍，向南跑步前进。

苏沃洛夫有句名言：胜利由两腿决定。现在的确是用两腿来对付敌人的时候了。

干部背包上摞着从战士身上"抢来的"背包，肩上扛着从战士们手中"夺来的"枪支，一边跑一边用简明的语言为战士们鼓劲："提前赶到清风店，坚决活捉罗历戎！""为我军增光，为人民立功，同志们，加油呀！"

但人是铁，饭是钢，尤其是强行军体力消耗很大，必须及时补充能量。可埋锅做饭是需要花费时间的。为此，晋察冀野战军司令部特意请冀中军区支援，为部队解决行军间的吃饭问题。时任冀中区党委和行署支前指挥部总指挥的吴树声回忆道：

十月十七日，围攻徐水的战斗进行五天了。沉闷的炮声不断传来。我们支前指挥部，变得比赶集还热闹：穿军衣的、穿便衣的，你出我进，里里外外地忙着。我正为一批粮食忙得不可开交，忽然，电话机里传来紧急通知，要我立即到野司去开会。

傍晚，我乘马赶到野司。一进屋，连口水都没顾上喝，耿飚参谋长便向我们谈起了情况……

"具体任务是什么？我们一定全力以赴！"

耿参谋长指着行军路线图说道："为了争取时间，部队决定在行军途中不做饭，由沿途村庄的群众准备好水和饭，部队到那时边吃边走，片刻不停。怎么样，能办得到吗？恐怕最困难的是明天的早饭。"

"好！我们保证部队明天早晨能吃上饭。"说着，我低头看了看表，已是八点三十分。这就是说，离明天早饭时间只有十几个小时了，我默默地计算着，从我们冀中支前指挥部布置到专区、县、区、村，最后通知到一家一户，然后再挑水、生火、淘米、和面，把生粮做成熟饭，这一套，按常规办理，起

行军途中炊事班做饭

码也得两三天。可是现在却仅有十几个小时！困难是很大的。我们必须充分利用这十几个小时，把这紧张庞杂的支前任务完成。

接受了任务，我片刻未停，催马往回赶。回到指挥部，立即开会，传达了野司的指示。为了争取时间，要求各级指挥部立刻采取一切办法：发电报、打电话、乘骡马、骑脚踏车、送鸡毛信……尽快把任务布置下去。

吴树声没有食言，果真说到做到。

18日清晨，部队进入高阳以南地区。这里是老解放区，离村庄老远就看到欢迎的人群。杨成武回忆道：

群众由县、区、村干部带着，沿街排开。干部迎上来自我介绍说，乡亲们已为部队准备了早饭。其实，不用说，透过站在村口欢迎的人群，我们已经看到：沿着小街两侧摆满了粗瓷大缸、陶瓷小盆、柳条编的挎篮、苞米叶子织的箩筐，农家所有盛食物的家什全摆开了，里边盛着新出锅冒着热气散发着油香的葱油饼、红皮沙瓤的白薯、香喷喷的烫面包子、不凉不烫的茶水、冒着腾腾热气的盐茶鸡蛋以及花生、核桃、红枣等等。看到这场面，实在叫人感动。真难以设想，他们是以什么样的速度准备好早餐的，因为从冀中军区到基层，中间还隔着那么多层次，就是把消息传到村这一级，也得几个钟头啊！

战士们一边吃着东西，一边加紧了脚步。行进队伍中，出现了民兵、民工

支前担架队

大军，连绵百里，络绎不绝，大车队、担架队首尾相接，一副"车辚辚，马萧萧"的壮观景象。

经过一昼夜的急行军，参战部队于19日晨完成了240多里的长途行军，到达保定以南方顺桥、阳城镇附近预定作战地域。

就在18日傍晚，晋察冀野战军司令部接到情报：第3军先头部队接近定县（今定州）。从新乐到定县只有50多里，第3军却走了整整一天。

其实，并不是罗历戎不想走快，但一渡过滹沱河就不断遭到地方武装和民兵的阻击、袭扰，不是踩上地雷，就是被打冷枪，搞得全军上下心惊胆战、草木皆兵。更为要命的是，第3军并未携带足够的粮草，原本打算沿途抢劫老百姓的粮食，但压根也没想到解放区的人民群众实行了彻底的坚壁清野、人粮皆空，有些村庄甚至连水井都填死了。

直到19日午后，第3军1.3万余人才如蜗牛爬般进至清风店地区。罗历戎不愧是黄埔一期生，发现北上道路被截断，立即感到威胁严重，就地转入防御。

当晚，第4纵队第10、第11、第12旅从东、北两面，第2纵队第6旅、第3纵队第9旅从西面，第2纵队第4旅、独立第8旅从南面向清风店攻击前进，对第3军形成合围。

20日拂晓，杨得志、杨成武、耿飚发布围歼第3军的作战命令：第6、第10旅攻于各营，第9旅攻清风店，第11旅攻东同房和西同房，第4旅和第12旅第35团攻胡房，将敌人逐步压缩至南合营、高家佐、东西同房、东西南合之

我军向清风店车站发起攻击

间狭小地区，而后进行分割围歼。

战斗打响后，罗历戎率第3军军部、第7师师部和2个团猬集在西南合，一面将兵力收缩到周围几个村子，构成了互为掎角、相互支援的梅花形防御体系，固守顽抗；一面向他的顶头上司第十一战区司令官孙连仲发电告急，请求增援。

谁知却遭到孙司令官的一顿训斥：共军主力不在南线，而在北线。我手上的5个师猛攻猛打了两天也通不过去，不是共军主力能打得这样硬？再说，共军连辆汽车都没有，他们靠什么在20多个小时内从保北的徐水赶到保南的清风店？他们会飞吗？他们是神行太保吗？你放心向保定前进吧！

罗历戎哭笑不得，连忙说他有空军的可靠情报，而且现在共军已打到村边。孙连仲还是不相信，亲自坐飞机到保北上空观战，指挥猛攻。

这样，留在保北的第2纵队第5旅、第3纵队第7、第8旅和冀中军区独立第7旅，能否阻挡住敌人南下，便成为保证清风店战役胜利的关键。毕竟他们只有4个旅，面对的却是第16、第94军的5个美械化师，敌我力量悬殊，而且为使敌人坚信晋察冀野战军主力仍在保北，不得不摆开架势，与敌人大打阵地战，困难重重。

当杨得志通过电台询问他们的情况时，得到坚定的回答：请野司放心，决不让这里的敌人南下一步！时任第3纵队司令员的郑维山回忆道：

解放战争时期，杨得志（左1）与罗瑞卿（左3）在一起

十月十九日拂晓，天刚蒙蒙亮，向我八旅进攻的敌人，便开始在炮火下发起了冲击。正在这时，我们接到了文年生同志拍来的电报："九旅已提前四小时赶到方顺桥，现在根据野司的命令，向敌侧翼迂回！"我们立刻把这个抓住了敌人的好消息，在电话里告诉给八旅宋玉琳旅长。很显然，他们把旅指挥所安在离火线不远的地方，从耳机里就可以听到咯咯叫的机枪声和手榴弹爆炸声。放下电话，我跑到房上向北望去，只见我军阵地上硝烟尘雾灰蒙蒙一片，激烈的枪声、炮声、手榴弹爆炸声像把阵地给抬起来了。打到上午，纵队政治部小报记者从战场上跑回来，一进门咕嘟嘟喝了一大瓢凉水，接着便指手画脚地说有个战士，一连刺倒好几个敌人……八旅打得这样顽强，敌人支持不住了，下午把进攻的方向转向二纵队的第五旅。但是，一直攻到傍晚，也没有前进半步。

随着清风店围歼第 3 军战斗的全面展开，孙连仲也终于搞清了共军主力的确是在南线，于是急忙调整部署，严令第 34 集团军总司令李文集中所有兵力沿保北铁路两侧猛攻，务必打通南下救援之路。

为解救蒋介石的这支嫡系部队，21 日拂晓，李文倾其所有，集中了连同预备队在内的 15 个团，上百门火炮，以密集的队形，向扼守铁路两侧史各庄、半壁店、荆塘铺、大营等阵地的第 5 旅和第 8 旅，进行猛攻。同时，他还组织了数百辆汽车的庞大车队，满载援军和弹药，准备在突破后，沿公路长驱南下，

国民党军炮兵训练

增援罗历戎，实施南北夹击。

时任晋察冀野战军第2纵队司令员的陈正湘回忆道：

面对敌人疯狂进攻，我立即打电话给各旅首长："李文要拼命了，这是对我们的最后考验。告诉同志们，现在我们很困难，但敌人更困难，我们一定要熬下去，打下去，坚持到天黑就是胜利。"

战斗到了关键时刻。

五旅、八旅的旅长、政委上去了，各团的团长、政委也上去了！敌我之间展开了一场殊死的决战。纵队指挥所里，电话响个不停，不断传来打退敌人进攻的报告。

李文见打不通公路，急得发了狂。他下令从不同建制单位调来一批老兵痞，重金悬赏，组成"敢死队"，用篮子提着手榴弹往上冲。这些亡命之徒，不顾死活地往前冲，十五团的防御阵地终于被突破了，后续敌人跟着蜂拥而入，一直逼到团指挥所附近。团长刘光第立即把机关干部、警卫和勤杂人员组织起来反复冲杀，突出重围，转移到新的防御阵地。

就这样，第5、第8旅官兵发扬"有我无敌、敢于压倒一切敌人"的英勇气概，面对敌人15个团的进攻，顽强阻击，连续打退了国民党援军的多次进

清风店战役中，我军阻击援敌

攻，一直坚持到天黑。随后又采取运动防御，将其阻止于徐水以北，保障了清风店歼灭战的胜利。

杨得志、杨成武、耿飚自然知道北线阻援部队所承担的压力，电示要"用一切有效手段，求得在敌前进中歼灭其一部，大量杀伤消耗敌人，坚决阻敌南援"，并将南线围歼第3军的战况通报给他们，要求他们也把北线战况，特别是困难报告野战军司令部。

负责指挥阻击作战的陈正湘、李志民、郑维山回电很简单：围住罗历戎对我们鼓舞极大，祝全胜！战士们提出的口号是：打下去，熬下去，阻住敌人就是胜利！

杨成武说："那边的同志们打苦了。"

耿飚说："我们这里要快，要争分夺秒！"

21日，第10旅首歼第3军第7师第19团主力于南合营；第9旅攻克高家佐，歼第66团1个加强营；第11旅攻克东西同房。据守东南合的国民党军慑于被歼，于中午退集西南合。第6旅乘敌收缩，突破其防御阵地，控制了200米的突破口。

这时，罗历戎仍认为解放军主力虽已赶到，但十分疲惫，在同一时间内实行南北两面作战，既要吃掉他的第3军，还要挡住北面5个师的增援，几乎是不可能的。只要援军两三天内赶到清风店，他就可以翻过手来两面夹击。于是，他把剩余的万余人集中在西南合这个不足400户人家的村子里，企图以强大的火力，阻挡住解放军的进攻。

为加速战役进程，野战军司令部连夜决定：集中5个旅的优势兵力，从东西南北四个方向对第3军核心阵地、罗历戎指挥所所在地西南合，发起总攻；以冀中独立第8旅在唐河南岸堵击可能南逃的敌军；以第12旅第36团进至望都以东九龙河南岸杨各庄东、西一线构筑阵地，阻击保定方向的援军；以第34团为预备队，集结于南同房附近，协同冀中独立第8旅实施堵击。

22日凌晨，在强大炮火配合下，第6旅由北向南，第4旅及第12旅第35团由南向北，第9旅由西向东，第10、第11旅由东及东北向西，同时杀向西南合。

时任第4旅旅长的萧应棠回忆道：

清风店战役中某团缴获的武器

二十二日拂晓，野司发出了围歼西南合之敌的总攻命令。我军各旅像无数把锋利的钢剑，劈向这个不足四百户人家的小村庄，把大群密集的敌人撕裂成无数的碎片。战斗向着最高峰发展。

空中飘浮着暗淡的阴云，雾雨蒙蒙，轻抚着战士们愤然、仇恨的焦热的胸膛。无数发炮弹从各个角落飞奔出来，朝着一个方向，向着一个目标——西南合。望远镜里，枪炮稠密，烟火腾腾，双方来去穿梭，彼此冲击。蒋介石派来助战的飞机，胡乱地扔着炸弹，机枪一个劲地扫射。一架敌机被我对空射击的枪弹击中，摇摇晃晃，拖着长长的烟带坠落、焚毁、报销了，其他几架仓皇遁去。

激战至中午，全歼第3军军部、第7师主力及第22师1个团，清点俘虏，却没有找到罗历戎。

这位罗军长哪里去了？杨得志等坚信：他既不会战死，也不会逃掉。果然，没过多久，独立第8旅旅长徐德操以掩饰不住的兴奋之情向野战军司令部报告："罗历戎捉住了，活的，在我们这里！"

杨得志回忆道：

独八旅当时在唐河边上的南合庄一带，罗历戎怎么跑到他们那里去了？原

清风店战役中我军击落的敌机

来罗历戎见大势已去，在混战中带三百余人从西南合往东南逃窜，到了南合庄被独八旅的同志捉住了。罗历戎换了衣服，隐瞒了身份，我们的战士也不认识这位将军。但战士们凭着经验，还是把他放到"俘虏官"的队列，送到八旅旅部。

巧合的是，徐德操和罗历戎还是"老相识"。

1946年，徐德操担任"北平军事调处执行部"石家庄执行小组的中共方代表，而国民党的代表正是罗历戎。那时，罗中将衣冠楚楚，气宇轩昂，跟着他的美国朋友，气派得很。没想到，仅仅一年多后，他就成了徐德操的阶下囚。

聂荣臻回忆道：

清风店战役全歼罗历戎以下一万三千多人，无一漏网的消息传到完县，大家无不欢欣鼓舞。我和萧克、罗瑞卿同志就立即乘车赶到了南合庄野战军指挥部。在南合庄和完县土地会议上，我先后见到了被俘虏的第三军军长罗历戎、第七师师长李用章、第十九团团长柯民生，还有副军长杨光钰和军副参谋长吴铁铮。罗历戎和杨光钰都是黄埔军校第一期学生。因为我在黄埔兼过政治教官，他们见到我后，都称呼我为老师。吴铁铮是黄埔军校第三期学生，他原来是共产党员，在"中山舰事件"之后退了党，堕落成了革命的叛徒。他见了

聂荣臻（右4）等接见被俘的罗历戎

我，显得十分羞愧，无地自容的样子。那个叫柯民生的团长，他说和我是同乡，也是四川江津人。我对他们说，这次内战完全是蒋介石逼迫我们打的，你们为蒋介石卖命是毫无意义的。我还说："你们愿意留下，我们提供学习机会；你们愿意回家，可以放你们回去。但是，不管留下或回去，都应该认识过去的罪过，改恶从善，重新做人。"

此役，晋察冀野战军共歼灭国民党军1.7万余人，其中俘虏第3军中将军长罗历戎、少将副军长杨光钰、少将副参谋长吴铁铮和第7师少将师长李用章以下1.1万余人，缴获各种火炮72门、轻重机枪489挺、长短枪4338支、电台8部，击落、击伤飞机各1架，对扭转华北战局起了关键性作用，为尔后夺取石家庄创造了有利条件，并策应了东北民主联军的秋季攻势作战。

23日，中共中央致电晋察冀野战军表示祝贺，并称清风店战役"创晋察冀歼灭战新纪录"。朱德总司令还即兴写了一首《贺晋察冀军区歼蒋第三军》的诗：

南合村中晓日斜，

频呼救命望京华。

为援保定三军灭，

错渡滹沱九月槎。

清风店战役中俘虏的国民党军

卸甲成云归故里，
离营从此不闻笳。
请看塞上深秋月，
朗照边区胜利花。

11. 石家庄战役

石家庄，又称石门，位于石德（石家庄—德州）、平汉（今北京—汉口）、正太（正定—太原）三条铁路交会处，西出太原，东接山东，南连豫鄂，北通北平（今北京），扼平原与山地之陲，为华北战略要地。

抗战胜利后，蒋介石把国民党军第3、第16、第92、第94军和独立第95师等嫡系部队集结于此，作为连接太原、保定两个"绥靖"公署以及向冀中、冀南、太行各解放区进攻的基地。

进驻石家庄后，国民党军在原侵华日军构筑的工事基础上，经连年加固整修，至1947年已构成完备的环形防御体系。从市郊到市中心，以宽8米、深6

石家庄解放纪念碑

国民党军构筑的堡垒

米的外市沟和宽、深均5米的内市沟及市区主要建筑物为骨干,设置了三道防御阵地。

沟外设雷场、铁丝网、鹿寨等副防御设施,并在外围村庄构筑工事;沟内侧设围墙、电网,每隔数十米筑一地堡,以交通壕与地堡、暗堡、散兵坑相连接,共有大小碉堡6000多个;内、外市沟间还建有一条50多里长的环形铁路,有6辆铁甲车,并配有1个坦克连,平时可巡逻,战时可机动作战,成为活动堡垒。市东北有制高点云盘山作依托,西北有军用飞机场便于空中支援。

虽说没有城墙,但深沟层层,暗堡林立,谓之"地下城墙"。国民党守军气焰嚣张,扬言:"石门是城下有城,共军一无飞机,二无坦克,国军凭着工事可以坐打三年!"

1947年10月17日,第3军主力1.3万余人从石家庄出动,北上增援徐水,结果被晋察冀野战军在清风店围歼,中将军长罗历戎也当了俘虏。这使石家庄的守军只剩下第3军第32师及2个保安团和附近19个县的保安大队,且与保定、太原的联系被彻底割断,处境十分孤立,岌岌可危。

对华北国民党军而言,能否守住石家庄,对于保住整个华北地区至关重要。为加强城防力量,11月初,保定"绥靖"公署只得挖肉补疮,将其独立团和驻保定的第3军炮兵营空运石家庄,使石家庄守军总兵力增至2.4万余人,并补充弹药 7.8 吨。

杨得志回忆道：

石家庄有"地下城墙"，地上却是四门大开的。这给我军突进提供了极有利的条件。更重要的是清风店一战，石家庄原来的最高指挥官罗历戎被我俘虏。现在的防区总指挥叫刘英，是罗历戎手下的三十二师师长。他的总兵力号称两万多人，其实正规部队不过一万多一点，其余是石家庄周围十几县逃亡地主的反动武装。石家庄城大人多，街道复杂，敌人布防严密，但是我们在清风店战役中缴获了敌人大量的地图、文件，其中有一份《石家庄半永久防御工事、兵力部署及火力配系要图》。据俘虏供认，这份绝密要图，是罗历戎准备到北平当面向蒋介石汇报用的。另外，石家庄城内有我们四百多位机智、勇敢、经验丰富的地下党员，对敌人来说，这是些随时都可以爆炸的"定时炸弹"。清风店战役后，我们有意识地将近千名俘虏放回石家庄，更加动摇了守敌的军心。实际上石家庄已经成了一座"陆地孤岛"。

清风店战役结束的当天，聂荣臻等鉴于石家庄城防坚固，但守军较弱的情况，向中央提出迅速集中野战军 3 个纵队和 6 个独立旅"乘胜夺取石门"的建议。

薄一波（右）、聂荣臻（中）、滕代远（左）在华北前线

聂荣臻回忆道：

　　早在正太战役结束之时，石家庄就被孤立起来了。我们对如何夺取石家庄已经考虑了好久，认为只要先消灭第三军几个团，就可以夺取石家庄了。因为石家庄虽是个设防城市，设防再坚固是要用兵来守的，兵不多不行。清风店歼灭战之前，没有机会消灭它的一部分主力，以削弱它的防卫力量。但是，当时不打石家庄，也没有什么危险，它的周围都是解放区，像一个陆上孤岛。我们没有贸然决定打它。经过清风店歼灭战之后，我认为打石家庄的时机已到，不论从敌人的兵力上看，还是从我军的战斗力和攻坚能力上看，打下来的可能性很大。所以，我们就定下了攻打石家庄的决心。当时讨论有两个方案，一是围点打援，一是全力攻下它。围点打援是个好办法，既能把石家庄打下来，又能歼灭它一部分援兵。但是，也估计到敌人援兵不敢来的可能性很大。因为北面的敌人被死死地阻击在保定以北，连清风店都援救不了，怎么敢来解石家庄之围。西面的阎锡山，正太战役后惊魂未定，估计也不敢来，何况他们还有军阀之间的矛盾。所以，我们的决心是，如果援兵来了，就集中主力打援，回头再打石家庄；如果援兵不来，就一直打下去。但基本的决心是把石家庄包围起来，一举攻克。

　　23日，朱德、刘少奇复电同意，指出："即不能打开，亦可能引起李文、袁朴等南援，在石、保间可能寻求大规模的运动战，对我有利。"

　　当天12时，中央军委复电批准了攻打石家庄的建议，电文是毛泽东亲自起草的："二十二日十二时电悉，清风店大歼灭战胜利，对于你区战斗作风之进一步转变有巨大意义。目前如北敌南下则歼灭其一部，北敌停顿则我军应于现地休息十天左右，整顿部队，消除疲劳，侦察石门，完成攻打石门之一切准备。然后，不但集中主力几个旅，而且要集中几个地方旅，以攻石门打援兵姿态，实行打石门。"

　　25日，朱德出席晋察冀野战军的作战会议，指出："石家庄是战略要地，只许进一步，不许退半步，如果石家庄解放，华北的整个形势就不一样了。"

　　会上，朱德提出"勇敢加技术"的号召，并与野战军司令员杨得志、第一政治委员罗瑞卿、第二政治委员杨成武等研究制订了作战计划，确定"以阵地

石家庄解放后，我军举行了隆重的入城式。图为队伍走进市区

战的进攻战术为主要方法"，采取稳打稳进的方针；以坑道作业接近碉堡，用炸药爆破，辅以炮击，各个摧毁守军工事；继以步兵突击，夺取守军各道阵地。

具体部署是：第3、第4纵队分别由西南和东北方向担任主攻；冀晋、冀中军区部队各一部分别由西北和东南方向助攻；第2纵队、独立第9旅及第3、第9军分区部队配置于定县（今定州）、新乐间，构筑防御阵地准备阻击保定方向的援敌；察哈尔（今分属内蒙古、河北）军区独立第4旅出击北平至保定铁路沿线，配合主力作战。同时，晋察冀解放区政府调集民兵、民工近10万人，担架1万多副，大车4000余辆支援作战。

杨得志回忆道：

会后，野司把朱老总关于"勇敢加技术"的指示作为一个口号传达到所有部队，要求坚决贯彻执行。练技术我们强调了两条：一是土工作业。平原地带大部队攻坚，没有隐蔽点等于等着挨打，绝对不行。敌人不是有沟壕吗？那好！我们便沟对沟，壕对壕。要求前沿部队把壕沟挖到距敌二三十米处，不仅手榴弹可以砸进去，而且冲锋号一响翻身便可以扑进敌人的沟里。为了更快地接近敌人，各部队准备了大量的梯子，占领壕沟后搭在上面，成为活动桥梁，直扑敌人内城。二是爆炸技术。石家庄里里外外六千个以上的碉堡，完全靠我们有限的炮兵去摧毁是不可能的。沟壕之内，街道楼房和上千的暗堡主要是靠炸药包。原来我们只有土造的黑色炸药，清风店战役中得了一大批威力更大的黄色炸药，部队要学会使用，还要提高爆破技术。总之一句话，要按朱老总讲话的要求，以学习攻打大城市的精神进行石门战役，为夺取大城市创造经验。

11月4日，各部队按原定作战计划，分别进入指定地点。5日夜，攻城部队南渡滹沱河，突然包围石家庄外围各据点。

6日拂晓，各部队用隐蔽、突然的动作，在炮兵掩护下，全线发起攻击。战役第一阶段的重点是攻打石家庄西北角的大郭村飞机场和北面的云盘山。

自解放军兵临城下后，石家庄已然是一座"陆上孤岛"，空中运输就成为守军接受外来援助的唯一通道。因此，第3军第32师师长兼石家庄警备司令刘英把大郭村飞机场看成守军的命根子，在机场布置了1个步兵团和第3军高炮营。

7日晨，第3纵队由城西南，第4纵队由城东北，实施主要突击；冀晋军区独立第1、第2旅由城西北，冀中军区独立第7、第8旅由城东南，实施辅助突击。负责攻击大郭村飞机场的是冀晋军区独立第1旅，旅长曾美回忆道：

大安舍的东面、北面各有一个敌人的大碉堡，村西是敌人的大马村据点，村南紧挨着飞机场，是一连串的堡垒群，几乎每隔二三十米就有一个，敌人的火力互相交叉，形成如蛛网般的交叉火力网。……到第二天黎明，就在我们马上要歼灭小安舍敌人的时候，大安舍、西三庄、飞机场三地的敌人，突然在飞

国民党军运送物资准备空投

11. 石家庄战役

机的掩护下，从4个方向向小安舍的一团一营拼命反扑，妄图夺回村庄，解放军突击部队的后路被切断了。……几乎是眼看着敌人的飞机由2架增至4架，又增加到6架，机场方向的炮弹也不停地投下来，小安舍被封锁得像铁桶一般。我们当时给各连下了"死命令"，哪怕只剩下一个人，也要坚持到最后！

攻占小安舍的第1团顽强抵抗，死守阵地。攻克大安舍碉堡的部队经反复冲杀和攻击，占领了外壕阵地，用手榴弹炸开了主要堡垒，攻下了大安舍。敌人终于支撑不住了，丢下武器，逃往市区。独立第1旅占领大郭村飞机场，意味着石家庄守军的空中交通线就被彻底切断了。

与此同时，其他各部队激战一天，相继攻克了留营、西三教、柳林铺、南翟营、北翟营和东岗头等阵地。下一个重点攻击目标是位于石家庄东北角的云盘山。

虽名为山，其实不过是一个高二三十米、像个三层楼那样高的硬土包，但在一马平川的石家庄东北部，云盘山却说得上是绝无仅有的制高点，故有"丢了云盘山，石门丢一半"之说。

当年，侵华日军在云盘山上修筑了大量的碉堡和防御工事。国民党军接收后，又对原有工事作了大规模的改造和加强，以山顶上的一座庙宇为核心，用钢筋水泥修筑了一座上下三层的地堡，还在山脚和半山腰挖了两道宽6米、深10米的壕沟，设置了两道电网。从山顶到山腰构有碉堡、地堡13个，以战壕、交通壕连接，并以地道直通外市沟。

驻守云盘山的是保安警备队1个加强连。虽说是地方部队，但火力配备却

突破敌人外壕

我军炮兵进入阵地

很强，有4挺重机枪，9挺轻机枪，4门六〇迫击炮，构成了密集的交叉火力网，号称是"铁打的云盘山"。

担任主攻任务的第4纵队第10旅第30团把山炮推至距云盘山核心工事只有300米处，进行抵近直瞄射击。谁知，一阵猛烈轰击后，核心工事竟然完好无损。原来，核心工事的墙壁达数尺厚，坚固异常，山炮的威力太小，无法将其摧毁。云盘山上的守军更加嚣张，向山下疯狂扫射，顽强抵抗。

参加强攻云盘山战斗的第30团3营9连1排战士周柱海回忆："因为事先选择突破口不理想，一开始，冲上去后遭敌人火力压制，伤亡很大。那一仗连里的连、排级干部几乎都牺牲了。因为战士可以匍匐前进、躲避敌人火力，而干部却必须站着指挥战斗！"

好在，这时的第10旅已经积累了一些攻坚经验，见强攻受挫，立即调整战术。政委傅崇碧决定采用工兵作业，向山顶上挖掘暗壕，直抵核心工事脚下，一股脑塞进了几百斤炸药。

随着"轰隆"一声巨响，浓浓的烟雾腾空而起，遮天蔽日。攻击部队在浓烟的掩护下，一口气冲上了山顶，却见核心工事竟依然未被摧毁，但工事内的敌人都被巨大的冲击波震昏了。没等守军清醒过来，攻击部队已经冲到工事跟前，一顿猛打，全歼了这个加强连。

8日晨，第4纵队占领云盘山后，把大炮拉上山，居高临下，向石家庄发电厂轰击，切断了整个市区的电源，内、外市沟的电网也就成了摆设。

11. 石家庄战役

解放军攻入城区

外市沟犹如一条巨蟒，蜿蜒盘踞在石家庄近郊的四周。沟外地形开阔，没有可供利用的地物，无法接近。

于是，各部队在火力掩护下，以及民兵和民工的协助下，实施近迫作业，改造地形，并提出"人到哪里，工事就挖到哪里"。经一天两夜，至8日晨，完成了纵横交错的交通壕，前锋直伸距外市沟前沿百米以内，隐蔽坑道则挖到了外市沟外沿。

当天16时30分，野战军炮兵部队实施火力急袭。突击部队以坑道爆破和强行突破的方法，向守军外市沟防御阵地发起攻击。

17时，第3纵队第7旅首先在外西兵营爆破成功，将外市沟炸开了两个8~10米宽的缺口，并乘着爆破的烟幕跨越市沟，夺取了守军前沿阵地。尔后向两翼发展，占领了农业试验所、西焦村、西里村、城角村、洒酒司等要点，并击毁国军机械化小分队的装甲车、铁甲列车各一辆。

与此同时，第3纵队第8旅突破外市沟阵地后，攻占振头镇、西里村；第4纵队第10旅由云盘山以西突破，攻占义堂村、花园村及八里庄，歼保定"绥靖"公署独立团主力；第4纵队第12旅在北宋附近突破，攻占范谈村；冀中军区独立第7、第8旅攻占东三教、槐底村；冀中军区独立第1、第2旅包围北焦等据点。

战至9日晨，内、外市沟之间守军阵地，除北焦、元村、彭村等据点外，全部被攻克。攻城部队随即以一部兵力围困、监视上述据点，主力继续向内市沟守军阵地推进。

内市沟是国民党守军的第二道防线，也是主要防线。当晚，天上下着蒙蒙细雨。攻城各部队在夜色掩护下，冒雨展开向内市沟前进的大规模土工作业。

第1梯队在前沿展开，先挖卧射掩体，再逐渐构成跪射和立射掩体，随后再把一些掩体加盖成地堡，然后再将各个掩体和地堡横向贯通，筑成堑壕。第2梯队构筑纵向交通壕，守军火力射程之外的交通壕则由民兵和民工构筑。

经过一夜突击，地形全部改观。纵横交错的堑壕、交通沟，满布于内、外两道市沟之间纵深2000米的开阔地。在离内市沟60米处挖掘坑道，直到内市沟外壁，并构筑爆破洞，放置炸药，准备炸开内市沟。

据被俘的第32师第94团团长供称：头天黄昏，看到阵地前几里路还是一片平原，第二天拂晓，你们的许多地堡已经到了我们跟前，遍地都是交通壕，我就知道不行了。

毕竟这是晋察冀野战军第一次攻打敌人坚固设防的大城市。为了顺利突破内市沟，各突击部队都召开"诸葛亮会"，研究战法。时任第4纵队第10旅第29团6连指导员的王鸿禧回忆道：

七班的同志们正在研究云梯模型，使我发生了浓厚的兴趣。当我们炮兵还不十分强大的时候，云梯还是重要的攻坚手段。这个看起来似乎很简单的东西，要做到既轻便又坚实可不太容易，几个月来各级指挥员不知为它花费了多

正在阵地警戒的国民党军士兵，其前方为一座蘑菇碉

突击队员跳出战壕冲入敌人阵地

少心血。大清河北战役时，战士们发明了一种可以伸展的"蜗牛梯"，对过沟、攻碉堡起了很大作用，缺点就是太笨重。现在七班的这个云梯是用树枝、草棍扎成的模型，是折叠式的，看来灵巧坚固，下半截靠在沟的外沿，上半截折过去搭在沟内沿的墙上，形成一个倾斜的天桥，上面铺上木板，突击队可不必下沟，一气跑过去，登上壕墙……看了战士们的这一创造，我很兴奋，但也还为梯子的尺寸大小、负荷能力和如何操纵等一系列的问题担心。战士们都一一作了解答，他们什么都想到了。最后，大家给它起了个名字，叫作"合叶梯"。

离七班不远，八班的阵地上更热闹。班长张喜顺正伏在地上指手画脚在说什么，周围卧着一堆人。我走近一看，嚯！地上摆了个内市沟的沙盘模型，用土块垒成的小碉堡，自右至左都编了号。张喜顺指着："一号碉可用炮火摧毁，二号碉需要爆破，三号碉需要特等射手封锁枪眼……敌人工事再坚固，它是死家伙，只要我们火力组织得好，冲得猛，内市沟保准突破……"

"这个主意很好，你说说你们的打法吧！"我在一旁插了一句。张喜顺一看是我，立刻凑过来要求："指导员，把突击任务交给我们班吧，我们的打法是手榴弹加刺刀！"他说着挎起炊事班送饭用的荆篮，篮子里装的不是馒头，而是一块一块的土坷垃。另外两个战士手里提着两条米袋子。我一时还弄不清这是干什么的，只见张喜顺把一块块的土坷垃投掷出去，跟着，拿米袋子的战士跑了上去，将米袋子搭在山药蔓子做的"铁丝网"上，扬起一把黄土，接着喊起杀声，战士端着刺刀冲去……

　　这个表演动作，看起来轻松，实际上它却凝结着无数战士的智慧与鲜血，是从多少次战斗的经验中提炼出来的。在战斗中，手榴弹如果先敌一秒钟投出去，就可能压倒敌人取得胜利。张喜顺的办法实际上就是一个"快"字当头。他把手榴弹弦拉出来，捆在篮子提手上，正是为了冲击时省去揭盖拉弦的时间，可以一个一个地投掷，也可以两个三个一块投掷；米袋子装的是小包炸药，专为破坏铁丝网用的，搭上去就跑不了。他们把这种办法叫作"连环雷"加"米袋炸药"。三排长阎连喜最后把七班的"合叶梯"和八班的"连环雷"结合起来，演习了一遍，形成突击队完整的一套打法。

　　这套打法果然在随后的实战中得到了检验，发挥了重要作用。为此，朱德总司令还亲自接见了王鸿禧和张喜顺，鼓励他们："你们这些办法很好。这就是我们一向提倡的战场军事民主。因为你们贯彻得好，所以仗就打得出色！"

　　10日16时，攻城部队在强大炮火配合下，向内市沟防御阵地发起总攻。整个石家庄国民党守军阵地到处闪着火光，到处腾着浓烟，到处飞着瓦砾……

　　第8旅率先爆破成功，从西面突破，经反复争夺，攻占西南兵营、东里村，歼守军第96团主力。第10旅从东面突破后，连续打退守军第94团在坦克掩护下的7次反扑，巩固了突破口，并迅速向铁路以东市区发展。冀中、冀晋军区部队歼元村、彭村、北焦守军。

我军炮兵向敌开火

10 日、11 日，担任第二梯队的第 4 纵队第 11 旅、第 3 纵队第 9 旅相继加入战斗。各部队勇猛穿插，分割围歼，经过激烈巷战，歼灭守军大部，并将守军残部压缩于火车站、大石桥和正太饭店一带核心阵地内。

第 3 纵队第 7 旅第 20 团警卫排战士王庆和回忆道：

1947 年 11 月 11 日黎明时，我第一眼见到石家庄市区的景象仍然细致清晰，路口筑有钢骨水泥碉堡，楼上有工事，楼下有地沟，与街巷口地堡相连，每一条街巷路口楼窗铺门都用麻袋堆起了临时街障壁垒。第一次在楼房林立、店铺相连的城市中进行巷战，我们还真缺少经验！团参谋长立即用无线电命令先头部队停止正面进攻，避开大路，占领两侧，主力由复兴路南侧的大桥街向东前进，再从大桥街穿墙破壁返到复兴路，从敌人背后打。就这样迂回前进，声东击西，很快就打到大桥街东口，清扫了大桥街到车辆厂门口地段，把敌人赶回核心工事。

经过 20 个小时的激战，石家庄市区已大部被解放军占领，第 32 师师部和第 95 团残部仍顽强据守着以大石桥为中心的核心工事抵抗。

大石桥是一座铁路天桥，因用大块方石垒砌而得名。第 3 军进驻石家庄后，罗历戎看中了这座桥可作指挥所，于是下令将桥孔统统堵死，四周立起高高的围墙，把大石桥变成了一座能攻能守、能打能藏的巨大堡垒。附近高大的

国民党军在城市内修筑的伏地堡

正太饭店也筑有坚固工事，作为屏障。

这个工事罗历戎没用上，刘英倒是用着了。石家庄战斗打响后，刘英就把大石桥作为自己的指挥所。

12日晨，晋察冀野战军调整部署。第11旅炸毁铁甲列车后，并在缴获的坦克、火炮掩护下向守军核心阵地发起冲击，攻占火车站。接着，第3纵队主力从西面和南面，第4纵队从东面和北面，冀晋军区部队从西北面，向守军指挥中心大石桥发起攻击。

此时，周柱海已经从普通士兵变成了代理排长。他回忆道："11月12日的天亮时分，在炮火和硝烟中，我冲上了大石桥，稳稳地把我们排的红旗插到了大石桥的最中央。霎时间，敌人的炮火就密集地打过来了。尽管很快这面旗帜被对面隐藏在正太饭店的敌人的炮火打倒了，但看到这面旗帜后，我们部队的斗志更加高昂了。"

自解放军开始攻城后，刘英就不停地向北平、保定呼救求援。可每次得到的回答都是"固守待援"，他已经隐隐感到援军到来无望，遂下定"杀身成仁"的决心。

正当刘英在大石桥指挥所内对着电话筒下达指令时，几名解放军战士突然从天而降，出现在他的面前。望着黑洞洞的枪口，刘英乖乖地举起了双手，但百思不得其解：四周都是自己的部队，这几个解放军是从哪里钻出来的？

深入敌穴、活捉刘英的是第4纵队第10旅第30团2连的战士。时任第30团政委的王海廷回忆道：

石家庄战役中，我军战士冲向街巷中的敌军工事

十一日黄昏后，据傅政委电话通知，背面敌人除市郊范村据点外，其余均肃清。为加快战斗进程，野司决定调整部署。我团奉命于当夜指挥一、二营迅速越过铁路以西，向南发展进攻，占领车

站北道岔、夺取水塔制高点，而后于十二日晨从铁路西侧会攻敌人盘踞的核心阵地。我团现有阵地由二十八团接替，团指移到敌核心工事北十字街口的高炮楼。

我带着警卫员刘静波、通信员小张赶到高炮楼时已经深夜了，各种枪炮声都暂时停止，出现片刻的宁静。风声瑟瑟，微带凉意。这是激战前耐人寻味的寂静，悄寂中孕育着将要掀起的风暴。忽然，小张报告："政委，二连连长刘士杰从营部来电话。"

我接过电话，刘连长报告敌情有变化。他说："我们二连乘夜暗沿北道岔一侧越过铁路，悄悄接近敌核心工事，在铁路工棚里潜伏警戒，捉住两个俘虏。俘虏说，他们知道今晚口令，在外面的部队要全部撤进核心阵地死守待援。我和指导员合计，这是个好机会，乘敌人收缩兵力，冒充敌人跟随混进去，摸到大石桥指挥所抓刘英，准有把握抓几个出来。"他又说，"有这两个俘虏，又有解放战士郑从发和张勇发原是敌第三军军部的士兵，里面路熟，他们自告奋勇带路捉刘英。"

这时，刘连长又焦急地说："现在从北兵营方向撤下来一股敌人，正慌乱地奔向核心工事。"

在这万分紧急的时刻，团长、参谋长不在，与旅电话不通，该怎么办？我想，战法没有固定之法，既可硬攻，又可巧取，作为政治委员，关键时刻优柔寡断、当决不决、贻误战机就是有罪。于是我果断地对刘连长说："同意你们连的意见，叫吕营长接电话。"

一营吕凤阁营长接过电话领受任务。我说："同意你营二连利用夜色掩护摸进敌人心脏，活捉刘英。你们全营接应，天明就总攻。"

于是，2 连在这两名投诚士兵的带领下，用模仿国军哨口令的方法，混进了大石桥第 32 师师部，包围并一举擒获了正在右边第二孔房间开会的第 32 师师长刘英、副师长彭定颐、参谋长贺定记、新闻室主任周新等一帮"首脑人物"。

杨成武在回忆录中非常生动地记述了刘英被俘后的一幕：

傅崇碧带着团以上干部，到前面观察敌情、地形，以便向市区展开兵力。

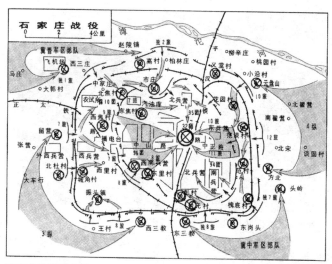

石家庄战役示意图

在他们前面，一个侦察连搜索前进。他们悄悄地摸了两三里，发现离火车站不远了，尽管夜色浓重，也还能看到车站里有很多敌人。这种遭遇，具有很大的危险性。傅崇碧发现右侧有个高大的水塔，忙指挥大家抢占水塔。

正在这时，打前站的侦察兵抓来五六个俘虏，报告说："政委，我们抓到了敌人的师长！"

"师长？"傅崇碧当时还不敢相信。

"是敌人的师长，还有敌人的参谋长……"

傅崇碧顾不得再问，因为敌人黑压压地向他们扑过来了。

他们进了水塔。水塔里边有很大的空间，一个侦察连都进去了。几挺机枪守在水塔门外，傅崇碧让干部用报话机调动部队迅速往上靠。

敌人显然想抢回他们的指挥官，轮番冲锋，激战达一小时之久，最后丢下二百多具尸体，退下去了。

傅崇碧叫警卫班把手电打亮，这才看清几个俘虏的装束。一个俘虏佩戴着将军军衔，衣服笔挺，中等个头，稍胖，他无疑是敌三十二师师长刘英了。其余几个，多是校级军官。

原来，我们的侦察兵神不知鬼不觉地往前摸，敌人没发现他们，他们竟闯进敌人的师指挥所。敌人还没有缓过神来，枪口已经堵在胸口窝了。这样一来，敌人失去了指挥，大石桥、火车站、正太饭店等处的敌军只好各自为战，

晋察冀军区部队与国民党守军进行巷战

无法统一调整部署了。

傅崇碧对敌师长刘英说："我们已经把车站包围了。为了减少伤亡，你马上下命令，叫他们投降！"

那家伙还挺硬，说："他们是军人，不会听我的。"

"我是前线指挥官，我命令你写！"

敌师长迟迟疑疑不肯动笔。傅崇碧掏出手枪，哗啦一声顶上子弹："你不写，我就枪毙你！"

傅崇碧并不是真要枪毙他，而是吓唬他，叫他写投降命令。

这一着很见效，敌师长脸色顿变，连连地说："我写，我写！"

他写了要正太饭店一个团守敌投降的命令，叫一个校官送去，并派他的副官到火车站以他的名义喊话。

于是，大石桥守军放弃抵抗，而火车站、正太饭店的守军由于没有及时接到投降命令，仍继续负隅顽抗。

第3、第4纵队及冀晋军区部队继续发起猛攻，攻占了火车站。正太饭店成为国民党守军在石家庄的最后一个据点。

敌人十分顽固，把坦克挂在火车头上，在铁路上来回机动，向进攻部队疯狂扫射！杨得志回忆道：

当时我们对付坦克没有经验，几次使用爆破的方法虽然都没有成功，但指

缴获的国民党军火车

战员们却抓住了坦克的活动规律。有位叫康德才的指导员，带领战士杨大海趁再次爆破的烟雾，勇猛迅速地登上坦克，命令坦克手调转炮口向正太饭店轰击。

第2纵队第22团冒着敌人的枪林弹雨，用集束手榴弹炸开了正太饭店的大门，冲入楼内，双方从楼下打到楼上，又从楼上打到地下室……激战持续了两个多小时。

至11时，第32师第94团团长朱剑征以下1000多名官兵，高举双手走出了正太饭店。至此，市区的国民党守军全部停止了抵抗，缴械投降。经过六昼夜的攻坚战，石家庄回到了人民的怀抱。

这时，位于石家庄以南约70里的元氏县陷入孤立无援之地，野战军决心以一部兵力乘胜南下，直取元氏。

元氏县城是一个极为坚固的石头城，城墙平均高约12米、厚约5米，四角各建有一个大型点碉，沿城顶筑有绵密碉堡。城内主要街道与路口筑有各种工事和盖沟，城外、关外各有一道围城沟，深宽各约6米，沿沟内外设有碉堡和鹿寨。

驻守元氏的是河北保安第5团、元氏保安警备团和赞皇、高邑保安警备队，以及从石家庄逃去的赵县、柏乡等县地方武装残部，共4000余人。为首的是保安第5团团长兼元氏县县长魏永和。别看守军人数不多，但集惯匪、流氓、特务、地主于一窝，无恶不作，反动顽固透顶。

被俘虏的国民党军

　　早在正大战役时，晋察冀野战军就想彻底铲除这个留在冀中、冀南解放区内的反动堡垒，但由于城墙过于坚固，守敌相当顽强，两次强攻均未成功。

　　17日，晋察冀野战军司令部决定，由冀中军区前指率独立第7、第8旅迅速南进，在太行军区第34、第35团配合和华东军区榴炮营、晋察冀军区炮兵旅野炮营、第3纵队工兵营等支援下，对元氏县城发起围攻。

　　具体部署是：独立第7旅配属火炮15门、工兵2个连另1个排，从城北面及东北面攻击；独立第8旅配属火炮7门、工兵1个连另1个排，从城南面及东南面攻击；太行部队从城西面攻击。计划首先攻占第1道围城沟及东、南、西三关，而后攻进城内。

　　各部队按计划向第1道围城沟进行坑道作业，改造地形。22日下午4时20分，发起第一次总攻。但由于爆破点距外沟较远，各攻击部队先后对外沟进行连续爆破均未成功，随后组织强攻仍未得手。

　　23日，独立第8旅一部突入沟内，占领南关外一段围城沟内壁，并以此为阵地，继续向内发展。激战至下午，守军支撑不住，被迫将各关工事焚毁，撤出第1道围城沟及"三关"，退守城内。攻城部队趁势逼近城垣及第2道围城沟，展开土工作业。

　　12月2日，经过9天紧张激烈的坑道与反坑道斗争，各攻城部队共挖掘成6条直通城垣的坑道。每条坑道里面都装填了超过3000公斤的炸药。

晋察冀野战军围歼元氏县守敌。图为突击队向敌阵地冲锋

下午 3 时 20 分许，6 条坑道同时点火起爆。随着惊天动地的巨响，南门、西门的城墙顿时被炸塌。徐德操指挥的冀中军区独立第 8 旅，在南门一条坑道里装药 7000 公斤，引爆后，把南门城楼上保安团 1 个连全部炸死，连守军的迫击炮都炸飞到北门去了。

攻城部队以爆破烟雾与火炮机枪火力为掩护，从爆破口打开进城通道，突入城内，与敌展开激烈巷战。战至 3 日晨 7 时，击毙魏永和，全歼守军，解放元氏县城。

此役，晋察冀野战军共歼国民党军 2.4 万余人，缴获坦克 9 辆、火炮 100 余门、枪 1 万余支、铁甲车 5 列、机车 90 台、汽车 280 辆及大批弹药、物资，拔除了国民党军在华北的一个战略要点。

此役首开解放军城市（特别是平原地区）攻坚战的先例，积累攻城战斗的经验，切断平汉铁路，切断正太铁路和正德铁路的联系，使国民党军的华北集团与华中集团的联系被切断，晋察冀和晋冀鲁豫两大解放区完全连成一片。

11 月 13 日，中共中央发电"庆祝晋察冀我军攻克石家庄，歼敌二万余人之大胜利"，提出"在此有利形势下，尚望继续努力，团结全军，积极寻找机会歼敌，争取冬季作战之大胜利"。

朱德总司令称赞这一战役是"夺取大城市的创例"，并欣然赋诗一首：

11.
石家庄战役

石门封锁太行山，
勇士掀开指顾间。
尽灭全师收重镇，
不教胡马返秦关。
攻坚战术开新面，
久困人民动笑颜。
我党英雄真辈出，
从兹不虑鬓毛斑。

12. 涞水战役

　　1947 年下半年，华北人民解放军相继取得清风店、石家庄战役胜利后，蒋介石为挽救华北危局，下令撤销保定和张垣"绥靖"公署，成立华北"剿匪"总司令部，并任命傅作义为总司令，统一指挥山西、察哈尔（今分属内蒙古、河北）、河北、热河（今分属河北、辽宁和内蒙古）、绥远（今属内蒙古）五省国民党军。

　　对此，时任美国国务卿的马歇尔"感到满意"，但认为晚了一年；李宗仁称"傅作义是一位卓越的军事领袖""同时也是一位杰出的行政人才"。在他们看来，傅作义指挥华北地区的"戡乱"战争，必能挽救国民党将倾之大厦。

傅作义陪白崇禧视察宣化炼钢厂

12月6日，傅作义在张家口就职。26日，他将总部迁至北平（今北京）西郊。

为改变被动战局，上任伊始，傅作义即将所部主力第35军等部由张家口调至北平近郊及平津之间地区，连同该地区原有部队共7个军又1个师，编成3个机动兵团。以蒋介石嫡系李文的第34集团军为平汉兵团，以侯镜如指挥的第92、第62军为津浦兵团，以傅作义嫡系各军为平绥兵团，利用华北地区公路、铁路交通发达的便利条件，企图采取"以主力对主力""以集中对集中"的战法，实施所谓的"机动防御"，对付晋察冀军区部队，确保北平、天津、保定三角地区。

时任国民党军第35军新编第32师参谋主任的高步义回忆道：

一九四七年冬，傅作义部三十五军新三十二师，刚从察东、察南一带执行所谓扫荡任务，返回张家口东南三十余里之宁远堡防地，进行休整，突然接到军部命令，要部队立即准备出发，限三日内乘火车开赴北平南苑待命。这个师一向驻防张家口，是作为执行扫荡任务的机动部队，兵员满额，装备齐全，士气旺盛，经常处于战备状态。奉命后稍事准备，即于翌日乘火车出发。

部队开到北平南苑后，"剿总"给我们配属了汽车兵团，尔后的行动要改乘汽车。这时，部队一面休整，一面训练乘汽车的动作。比如：步兵全副武装如何上下汽车；每辆车坐若干人，如何坐法；炮如何装卸，如何装卸弹药、装备，等等。

不久，部队接受了新的任务。主要精神是：扩大声势，眩惑敌人，相机捕歼敌人有生力量。当时据所获情报：解放军的主力部队在平汉铁路西侧太行山一带活动；在接近解放区的地方，常有解放军小股部队出没活动。

为打击傅作义集团的嚣张气焰，有效钳制关内国民党军，策应东北民主联军正在进行的冬季攻势，晋察冀野战军司令员杨得志、第一政治委员罗瑞卿、第二政治委员杨成武根据中央军委和晋察冀军区的指示，决心集中所部5个纵队及地方部队一部展开铁路破击战，调动和分散国民党军，尔后在运动中歼其一部。

12月27日晚，晋察冀野战军第1、第2、第3、第4纵队和北岳、冀中军

晋察冀野战军某部行进在解放后的望都城大街上

区部队及友邻冀热察、冀东、渤海等军区部队各一部，在 10 万民工配合下对平汉（今北京—汉口）、平绥（今北京—包头）、北宁（今北京—沈阳）、津浦（天津—浦口）铁路展开破击战。其中，以第 2、第 3、第 4 纵队破击平汉路保北段，以第 1 纵队、北岳军区部队破击平绥路平张段和柴沟堡（今怀安）、天镇段，以地方部队破击津浦路。

至 29 日，晋察冀军区等部队将保定至涿县（今涿州）、南口至清河、黄村（今北京市大兴区）至魏善庄和静海至唐官屯等段总长 400 余公里的铁路全部破坏，使北平、天津、保定、张家口间的铁路交通陷于瘫痪。同时还解放平汉铁路沿线的雄县、白塔铺、田村铺、太保营等地，津浦铁路沿线的唐官屯、五里庄、大韩家、流河等点，平绥铁路南口附近的古城、辛庄、小汤山等据点。

这种重点破击、全面开花的攻势行动，打得华北"剿总"各部晕头转向，疲于应付。傅作义急调已由察哈尔开通县（今北京市通州区）、黄村地区，准备增援东北的第 35 军第 101 师、新编第 32 师，转向平汉铁路北段增援；第 16 军、暂编第 3 军及新编骑兵第 4 师等部分由北宁线和大清河地区，向平保段及新城地区靠拢。

为进一步调动和分散国民党军，创造各个歼灭的有利战机，晋察冀野战军主力转移至易县南北待机，以少量兵力节节抗击，诱敌深入。

1948 年 1 月 7 日，第 6 纵队佯攻保定。傅作义误认为解放军要大举进攻保定，遂令第 35 军、新编第 3 军、第 16 军和第 94 军等部及新编骑兵第 4 师随即沿平汉铁路南进保定、满城地区。高步义回忆道：

　　元旦刚过，全师乘汽车二百多辆，浩浩荡荡，耀武扬威，首先进军冀东几个县，经通县到顺义，再从顺义到通县，兜了一个圈子进驻昌平。一天竟经过几个县城，向老百姓扬言我们是一个军。同样，团宣称是师，营宣称为团。都是为了扩大声势迷惑敌人。这样风尘仆仆，盲目地转了好几天，从未发现任何敌情，更别说捕歼敌人了。接着又奉命挥师南下，沿平保公路，向保定挺进。进城后已是夜晚十点多钟。部队开饭后，还没有来得及睡觉休息，又要开早饭，准备出发。当时据报，保定以西满城县附近，有小股解放军部队活动。故从保定出发，直奔满城县"示威"了一番。然后北上，经定兴县进驻高碑店，与军部靠拢。

　　此时，国民党军虽被调动，但仍较集中，不利各个歼灭。杨得志、罗瑞卿、杨成武等决定，以第 3 纵队主力攻击涞水；以第 2 纵队位于涞水、定兴间的南北大位和高洛、吴村地区，截歼由定兴增援涞水之敌；以第 1 纵队破袭琉璃河至松林店间铁路和松林店至涞水间公路，阻击由北面增援之敌；以第 6 纵队转向保定西南，牵制并吸引进至保定的国民党军向完县开进；以第 4 纵队出击大清河北地区，进攻雄县、霸县（今霸州）。同时，以地方部队破坏高阳、

我军迫击炮攻击涞水之敌

博野、定县（今定州）、唐县、安国等地公路，阻敌增援行动。

11 日晚，第 3 纵队第 7 旅和第 8 旅一部向涞水县城发起攻击。驻守涞水城的是国民党军新编第 2 军暂编第 31 师的 1 个团和保安部队。城四周设有堑壕、地堡及两道鹿寨、一道铁丝网和外壕，壕深 3 米多、宽 4 米。

激战一夜，第 3 纵队攻占了东、西、南、北四关，守军大部被歼，少部逃入城内，负隅顽抗。

为解涞水之危，傅作义急命第 35 军军长鲁英麐率新编第 32 师和第 101 师 2 个团连夜由保定乘汽车北援。

第 35 军是傅作义的起家部队，也是赖以支撑华北战局的重要力量。该军所辖的第 101 师和新编第 32 师，是傅作义十分珍爱的两个师。他把第 101 师称为"一块金子"，把新编第 32 师称为"一块银子"，别号"虎头师"。

军长鲁英麐，字锐锋，1895 年生于山西垣曲。1918 年毕业于保定陆军军官学校第五期步兵科，与傅作义同窗；1934 年考入陆军大学特别班第二期深造，与后担任新编第 32 师师长的李铭鼎同学。

鲁英麐长期在晋军任职，曾任阎锡山第二战区司令长官部少将副参谋长。1939 年 1 月调第八战区副司令长官部（副司令长官傅作义）少将高级参谋。3 月升任中将参谋长。1945 年 5 月调任第 35 军军长。别看他在军界中资历颇深，但并非将才，尤其是处事优柔寡断，绰号蘑菇军长。

12 日拂晓，新编第 32 师由高碑店经北义安进至拒马河。高步义回忆道：

一月十二日半夜，涞水县长再次告急，说发现敌人大部队，正向涞水县城及其东南方向运动，有阻击援军、攻打县城的企图，要求火急救援。这一情况是军长鲁英麐先由电话告知师长，而要他立即通知部队，做好出发准备，然后到军部集合。师长

国民党军第 35 军军长鲁英麐

12.
涞
水
战
役

随即把我从睡梦中叫醒，将情况告我，要我通知部队立即开饭，等命出发。师长到军部不久即回来，他一面吃饭，一面召集参谋人员起草命令。部队的部署是：九十五团继续随军部行动；着九十四团派一个营，沿着向涞水的公路搜索前进，团长率所部跟进，以资接应；九十六团随师部行进。搜索部队务于拂晓前准时出发（当时的季节是六点左右天已亮了）。

一月十三日上午八时左右，师部到达通向涞水途中的拒马河东岸桥头堡阵地时，段吉祥团早已下了汽车（汽车停在桥东），通过拒马河，与敌接触。这天很巧，天不作美，浓雾弥漫，如同施放了烟幕弹一般，部队活动，在二三十公尺左右就识别不清。拒马河并不宽，仅约三十公尺左右，但河水较深，不能徒涉。故这里架设的桥，极为重要。其东侧筑有比较坚固的桥头堡阵地。附近有几间土房，还有一个直径约三十公尺的一块凹地。师长到达后不久，军长即率司令部和九十五团赶到，立即在那个凹地里展开工作。当时，这个地方还受到敌人的火力威胁，不时有机、步枪弹落在附近。李铭鼎师长把当前的战况向军长报告后，即率司令部、师直属部队和九十六团，跑步通过当时尚在敌人火力封锁的桥梁而投入了战斗。这时依然大雾弥漫，前面地形如何，有无村庄，全看不清。在战斗激烈时，师长有时进到团指挥所一线，亲自指挥。我和通信参谋在师指挥所守着电话，以与各部队间保持联系。

我军指挥员靠前指挥

时任国民党军第35军政工处长的刁可成回忆道：

一九四八年一月，三十五军奉到傅作义的华北总部命令，从南口沙河镇乘汽车出发去保定，说是那边有情况。到达后，什么情况也没有。在保定住了一夜，忽然接到总部命令，说涞水被围，要火速解救。于是又匆匆折回，当日驻高碑店（平汉路上的一个车站）。

第二天是一月十三日，军部带着所辖的新三十二师从高碑店向涞水进发，仍然乘坐汽车。这一天，大雾弥漫，对面不见人，部队刚走出二十几里，公路两旁便飞来了枪声，子弹如雨一般在车前后呼啸。前面正是拒马河，桥头有个堡垒，还有几间土房，于是军部就停在这里安下了指挥所。附近有个村子叫北义安。

　　头一天，十二日，新三十二师一个团已经向桥头堡搜索，十三日就过了河。军部到后，三十二师师长李铭鼎又带一个团过了河，留下一个团保护军部。部队抢过石桥时，我亲眼看到我的一个团指导员中弹负伤，我身旁的一个通信员也中了流弹。战斗来得这么突然，我们也不知解放军到底在哪里，来了多少人，这可真是堕入五里雾中了。

　　恶劣的天气对作战双方是公平的。

　　与新编第32师在拒马河畔遭遇的是第3纵队第9旅第27团3营。这个营本来是在这里占领阻击阵地，保障第3纵队主力围攻涞水城的。由于大雾弥漫，3营根本搞不清楚敌人来了多少人马，是哪个部队的，就与敌人交上了火。很快，阵地被敌人突破，3营退入拒马河西侧的庄疃，在西北角与敌对峙。

　　这时，3营仍未搞清敌人底细，只知道是第35军一部，大约1个营的兵力。于是，第3纵队司令员郑维山、政委胡耀邦命令第9旅迅速消灭进犯庄疃的敌

战斗发起前，我军战士在检查武器

人，仍以主力围攻涞水。

到下午约两三点钟，前方枪炮声逐渐稀疏，战斗一度沉寂下来。新编第 32 师先头第 94 团进入庄疃后，李铭鼎留下第 95 团的 2 个营保护设在桥头堡附近的军临时指挥所，自己亲率师主力在大雾里西涉拒马河，向庄疃方向搜索前进。

庄疃紧靠拒马河西岸，河岸有 2 个桥头堡。河对岸是北义安，西北 4 公里便是涞水城。

时值寒冬，河水结冰，又是雪后，到处白茫茫一片。鲁英麐见新编第 32 师从早晨战斗开始，一直进展顺利，过了拒马河，但考虑到天近黄昏，担心中解放军的埋伏，便打电话给李铭鼎："前方战斗沉寂下来了，判断敌人要撤退。今天这一仗打得很好，战果辉煌，应该收兵了。要在黄昏以前把部队撤到拒马河东岸集结。"

李铭鼎回答"是，是，是"，立即给第 94 团团长段吉祥打电话，转告鲁英麐的命令。

谁知，段吉祥认为战斗发展顺利，自我感觉良好，不愿就此收兵，建议道："现在第一线部队，已推进到庄疃村边沿，进展顺利，在黄昏前可以把村子攻下。现在要撤退很不好撤，同时也怕影响士气。"

李铭鼎认为言之有理，便将这个建议报告军长。鲁英麐虽有不祥预感，但一向优柔寡断，听了李铭鼎的报告，决心似乎有点动摇，口气也就不怎么坚决——不是命令的口气，而是商议，甚至是规劝的口气说："当面敌情还不十分清楚。现在天也不早了，即使夺取了这个村庄，黑夜进去，地形不熟，恐怕吃亏。还是撤到河东岸安全。请你和段团长再考虑一下。"

于是，李铭鼎又和段吉祥通话。但他并没有把鲁英麐的原话告诉段吉祥，而是问：当面之敌抵抗的程度如何，我们部队的士气又如何，夺取村庄有无把握，等等。

段吉祥向来作战顽强，今天又因取得了初步胜利而冲昏了头脑，十分狂妄地说："敌人的武器、装备不行，没有什么了不起。咱们的士气很高，战斗力强，攻占村庄，易如反掌；守住村庄，更不成问题。"

李铭鼎拿着听筒，沉思了一下，就果断下令："好，你就继续进攻吧！"

不一会儿，段吉祥打来电话说：他的左翼力量较弱，进展缓慢，请求派 1 个营支援；并要求山炮营猛烈射击。

李铭鼎立即命令第 96 团团长安立道派 1 个营归段吉祥指挥，并命令炮兵射击。一发发炮弹嗖嗖地飞向村庄，战斗达到了高潮。

时已近黄昏，战斗虽然激烈，但持续时间并不长。大约半个小时后，即沉寂下来。

段吉祥来电话报告："据搜索部队报告，敌人已经撤退，现在，部队就要进村。"

李铭鼎当即指示："第一，现在已经天黑，进村前要好好地搜索一下，防止中敌之埋伏；第二，进村后，你团据守村庄的北端和西端，南端暂由安团配属你的那个营防守，待安团长进村后再作调整；要在村的边沿构筑工事。"

放下电话，李铭鼎派情报参谋刘广运、通信参谋韦荣武率通信连随段吉祥第 94 团进村，选定司令部位置，架设电话。然后又叫参谋主任高步义通知山炮营，在司令部后跟进，进村后占领阵地，然后向司令部报告。

就这样，新编第 32 师在庄疃驻扎下来，再也没有能走出去。

志大才疏的李铭鼎忘乎所以，没有考虑到孤军深入，本是兵家大忌，而这么多部队挤在一个不大的村子里，既摆不开阵势，又施展不了火力，更为兵家大忌。

当晚，第 9 旅第 26 团夺回拒马河桥头堡，截断了新编第 32 师的退路；第 25 团占领了庄疃西南的洼地，从南北两面将新编第 32 旅合围于庄疃。

我军炮兵对敌轰击

根据敌情变化，杨得志、罗瑞卿等决心先打援敌，再攻涞水，命令第3纵队除留一部分兵力继续围困涞水城，主力进歼庄疃之新编第32师；第2纵队先以2个旅对进至高洛、吴村的第101师展开钳制攻击，待第3纵队完成庄疃打援任务后，再合力歼灭第101师；第1纵队继续在涿县南北破路，阻击由涿县、高碑店方向开来的援敌；第4、第6纵队仍执行牵制傅部主力集团的任务。

入夜，第3纵队将所部第8旅主力、第7旅一部由涞水城郊调至庄疃，会同第9旅围歼新编第32师。

高步义回忆道：

当司令部进村后，已是八九点钟了。这天夜间，没有月光，漆黑一片，简直伸手不见五指。我随着师长一进村，就感到阴森可怕。村里崎岖狭窄的小路，弯弯曲曲，转了几个弯就迷失了方向。一个谍报员慢慢引着，大家跟跟跄跄，好容易摸到一个院里。这就是司令部所在。这时，整个村庄非常寂静，老乡们早已逃跑或者是躲藏起来。部队人困马乏，都在寻找方便的地方休息。但是师长顾不着休息，他带着我和几个卫士，仓促地到各团和炮兵阵地上转了一下。事实上，这不过是徒走形式。地形怎样，部队位置在哪里，工事做了没有，全然看不清楚。作为一个指挥官，此乃例行手续而已。在精神上，也许能起到一点作用。我随师长转了一趟回到司令部，跟大家一样，也想吃点、喝点、休息一会儿。于是，我就叫卫士想办法烧点水，找点吃的。他们刚刚走后，轰隆！轰隆！两发炮弹落在院里。这时，大家惊恐异常，面面相觑。有的参谋说，我们的位置暴露了。不然，为何打得这么准？应当转移位置。师长点头，表示同意这一看法。我随即派情报参谋刘广运、通信参谋韦荣武，赶快另找地方。当时师长便说："现在马上就走，不能久待！"于是我就用电话通知各团和炮兵营，说明院里落了炮弹，现在司令部要变换位置，到达新位置后再通话。接着，撤了电话，离开了这个院子。到处是黑洞洞的，谁也没有带手电，只好瞎摸着。几位参谋前面引着，进到一个院子，不但没有一个人，就连生活用具、桌椅板凳都没有，吃的东西更谈不上。看来是解放军有计划地实行"空室清野"。因院内房子少，容纳不下，师长叫另找地方。于是又黑摸了一会儿，找到一座较宽敞的院子。看样子像个缸房。由于司令部急于开展工作，不容拖延，于是决定就待在这里。至于这个地方是在村庄的哪一端，作为司令部,位置是否适中等问题,全然不知,也不考虑了。我和三位参谋以及卫士同师长住在一间厂房,这里连坐的地方都没有,只好席地而坐。进村后,敌人只打了两炮,再未发现情况,各团也没有什么报告。这时,从表面上看,似乎平静、安全,不必多虑;但我总感到有点恐惧和不安。我暗暗在想:现在,我们变成聋子和瞎子了,既听不到,又看不到。正如军长下午对师长所说的,敌情还不大清楚。敌人兵力、番号、指挥官是谁等等,全然不知;地形又是怎样,迄今依然是两眼黑黑;而且我们显然是孤军深入,还未与军长取得联系;尤其是部队苦战终日,吃不上饭。这一切怎么得了?自己越想越可怕,越想越发愁!作战参谋卢全华,趁我们在院子里解手的机会,背着师长同我嘀咕道:"敌人今天挨了打真的撤走了吗?是不是要调来援兵和我们较量一番?难道解放军要使用其'诱敌深入''围而歼之'的老一套战术吗?……"这一系列想法和看法,我们当参谋的只能想想、谈谈而已,绝不敢和师长谈。因师长性情孤僻,刚愎自用,不会听了别人的,尤其是部下的意见。

快到半夜的时候,村庄北面打了几枪。这时,师长正靠着墙在打盹。我即把他叫醒,将这一情况报告给他。他叫我问问团长们,并要他们注意,不要疏忽。我即给两位团长打电话,了解刚才的情况,并传达师长的指示(司令部同各团的电话是一条线,说话时彼此间都能同时听到),段团长回答说:"刚才的枪声,可能是咱们自己的哨兵打的。没有问题,我的阵地安如磐石。"安团长接着回答说:"我的阵地固若金汤。"我听了觉得他们很有信心,也饶有风趣。我随即报告师长说:"情况无变化。刚才的枪声,可能是自己的哨兵打的。段团长说,他的阵地安如磐石;安团长说,他的阵地固若金汤。"师长听了后笑了笑,又闭着眼打盹去了。

午夜后两点钟,司令部门口的哨兵报告说,看到村庄东北方向,发射了两枚信号弹。接着,电话铃响了,两位团长都报告这个情况,都认为是敌人在调动,并判断还是大部队。这时,师长的精神看来有点紧张。旋即命令通信参谋韦荣武,看电台是否能与军长取得联系;命我把这一情况急速发电报告军长。另着作战参谋卢全华用报话机呼叫军司令部。结果是,电台没有联系到;报话机半天呼不应……

不多一会儿,两位团长都来电话说:"发现西面和北面上空,敌人发射红色和绿色信号弹多枚,大概敌人就要行动了。"他们的话音刚落,就传来隆隆

12.
涞
水
战
役

炮声。接着，还听到远处有机、步枪声。这时大家都意识到，敌人发起进攻了。一会儿，段团长请师长亲自接电话。他报告说："当面敌人发起了进攻。敌之兵力尚未查明，但从使用炮兵来判断，显然不是小股。"并说，他的阵地上已落了两发炮弹。接着，安团长也报告说："当面敌人发射机枪，但看不清其行动。"师长听了两位团长的报告，话还没有说完，电话突然不通了。这时天还未亮。通信参谋韦荣武即命通信连长赶快派人查线，发现电线被人割断。经修复后，师长继续与两位团长通话，命令他们守住阵地，要坚持到天亮。并说，待看清敌人活动时，炮兵就开始射击。开始，解放军是断断续续地射击，随着时间的推移，射击逐渐猛烈。炮弹已开始落到司令部附近。这时天已大亮。师长和司令部所有人员，神色紧张，心急如火，急盼与军长取得联系，援兵迅速赶到。但电台依然联络不上，报话机仍旧呼叫不应，徒唤奈何！

第3纵队按计划向庄疃发起突然而又猛烈的攻击。激战半小时，第21团由村西，第22、第23团由村西北，第25团由村西南分别突破防线，占领前沿阵地，并连续打退了敌人十多次反冲锋，巩固了突破口。随后，第3纵队从涞水城下调来纵队山炮营和各团迫击炮连参战，并命令第8旅主力投入战斗。

13日晨5时，第3纵队对庄疃进行炮火急袭。20分钟后，各部队成多路向村内实施突击。

就在这时，国民党军骑兵第4师绕过第1纵队的阻击阵地，涉过拒马河，恶狠狠地扑向第8旅背后。晨光中，马刀挥舞，呼啦啦的一片，来势甚为凶猛。杨成武回忆道：

开赴前线的我军炮兵

敌人的援兵是一个骑兵师，村里是一个步兵师，形势对于三纵队相当严重。一个纵队（部分兵力监视涞水之敌）对敌一个师，是优势兵力，而对敌两个师，就不怎么乐观了。而且，经过一夜战斗，未能把村内敌人分割开。而这一仗，三纵队必须打胜。因为如不打胜，就会使两股敌人合二为一，局面就将发生不利于三纵队的变化，会从主动变为被动。这一仗，对三纵队是个严峻的考验。

为此，"野司"指挥部给郑维山打电话，鼓励他们要敢于胜利，不怕牺牲，坚决打退敌人的骑兵，消灭新编第32师，并下了道死命令：一步也不准退，谁退则诉诸军法！

危急关头，第22团团长徐信和第23团团长张英辉立即协同起来，一方面指挥各营加紧围攻村内之敌，一方面把2个团的机枪全部调到背后，一线摆开，在敌骑兵冲到三百来米的距离时，一齐开火。机枪子弹如瓢泼大雨般射入敌阵，风卷残雪，摧枯拉朽，刹那间将敌军骑兵连人带马打倒一片，后面的急忙掉转马头，一溜烟逃回拒马河以东地区。

在解除了腹背受敌的危险后，第3纵队斗志旺盛，向拒守庄疃村的新编第32师发起更为猛烈的进攻。

天亮了，国民党空军飞机前来助战，但只是在拒马河上空盘旋了几下就飞走了，也无法投弹，原因是两军已然混战胶着在一起了。

前来助战的国民党军飞机

6时半，第23团由西北角，第25团由南面及西面突入村内。接着，第22、第26、第27团也相继冲进村内，与守军展开激烈巷战和白刃战。

高步义回忆道：

早上约七点多钟，双方射击更加猛烈。段团长来电话报告说：他的阵地前约五六百米处，发现敌之大部队在运动，要求炮兵射击。电话是师长亲自接的。当段团长说完，电话又中断了。这时，要安团长讲话，也要不通。炮兵营也要不通了。通信参谋韦荣武叫通信连长赶快派人去查线。查线人去后，迟迟不返，电话线也未修通。这时，通信参谋就带着通信连长亲自出去了解情况。不大一会儿，他急忙回来低声对我说："村里有些士兵在乱跑，不是防线被突破了吧？！"我旋即同样低声报告了师长。师长听后，惊恐失色。部队这时已失去了掌握。在此紧急关头，师长即派作战参谋卢全华，带着特务连一个班去和段团长联系，结果是一去不返。

激战至9时许，新编第32师被分割成两块，陷于各自混战中。第3纵队趁势集中迫击炮，以简便射击和抵近射击，掩护第23、第25团直插村东街的敌师部和炮兵阵地。第25团第4连率先冲入敌师部，敌军乱作一团，向村东口逃窜，遭炮火轰击，李铭鼎当场中弹毙命，残部纷纷举手投降。另一股敌军企图徒涉拒马河逃窜，迎头遭到第26团3营的拦截，当即被歼。高步义回忆道：

战斗越打越烈，枪声越来越近。顷刻之间，小股解放军打到司令部门前，手榴弹在门口爆炸，门口的哨兵仓皇退到院内。司令部的人无不大吃一惊。特务连长赶忙指挥所部冲出门外，把解放军打退，守住了大门。但是解放军又从墙外向院里投手榴弹。特务连长立即带着部队上了房，又投弹，又打枪，战斗十分激烈。突然间，特务连长中弹倒下。当战士们把他从梯子上背下来时，已经死亡。师长看到这一情况，十分气愤，于是立即从士兵手中拿了两枚手榴弹，插在腰上，上房战斗。这时，我认为，作为一个指挥官，这样做不妥。于是我就爬在梯子上喊道："师长，师长，请你下来，你是在指挥全师，可不能这样做！"师长不听。我就和一位参谋强把他拉了下来。接着，守卫大门的一位排长报告师长说："墙外的敌人增加了，周围的房上也发现有敌人，看样子企图包围我们了。"师长听了，眉头一皱，考虑了一下，就对这个排长说："现在你就把部队集合起来，掩护司令部冲出去。"同时高声告诉大家，跟着部队向外冲。这时，房上的部队还在抵抗，我们趁机从大门冲出去。因为，一则没有目标，不知往哪里跑；再则对村里的道路一点也不熟；加之炮火猛烈，炮弹射来，各自逃命；所以司令部从院里一冲出去就完全散了。我同师长和他的卫士，起初还在一起。我们曾几次试图冲出村外，但因各个村口都被火力严密封锁而没有得逞。当我们一起跑到一个厕所附近，一发炮弹从头上嗖嗖飞来，我在前面连忙躲进厕所，师长和卫士就在厕所墙外卧倒。当炮弹爆炸后，我从厕所出来时，他们已不知去向了。这时，迎面涌来了一群像是刚从阵地上溃退下来的、多数带着武器的官兵，我即和他们混在一起，跑到一个院里。后面有解放军跟踪紧追，马上把这个院子包围起来，火力封锁了大门，墙外扔手榴弹。这时有九十四团的王营长和我挤在一起。他对我说，段团长已负重伤，战士们把他抬到一个院里。我对他说："你可以指挥这些士兵上房抵抗。"他当时面有难色，但又似乎不好拒绝，他就举起手枪，大声喊道："上房打，上房打！"这些已成惊弓之鸟的、乱作一团的而又不完全是自己那个营的士兵们，哪里还听他的指挥。王营长就严厉地用手枪逼着说："上、上、上！"一部分武装齐全的士兵，终于被迫上房。一面射击，一面投弹。对方的火力异常炽烈。刹那间，房上的士兵接二连三中弹倒下，其余支持不住，退了下来。这时鲜血如同下雨一般，从房檐上流将下来。因为人们在躲避子弹，在院里涌来涌去，有人发觉南墙外面是个数十丈高的悬崖，下面是条深沟，大家急中生智，一下子把墙推倒，从悬崖上滚下。解放军紧追上来，猛烈射击。我趁其射击的间隙，一个跃进跑到悬崖对面的九间房子附近，看到我们的支援部队已在占领阵地。这大概是九十五团的一部。我还惊魂未定，顾不着同他们说话，直向桥头堡奔去。走到桥边，因我将近两天一夜滴水没有入口，干渴难忍，就掬水痛饮了一顿。这时已近中午了。庄疃村里的枪炮声，逐渐稀疏下来，看来这场恶战已接近尾声了。我过了拒马河，走近桥头堡，看到公路两旁的汽车不少。军指挥所还在原地，人们焦急地朝着庄丁村瞭望，一些伤兵和溃散的士兵三三两两，躺在地上，无人照管；几间土房里塞满了停虏，门口有两个士兵漫不经心地看守着。忽然看到师长的卫士，我急忙问他："师长到哪了？"他说："咱们在村里分手后，我跟师长转了个弯，一发炮弹飞来，师长被碎片击中，当场丧命！"

战争年代的杨成武

……我独自跑了几里，遇到一群溃兵，即伙同他们奔向新城县城。这时已是黄昏了。我立即给"总部"李世杰参谋长打电话，简单报告了我当时的处境。他命我把跑到新城县的所有残兵败将收容起来，带到涿县集合。翌晨，我把收容的近百名官兵带到涿县。到达后，首先见到了从后方来的本师参谋长王韵琴。他即将所获悉的如下情况告我：李铭鼎师长阵亡；段吉祥团长负重伤，已从战场抬下来；安立道团长失踪了；路世平团长仅以身免。全师官兵，不是伤亡，便是被俘，侥幸漏网者，寥寥无几。

11时，战斗结束，新编第32师除留在拒马河东岸的2个营外，其余7000余人悉数被歼。

此时，第101师也被围困于吴村、高洛，岌岌可危。鲁英麐急得如同热锅上的蚂蚁，眼见战局险恶、处境危急，只好率军部及新编第32师第95团2个营，乘坐汽车向拒马河以东的温辛庄方向撤退。

但鲁英麐哪里知道，解放军早已给他布下了天罗地网。下午，第1纵队第1旅发现在北义安到温辛庄之间的公路上，集结有大批敌军汽车辎重，便果断地集中力量发起猛攻。这股敌军正是鲁英麐率领的第35军军部和新编第32师残存的2个营。杨成武回忆道：

我一旅在曾美旅长的指挥下，在这条公路北侧高地上筑好阻击阵地。他们本来的任务是阻击增援庄疃的敌人。天近黄昏，公路上出现了长长的汽车队伍，车上载满了人。曾美当即下令向前头的汽车开火，迫使整个车队突然停顿；他不等敌人喘息，立即发起了冲锋。随着手榴弹的爆炸声，有几部汽车起火燃烧，照得漫天通红。敌人像炸了群的山羊，纷纷跳车，争相逃命。一个冲锋解决战斗，当场打死敌第三十五军少将参谋长田世举以下二百多人，俘虏校级军官以下四百三十多人，缴获满载弹药的汽车八十多辆、美式一〇五榴弹炮三门——三十五军唯一的榴弹炮连的全部武器。

一旅打扫战场时，发现了鲁英麐的指挥车，但里面却没有人。查看尸体，也没有发现他。

鲁英麐跑到哪里去了？

第二天，杨成武就从敌人的广播里得到了答案：鲁英麐自杀了，在一个小车站上发现了他的尸体。

原来，在遭到第 1 旅突然袭击后，鲁英麐见手下被打得惊慌失措、落花流水，知道坐汽车走是不成了，便带上少数亲信，在骑兵第 4 师的接应下，骑马绕道逃到了高碑店。同他一起逃回的还有第 35 军政工处长的刁可成。据刁可成回忆：

战局的失利，新三十二师惨遭歼灭，特别是师长李铭鼎的阵亡，还有那几门 105 毫米美国炮也丢了。这一桩桩、一件件惊心动魄的恼人的消息，使得这位蘑菇军长头脑发涨，神经错乱。我们住在高碑店一个小邮局里，我和田士吉一个房间，鲁单独一人房间。这一夜，鲁不吃、不喝、不睡，他右手掂着手枪，手枪张着机头，在室内室外来回地转悠，如痴如狂。我见势不妙，又不敢

杨成武在指挥战斗

夺下他的手枪，怕更激起意外，便一再叮咛他的随从副官张某，严加防范，妥为保护。据说退到高碑店后，鲁和傅直接通过电话，傅对鲁说了些啥，谁也不知道。

果然，意外的事情发生了。就在第二天的早晨，鲁一个人去车站看警卫营，趁人不注意，走进一个空车厢中，开枪自戕。

由于军部被歼，致使第35军失去了统一的指挥，也使据守高洛、吴村的第101师无心恋战，乘车仓皇逃回定兴县城。

此役，晋察冀野战军共歼国民党军8000余人，重创傅作义"王牌军"第35军，斩断了平汉、平绥、北宁、津浦铁路，解放了大清河北广大地区，同时牵制了华北国民党军主力，策应了东北民主联军的冬季攻势。

13. 临汾战役

1947 年底山西运城解放后，国民党军在晋南地区仅剩下临汾一座孤城。

位于晋南盆地北沿同蒲铁路（大同—风陵渡）上的临汾，古称平阳，东扼太岳，西接汾河，南通豫陕，北邻晋阳，既是山西南北相通的咽喉，又是太岳和吕梁两大山脉东西联结的枢纽，战略地位显要。临汾还是座历史古城，相传尧帝曾在此建都，因此有"尧都"之称，城南的尧庙宫就是后人为纪念尧帝而修造的。

临汾城东、南、北三面地形开阔，城池依地势建在汾河东岸的一个大土坡

国民党军修建的碉堡

上，西为主城，城垣坚固，地基厚 60 多米，城高 15 米，顶宽 10 米，可并开两辆卡车，底宽 25~30 米。东关筑有外城，有城墙分别环连，墙高壕深，内高外低，东高西低，形似卧牛，故称"卧牛城"。

驻守临汾的是国民党军太原"绥靖"公署所属第 66 师和西安"绥靖"公署所属整编第 30 旅（欠 1 个团）、第 27 旅炮兵营及 6 个保安团、2 个补训团，连同附近 4 个专署、15 个县的保安团、保警队、爱乡团等共 2.5 万余人，配备有各种火炮 590 余门，由太原"绥靖"公署所属第 6 集团军中将副总司令兼晋南武装部队总指挥梁培璜统一指挥。

临汾城自古就易守难攻，当地人称其在历史上还没有被攻破过。相传当年"闯王"李自成率大军兵临城下，围攻临汾几个月都没有打下来，气得他把盔甲挂在一棵大树上拍马而去，至今城外仍有一个村庄的名字就叫挂甲庄。

日军侵华期间，曾在临汾修筑了坚固的工事。阎锡山接收后，在原日军城防工事基础上，又动用巨大人力物力，精心构筑了防御工事，构成了由四道防线组成的完整防御体系。

第一道防线是外围警戒阵地。由城东城南城北各 5 里、城西 15 里内的较大村镇的据点和主要建筑物的据点构成。各个据点都筑有高碉、明暗火力点及外壕、劈坡、鹿寨、电网、雷区等障碍物，形成独立的支撑点。

第二道防线是护城阵地，也叫环城阵地。由环城周围的 27 组碉堡构成，每组三碉，品字形配备。每组又以一个以水泥、片石构筑的较大的坚碉为主碉，一般距城 50~80 米。每组碉堡的四周还有地堡和暗火力点，并挖有外壕，设有铁丝网、鹿寨、雷区等副防御物，有的还有暗道通向城内，构成严密的立体交叉火力网。

第三道防线是外壕和城墙阵地。外壕在旧护城壕基础上挖成，深 20 米，宽 30 米，紧贴城墙。城墙的上中下三层分别设置了火力点，可对不同距离、不同角度实施全天候全方位火力控制。

第四道防线是城内纵深阵地和地道工事。城墙之内有一道宽、深均为 3~6 米的内壕，壕内每隔 15 米有一个伏地堡。城内沿街各要道和高大建筑物上，筑有 11 个巷战据点。

对于这样坚固的设防，阎锡山视为"铜墙铁壁"，攻不破的堡垒。守城总指挥梁培璜也极为得意，吹嘘："八路军作战，向来以多胜少；我们把临汾城

解放运城战斗中的突击队

周工事筑成法国的'马其诺'，来个以少胜多。"

运城被解放军攻克后，蒋介石为了保住临汾这座孤城，牵制晋南解放军对西北战场的支援，除严令胡宗南的整编第30旅谢锡昌部留守临汾并不断派飞机助战外，又命令阎锡山在晋中的第66师徐其昌部增援临汾。

阎锡山视临汾为太原的南部屏障，提出"保卫临汾，就是保卫太原"，要求部下"与城共存亡"。战役打响后，阎锡山又派第61军副军长娄福生乘小飞机飞到临汾，传达其手令："援兵不日即到，援兵未到之前要依现有力量死守，不要希望援兵解围"，做到"人尽物尽，城存成功，城亡成仁"。

为固守临汾，长期顽抗，梁培璜下令四处抓丁、抢粮，囤积大批军用物资，并在内部大力进行反共教育，实行特务控制。

早在攻打运城期间，徐向前、滕代远就开始酝酿下一步的战役部署，并致电中央军委，提出两个作战计划：一是以西北野战军第2纵队、晋冀鲁豫军区第8纵队并独立第3旅及地方部队5个团，攻取临汾。二是如西北野战军第2纵队西返，则晋冀鲁豫军区第8纵队开赴豫北，集中太行、冀南4个独立旅及独立师，攻取安阳、新乡、焦作等城。

中央军委复电指出："攻克临汾对各方面（特别是对支持西北战争）极为有利。"据此，徐向前决心把夺取临汾作为1948年春季的第一个战役，以全部解放晋南，使晋冀鲁豫和晋绥、吕梁地区连成一片，策应中原、西北战场作战，并为直取太原创造条件。

13.
临汾战役

正在飞机上空投给养的国民党军士兵

华北野战部队征战纪实

1948年2月，晋冀鲁豫军区在山西阳城召开太岳区党政军联席会议。会上，徐向前认为：临汾之敌被我军包围日久，物资供应不足，粮食、弹药除用飞机空投外，没有任何其他来源；我军大兵压境，敌军士气不振，守孤城并无信心，再加上国民党中央军与阎锡山军矛盾很深。因此"我们在尽可能减少伤亡的情况下攻克临汾是有把握的"。

会议决定组成前线指挥所，由徐向前统一指挥第8、第13纵队6个旅和太岳军区8个团以及晋绥军区所属吕梁军区2个独立旅，共5.3万余人，夺取临汾。计划以原集结在赵城、洪洞一带同蒲路两侧的部队，担负防敌北窜、相机打援的任务；以吕梁部队一部位于汾河以西，牵制城西守敌；以第8纵队位于城南，第13纵队位于城东，太岳部队位于城北，扫清外围，三面攻城。战役预定于3月10日发起，先扫清外围，而后攻城；若晋中方向敌人来援，则以一部兵力围城，调动主力北上打援，而后回师解决临汾之敌；若无援军即一举攻克临汾，再向晋中发展。

徐向前要求参战各部行动隐蔽、神速、果敢、坚决，保持战役战斗的突然性；力争在城外大量歼敌，以减少攻城阻力；实施机动指挥，讲求战术，步炮协同，军民合力，一举破城歼敌。同时针对临汾城防坚固，攻城部队多由地方部队新"升级"或刚扩编的，作战经验少、装备也很差，特别缺乏攻坚火器，加之天寒地冻、野外作业困难等情况，要求普遍开展"土工作业，连续爆破、破坏外壕，坑道作业，攻击碉堡群、地堡，并打开城墙突破口，竖梯攻城。巩固突破口向两翼发展，纵深战斗及步炮工协同动作等项"攻城训练。

徐向前回忆道：

整个晋南，只有临汾一座孤城为敌人盘踞。拔除这个据点，对配合西北战场的作战，孤立晋中、太原的守敌，有重要意义。我们提出部队先在翼城地区集中整训，待开春后攻坚临汾的计划，报请中央军委和刘、邓批准。刘、邓同意。二月十八日，军委复示："（一）完全赞成先作攻坚战术训练待解冻后再打临汾，只要攻克临汾就是对彭张的大帮助。（二）但临汾之敌有两种可能，一是固守不动，二是弃城北走，因此你所率准备攻城的各部队的整训位置应放在便于打逃敌而又很隐蔽的地点，并要预先做出准备打逃敌的计划，以便不失时机歼灭可能逃跑之敌。（三）李周应令吕梁部队确实受领向前所给协同作战的任务。"

防敌北逃，争取不失时机地在野战中予以歼灭，是战前兵力部署的关键所在。我们考虑，临汾附近，无适当地点屯住大兵团，且过早逼近敌人，势必暴露我作战企图，故决定主力部队仍按原计划集中于翼城地区；而以八纵第二十四旅布于浮山以西大阳地区，太岳一个旅布于洪洞、赵城以东地区，控制同蒲路东侧；以吕梁第三、第七两旅布于汾西地区，控制同蒲路西侧。如敌固

徐向前（右2）在部署作战

临汾战役前徐向前检阅部队

守不动，各部队整训待机。如敌北窜，则汾河东西两侧的部队迅速出击，抢占要点，阻敌于赵城以南地区；主力部队从翼城出动，一天半急行军即可抵洪洞、赵城一带，围歼逃敌。

部署既定，开始了翼城整训。我们的领导机关，人手很少，仅有参谋处长梁军、宣传部长任白戈、队列科长廖加民和十多个参谋、干事。我和他们坐一辆卡车，到了翼城。

翼城整训，目的是为攻坚临汾进行政治上、军事上、物质上的全面准备。军区的部队，除八纵扩编为第二十二、二十三、二十四旅外，又成立了第十三纵队，徐子荣任政治委员，鲁瑞林任副司令员，辖第三十七、三十八、三十九旅。二月二十一至二十三日，在翼城召开了千余人的营以上干部会议，中心内容是总结运城攻坚战的经验，动员攻打临汾。王新亭作攻坚运城的总结报告，我作了动员解放临汾的讲话。我在讲话中强调指出：今后我们的作战任务，主要是攻取大城市，肃清内线敌人的据点，配合外线进攻。因此，必须根据朱德总司令的指示，把晋冀鲁豫的部队培养为专门的攻坚部队，形成坚无不摧的铁拳头。解放临汾是本区春季攻势的第一个战役计划。这一计划的实现，将有力配合我西北和黄河以南野战军的作战，使晋南完全解放，与晋西北解放区连成一片，更加孤立山西境内的敌人。我在讲话中还分析了解放临汾的有利条件及指挥员的责任、加强政治工作、正确处理军内外各种关系、城市政策等问题。这些就是翼城整训的基本指导思想。

会后，部队开展攻坚训练和新式整军运动，搞得热火朝天。在地方党组织和人民群众的大力支援下，物质准备工作，亦较顺利。

3 月初，西北野战军取得宜川大捷，歼灭国民党西安"绥靖"公署胡宗南部 1 个整编军军部、2 个整编师师部、5 个旅共 2.9 万余人，迫使位于陇海（今兰州—连云港）铁路潼关以东及郑州地区的国民党军回撤西安。

为确保西安老巢安全无虞，6 日，胡宗南命令将整编第 30 旅由临汾空运洛川。晋冀鲁豫军区前指为滞留该敌，配合西北野战军作战，决定提前发起临汾战役。

7 日，第 8 纵队第 24 旅攻占临汾城南飞机场，粉碎了胡宗南的空运计划。但由于部队缺少经验，不会封锁飞机跑道，仅击毁 2 架运输机，让其余 8 架仓皇起飞逃掉，待命登机的敌军亦逃入城内。临汾守军成为瓮中之鳖。

经一周多激战，攻城部队夺取了城外守军的大部主阵地。徐向前率前线指挥所移至城东 10 公里的东堡头村。随后由东、南、北三面对临汾城垣附近实施猛烈突击，但因守军依托集团工事和密集火力顽强扼守，前进受阻。

战至 22 日，攻城部队发扬勇敢顽强、迅猛突击的战斗精神，基本扫除了外围据点，打退守军 30 余次反扑，并展开土工作业，利用交通壕掩护，挖掘破城坑道，向城垣步步推进。

由于临汾城墙高而厚，攻城部队不宜采取登云梯攻城的战术，而用炮火把几十米厚的城墙打开缺口更为不易，只好一面围困守军，一面挖掘坑道，直迫城墙底下，然后堆积大量炸药，炸开城墙，才能攻破城池。而进攻重点应放在什么地方呢？

徐向前亲自到前沿观察地形，了解守敌的火力配置情况，"深感这场攻坚战，比我们原来的预想，要复杂、艰难得多"。

临汾城池呈横"吕"字形。上部的小"口"朝东设关，不仅有密集的居民建筑，而且有坚厚的高大城墙护卫；下部的大"口"坐西，背靠汾河，其西、南、北三面均有城垣、城门，没有城关。城西紧靠汾河，不便大部队运动；城南为开阔地带，敌人工事林立，壕沟交错，很难接近城垣；城北地势较高，有登城阵地，守备力量薄弱，但地势空旷，部队不易隐蔽接近；城东是同蒲铁路，有临汾车站和站内的几十节破车皮可作为掩护，隐蔽运动兵力。

攻打临汾火车站

徐向前回忆道：

只有东关，是我军隐蔽部队、接近城垣、实施突破的有利地带，而那里，却正是敌人的主要防御方向，由阎军第六十六师重兵扼守。

权衡再三，我们决定改变从东、南、北三面攻城的作战方案，重点攻击城东与城北。以十三纵向东关突击，力争消灭守敌第六十六师主力，并策应城北部队攻城；以八纵第二十二、二十三两旅位于城北北门及以西地区，攻击兴隆殿等要点，以太岳部队四个团位于北门以东地区，攻击日本坟等要点，两支部队进而全力攻城；以八纵第二十二旅及太岳部队两个团，位于城南，实施助攻，牵制和迷惑敌人。接着，各部队即根据新的部署，调整兵力，进行攻城准备。

毕业于保定军官学校第三期的梁培璜，是阎锡山"铁军组织"的二十八宿之一，在晋军高级将领中不仅资历深，而且颇有作战经验。他非常清楚：如果东关失守，临汾城即失掉屏障，势难防御。因此在收缩外围的同时，采取"外强中干"的守城策略，以战斗力较强的正规军主力第66师坚守东关及外壕边沿主要据点，以地方杂牌武装填补空隙及次要据点，把防御重点置于东关及城周，企图横下心来，凭坚死守待援。

此外，梁培璜还颁布"八杀"命令：进攻或赴援迟缓者杀，放弃阵地者杀，邻阵被攻不援者杀，邻阵被陷不坚持本阵地待援者杀，射击后阵地前无敌

徐向前在临汾战役前线

尸者杀，主官伤亡次官不挺身代行职务者杀。

东关城高 11 米，上宽 6 米，基宽 11 米，外壕仅次于本城，是临汾本城的主要屏障。攻守双方围绕东关展开了一场极其惨烈的争夺战。

22 日，第 8 纵队第 24 旅旅长王墉到城北察看地形时，不幸被流弹击中牺牲。许多年后，徐向前在回忆录中深情地写道：

王墉是河北省乐亭县人，北大学生，参加过"一二·九"运动和八年抗战，是位优秀指挥员。他作战勇敢，很有头脑，带兵严格，爱护下级，在部队中威信颇高。攻坚运城时，他率二十四旅冲锋陷阵，做出了出色的贡献。抢占临汾机场的任务，也是他率部胜利完成的。王墉牺牲时年仅三十三岁，使我和许多同志极为痛心。

23 日晚，各部队发起全线攻击。临汾城下，枪炮声，爆破声，厮杀声，交织成一片，震人心弦。

主攻东关的第 13 纵队第 38 旅因作业坑道遭守军破坏，只好临时改用炮火开辟道路。4 门野炮发射 200 发炮弹，但未能打开有效缺口。加之天黑夜暗，步炮协同较差，一连发起三次猛攻，均未得手，伤亡甚大。

配合第 38 旅攻打东关的第 39 旅，向东关屏障——电灯公司发起攻击。这个要点被守军视为"生命线"，紧靠城垣北侧外壕边沿，筑有一道道的围墙，挖掘了不少暗道和外壕，明碉暗堡加多种类型的铁丝网，构成了独立的"小城堡"。

第66师师长徐其昌手提短枪，亲自到东关地道口督战，指挥援兵蜂拥而上，实施反扑。守军炮群集火猛轰，弹片横飞，硝烟四起。双方遂展开逐屋逐碉的争夺。房打塌了，墙炸倒了，工事被轰平了，守军就用弹药箱装土垒起来，继续抗击。

每占领一座房屋，每攻取一座碉堡，都会遇到守敌的拼死顽抗，都要付出血的代价。经反复争夺，第39旅终于占领了电灯公司的东北角和西北角，随后又连续打退了守军的7次反冲锋，巩固了既得阵地。

战斗中，第115团第1连5班班长毛德兴等7位勇士发挥尖刀作用，连续突破守军3道战壕，攻陷2座碉堡，为主力向纵深发展，开辟了道路。

26日晚，第39旅突破了守军第二道防线，与由东关来援的第198团及补训团第3营展开殊死搏杀，最终将其压缩至一所锅炉房院内予以歼灭，全部占领了电灯公司。

在此期间，第8纵队第24旅攻占了兴隆殿后，遭守军反扑，被迫撤出。太岳军区部队第41团进攻第4号碉堡、第47团进攻第5号碉堡，也均受挫未果。

27日拂晓，第38旅从东南方向再次猛攻东关城垣。但因坑道距离不够，

临汾战役中，某部警戒部队在车站监视残敌

而放置的炸药又未全部引爆，仍未打开有效缺口。虽然数支敢死队登上城头，但遭守军拼死抵抗。缺口又窄又陡，后续部队跟不上来，敢死队奋力拼杀半小时后，没能站稳脚跟，被压下城头。

两次攻击东关受挫，使部分前线指挥员产生动摇，一度想改变主攻方向，甚至撤围。徐向前回忆道：

这段作战历时二十二天。我军虽基本扫清临汾周围的敌据点，但攻城计划未能实现；共杀伤敌近三千人，自身伤亡超过三千，弹药消耗也很大。主要原因是：在战役指导上，对敌人工事特点及顽抗程度估计不足，企求速战速决，因而兵力使用不够集中，主攻方向变来变去；在干部指挥上，存在轻敌和急躁情绪，打莽撞仗，"羊群"战术，不善于精心组织战斗，灵活克敌制胜；在步炮协同上，缺乏经验，坑道爆破、炮火射击、步兵冲锋未能有机结合，不仅不能有效杀伤敌人，反而多次误伤自己，增大了部队的伤亡。

第一阶段攻城受阻，伤亡又大，士气颇受影响。上层领导干部中，有人对能不能打下临汾，亦发生动摇，甚至建议撤兵。这个时候，可以说是系胜负于一念之差的关键时刻。我们冷静分析，权衡利弊，认为取胜的把握甚大，绝不能被暂时的困难和失利吓破了胆。横下一条心：不拿下临汾，誓不回兵！

31日，晋冀鲁豫军区前指召开团以上干部会议，徐向前作了《关于攻临外围作战检讨及今后作战等问题》的报告，强调"不能改变主攻方向，必须拿下东关，这是攻城的关键，绝不能因为有牺牲而畏缩不前，这是军事上不能允许的"，同时指出："坑道是对付这个敌人的最好手段。""我们要用'土行孙'的办法攻打临汾，非打下不可。"

4月1日，前指决定"集中兵力，突击一点，拿下东关"，遂调整部署：将第8纵队第23旅调到城东北，依托电灯厂进攻东关；将第13纵队第37旅置于城东南，向小东门及府门之间突击。

同时，前指明确采用爆破方式炸开东关城门及城垣，以打破敌人的"铜墙铁壁"。具体方法是：在控制外壕的同时，加速进行破关的坑道作业。坑道作业完成后，由工兵指导传装炸药和安放雷管，爆破成功即实施登城。为掩护部队攻城，集中军区炮兵团和第8、第13纵队全部火炮，以及太岳部队部分火

战斗英雄李海水和他的战友

炮，统一使用。

攻城各部根据前指新的部署，统一思想，侦察地形，挖掘坑道，开展战地练兵，发扬军事民主，广泛进行学习李海水运动。

李海水是第13纵队第38旅第112团7连战士。在第一次攻打东关时负伤，未来得及撤出外壕，与部队失去联系。他隐蔽在战壕内，将胡廷海、王石富等十多名伤员组织起来，阻击敌人。坚持战斗一天半，打退敌人9次反扑，最后掩护大家撤出外壕，胜利返回部队。

前指为了表扬李海水英勇顽强、机智灵活的战斗精神，命名7连为"李海水连"，并号召全军向李海水学习。

为确保坑道作业的准确位置，第23旅旅长黄定基带上工兵连连长钟立本、指导员贾青山，亲自到东关临汾发电厂侦察敌情。

透过望远镜，他们看到东关外东北角，除剩下电灯公司的烟囱和残缺不全的围墙外，其他建筑已成一片废墟。黄定基当即决定从第68团抽出部队，在工兵连的技术指导下，以电灯公司的断墙为遮蔽，向东关墙底下挖掘坑道。

为防备守军破坏坑道，需要挖掘4条。从电灯公司的南墙位置往外挖两条，定了坑道掘进位置后，在电灯公司的外壕挖一条交通壕，再从交通壕挖一条坑道通到东关外壕，以便把东关外壕控制起来。

挖坑道就必须隐蔽，而要做到隐蔽，就要有足够的掩护物。当时计算，必须筹集10万块门板。徐向前命令后勤司令部，要在一个星期内完成筹集门板的重任，以应攻城挖壕的急需。

动员群众献出 10 万块门板，的确是一项十分艰巨的任务。起初，群众思想上有顾虑，主要是怕门板支援了作战，家中不安全，又怕战斗结束后，门板取不回来。

为此，后勤司令部在中共临汾专区的协助下，对附近各县群众进行了深入细致的思想动员，并宣布政策：第一，门板一律用墨笔写上某县某区某村某人的姓名；第二，作战中门板如有损坏，由政府负担，政策上给以照顾或适当赔偿，没损坏的，原物归还，不得乱拿。

结果，各家各户把所有的门板全部拆下来，一周之内就献出门板 12 万块，集中运到临汾前线。战役期间，方圆数十里内各家都夜不闭户，竟没有一家丢失东西，堪称奇迹。当地人民群众积极参战支前，不仅提供了大量物资，同时出动了巨大人力，共有 4 万名民兵、民工直接参战，抬担架、运伤员、送物资。战役结束后，群众献出的门板，有 70% 未损坏，全部归还原主；有 30% 损坏，也都作了适当赔偿。

有了足够的掩护物，第 23 旅官兵仅用了 10 天时间，就把 4 条几十米长的坑道从电灯公司挖到了东关城墙正中，并安放了 8000 公斤炸药。

10 日 17 时，攻城部队集中 92 门各种口径的火炮同时开炮。火力准备持续两小时，打得东关阵地火光冲天，硝烟弥漫。

19 时，昏暗的天空中升起了两颗明亮的信号弹，司号员吹响了一长两短的

我军向敌实施火炮轰击

号令——爆破城墙的信号。

4条坑道中有3条同时爆破成功，另有1条因导火具失灵，未能起爆。霎时间，地动城摇，石块、砖土铺天盖地而来，东关城墙突出部被炸出了两个不规则的大缺口。第23旅突击队乘烟雾从两个爆破口向城头冲锋，不到一分钟就跃上城墙和内壕，迅速占领了守军第66师师部。第37旅亦从第23旅炸开的缺口突入，猛打猛冲。战至11日上午，歼第66师大部，终于拿下了东关。

在接到第23旅的胜利捷报后，徐向前兴奋地说："东关攻克，让参战部队大睡三天！""有二十三旅，我也可以安稳地睡一会儿觉了！"

徐向前回忆道：

攻占东关的胜利，长了我军的志气，灭了敌人的威风。出席南京伪"国民大会"的山西省的议员老爷们，乱成一团，一日两次向蒋介石请愿，要他当面答应立即派飞机助战，挽救临汾危局。蒋介石为给阎锡山、梁培璜打气，在伪"国民大会"上宣称"决心保卫临汾"，并令国防部次长林蔚着陈纳德派飞机助战，疯狂轰炸临汾城外我军阵地，向城内投送面粉、大米、罐头以示援应。阎锡山无力派兵支援，三次打电报令梁培璜"人尽物尽，城存成功，城亡成仁"。梁培璜哑巴吃黄连，有苦说不出，除了向蒋、阎表示"决心与临汾共存亡"，勒令属下死守城池外，已是黔驴技穷、无计可施了。

第23旅在行军中

就在攻克东关的当天，第23旅奉命将东关防务移交给第24旅，转入攻击临汾本城的准备工作。

临汾本城的城墙比东关的城墙高得多，也厚得多。城内不仅有内壕，而且内壕与城墙之间设有雷区，内壕及内壕内沿又筑有碉堡，守敌火力部署也超过东关。黄定基决定仍按徐向前的指示，挖掘坑道，填装炸药，炸开城墙。

19日，徐向前下达《临汾战役攻城作战基本命令》，决定首先扫清战壕外沿的敌据点，从城东和城南挖掘多条坑道接近城垣，爆破登城，全歼守敌。

具体部署是：以第13纵队位于城南南门以东地区，第8纵队位于城东南角至大东门地区，太岳部队位于城东北角至大东门地区，自东、南两面同时攻城，并以太岳部队一部和吕梁军区第10军分区主力对城北、城西举行牵制攻击。另以独立第3旅于总攻开始前一天，隐蔽进至土门东南地区集结，准备歼灭向西或向西北突围之守敌。同时要求各部队加速进行攻城准备。

于是，攻城部队和守军之间展开了以挖掘坑道与破坏坑道为中心的激烈斗争。

第8纵队和太岳军区部队在城东，第13纵队在城南，以地面攻击配合地下挖掘，克服土工作业缺氧、发出声响和不易掌握方向等一系列困难，想方设法消音、防毒，与守军对挖、对听、对炸，共挖掘主坑道15条、掩护坑道40余条。

梁培璜汲取东关失守的教训，增强防御设施，利用鼓楼、关帝庙等建筑设

临汾战役中的突击队员

1949 年 5 月，李井泉在临汾干部集会上做动员报告

立据点，在城墙上每隔 50 米加修 1 个地堡，将靠东城墙 200 米内的房屋全部平毁，加修内壕及地堡，在东、南、北三面城墙下挖掘防御地道。同时加强反坑道作战，组织了由狙击手和工兵构成的反坑道部队，在城东、南、北三面沿城墙脚下及外壕外沿，通挖"Y"和"T"形反坑道，仅从东大门到东南城角 630 米宽的区域就挖设了 36 条反坑道。此外，还在城内遍设听音哨，强迫市民把大缸倒扣地上，测听地下声音，并以寻声挖掘实施爆破为主的反坑道作战。

5 月 1 日，前指再次调整部署，将第 13 纵队主力调至城东，会同第 8 纵队主力攻城；第 8 纵队第 22 旅、第 13 纵队第 39 旅和太岳军区部队 1 个团调至城西汾河西岸阻击可能溃逃之敌。

从太原起飞的国民党空军飞机一次又一次的轰炸，东关几乎被炸成了平地，刚挖开的坑道又被塌埋。在飞机和大炮的配合下，守军施放毒气弹、燃烧弹，并以第 30 旅出城反击。

攻城部队艰难地向前作业推进，换了一个连又一个连，换了一个营又一个营，付出了极大的代价。时任第 23 旅工兵排排长的张贵云回忆道：

掘进工程开始进行得蛮顺利，几天工夫，坑道就掘进去了五十米。可是困难和问题就像故意躲在这里等着我们似的，一到这里，一下子全涌上来了。

首先碰到的是通风问题。洞子里墨黑墨黑的，全靠盏菜油灯照亮儿。指头粗的灯捻子直吐着黑烟,烟雾几乎把灯亮给包住了。油烟熏得人满脸都成了黑的;呛得人头昏脑涨。往后随着坑道的加深,氧气越来越少,就这么个灯亮也没了——灯苗越来越小,最后干脆扑闪了一下,灭了。没有灯还可以凑合,可人总得喘气。为了解决通风问题,我们什么法子没想到啊!把米袋接起来来回抽动,挖副坑道通风,最后甚至把老乡打谷用的扇车也搬来了。这些办法,坑道浅的时候还有效,慢慢地就不起作用了。唯一的办法是换班。可是换班的时间也在一次次缩短:两小时,一小时半,一小时……

忽听得"砰!砰!"两声,两颗炮弹在不远的地方爆炸了。炮的响声不大,我们都没在意,但顿时觉得一股刺鼻的辣味,眼泪不住地滚下来。我猛地一惊,喊道:"毒气!"幸好,前天一号坑道受到敌人毒气的袭击,接受他们的经验,我们早做了准备。大家将手巾浸在漂白粉水里,捞出来捂住口鼻,又回到坑道里。

敌人这一手干得真绝,弄得我们在里面待不住;到外头去又不成。但是,难道就被这么个难处憋住了,让工程停下来?不行!我们在坑道里合计了一下,决定照样坚持着干。好在敌人的毒气弹也还有停歇的时候,我们多换几次班,又想了些防御措施,坑道还是继续掘进着……

坑道挖过了外壕,敌我地下斗争也就越发尖锐起来。敌人破灭我们坑道的办法越来越多,越来越毒:用炮轰、派出"敢死队"向我们袭扰、把一口口大缸扣在地上,探听我们坑道的方位……但用得最多、对我们威胁最大的还是

第23旅被授予"临汾旅"荣誉称号

对挖——我们向城里挖，他们从城里向外挖，跟我们的坑道一挖通，便抢先爆破。在这些日子里，时常得到其他坑道遭到破坏的通报：有的被敌人发现了；有的和敌人挖对了头。听说兄弟部队有条坑道已经快完成了，被敌人挖通炸毁，三十多个同志牺牲了。我们连一二排的坑道也和敌人挖顶了头，幸亏他们动作快，抢在敌人头里爆破，自己人没受到损失，却炸死了不少敌人，但辛辛苦苦挖了十多天的坑道白费了。

坑道一条条遭到破坏，剩下的坑道一天天少了……为了不被敌人发现这条快要成功的坑道，我们都脱掉鞋子，脚上绑上棉花和破布，走动起来没有声音了。镐头也不能使了，领来了十把镰刀、几个铁爪，一星一点地往下剃土。运土的小车轻便省力，可它吱吱乱叫，只好改用转运伤员的担架往外抬。改了工具，声音没有了，可是进度却慢得多了，一天进不了两米；而且操作更苦了，大多数人的手都磨破了，胳膊肿得老粗。两手实在没劲了，便用胸膛、肚子抵着镰刀把它压进泥土里。不几天，胸部也被顶得红肿了。有的胸膛磨破了皮，血浸透了衣服、浸湿了镰刀把子，但战士们仍旧不声不响地刨着、挖着……

就这样，到16日，将近一个月内辛苦挖掘的坑道几乎全部被敌人炸毁，只有第23旅在城东挖掘的两条较深、各长110米的破城坑道得以保留下来，通过外壕底部挖至城墙下。

徐向前回忆道：

夺取城壕外沿据点的战斗，四月十五日打响。城东及城南的一号碉、老鸦嘴、火车头、二十号碉、二十一号碉等阵地，敌我反复争夺，战况异常激烈。敌以杂牌部队守碉，而以精锐胡宗南第三十旅进行反扑。我每夺取一个阵地，均遭到敌人的拼死顽抗和疯狂反扑。城东的一号碉被太岳部队四十四团九连占领后，一天之内，敌以一个营的兵力进行三次反扑，该连最后只剩下五名战士，仍坚守阵地，最后在五连配合下，向敌反击，将敌营基本打垮。敌机频繁出动，向我阵地轰炸扫射，我们有个团指挥所被炸，全埋在土里了！敌人为夺回失去的阵地，竟大量使用毒气和燃烧弹，城垣外围，一片硝烟火海。激战十多天，城壕外围阵地，基本为我控制。

挖掘坑道是一场更为艰苦的地下战斗。我们挖，敌人也挖。他们企图以

徐向前在指挥战斗

"坑道对坑道"的办法，破坏我坑道作业。我们缺乏机械工具，全靠人力挖掘；铁锹损耗率很大，供不应求，指战员就用刺刀、瓦碴儿、手指挖，挖得手指头出血。坑道狭窄，空气稀薄，越往里挖，人越喘不过气来，不少同志昏倒在地道里，救醒后仍坚持作业。人手不够，领导干部、机关干部、勤杂人员一律参加。二十三旅旅长黄定基，身患肝病，仍夜以继日指挥坑道作业。工兵排长张贵云，带领全排战士日夜奋战，成绩突出，被评为战斗英雄。五月上旬，我军共挖出破城坑道十五条，掩护坑道四十余条。除被敌发现破坏的外，攻城前夕，有三条主坑道完好无损，通过城壕下面，直抵城墙墙基。

16日黄昏，黄定基冒雨亲自指挥坑道作业的最后、也是最关键的环节——运送和装填破城炸药。

为了不让炸药淋湿，黄定基和数百名指战员纷纷脱下了身上的军衣，盖在炸药上。经过十多个小时的紧张作业，南边的一号主坑道药室里放置了6200公斤黑色炸药，北边的二号坑道药室里放置了3500公斤黄色炸药。

负责在一号主坑道装填炸药的张贵云回忆道：

装药开始前，我们把铁器工具一律换上木棒，把可能引起一点儿火星的东西都拿走。这易燃的黑色炸药，可不是闹着玩的。

天刚擦黑，下起了蒙蒙细雨。由三百多人组成的运输队，从后面一直排到坑道的尽头。坑道里漆黑，烧得只剩下一点红丝的手电筒，一点也不顶用，大家只好摸着干。一万二千多斤炸药，就经过三百多双手传到药室里。

我带着十八个人，分成两班在里边装药。平时坑道里进来几个人就憋得慌，现在更是出不来气。口罩戴不得，只好张着嘴干。炸药倒进药室，药末飞溅，喉咙呛得发疼。

我们这一班，坚持着干了二十多分钟，实在支持不住了，连忙跑出坑道歇一歇。一出洞口，就看见黄定基旅长也站在坑道口传送炸药。他只穿件单薄的衬衣，已被雨淋透了。棉袄却盖在炸药上。他一见我，忙走过来，关心地说："张贵云，看你弄得像个'炸药人'了。"

我笑着回答："旅长，要是炸药不够，我也能算上百十斤。"说得在场的人都笑了。

黄定基知道能否攻克临汾，成败在此一举。他带着旅教导大队大队长张裕龙和工兵连连长钟立本又仔细检查了一遍，指示："为了使炸药充分发挥效力，还要用麻袋装土把药室未装满的空隙填妥夯紧，把坑道底部用土堵塞一段距离。一定要保证这个作业质量。这样才能保证炸药发挥最大的破坏威力，也才能把阎锡山在晋南的最后据点临汾这座卧牛城彻底炸翻，好给登城部队开辟突破口。"

为防再遭敌人破坏，前指决定立即发起总攻，命令突击部队隐蔽进入登城

民兵帮部队运送攻城云梯

突击阵地。

17日19时50分，两条坑道爆破成功。伴随着震天动地的爆炸声，升起两团像蘑菇似的烟团。烟团下面，古老的、高耸的、所谓牢不可破的临汾城墙被撕开两处宽50多米的豁口，外壕也被倒塌的砖石土块填平。

在沙石腾空、烟雾弥漫中，第23旅第69团突击队首先登城，冲进豁口。其他部队随即在炮火掩护下也突入城内，并与守军展开激烈巷战。

因长期被困、连遭打击，守军很快就失去控制，各自为战，溃不成军。23时，梁培璜、娄福生等见大势已去，率残部5000余人，向西突围，仓皇逃跑。

有道是兵败如山倒。守军在溃逃中乱作一团，相互践踏，有的坠城而死，有的渡河溺毙，多数被事先埋伏的第8纵队第22旅、第13纵队第39旅及地方部队所歼。梁培璜率6名随从由临汾西门突围到马务村北后被俘，第66师师长徐其昌、整编第30旅旅长谢锡昌也在城内束手就擒。只有娄福生率300余人乘隙北窜，逃往灵石。

第8纵队第23旅在临汾战役中战功卓著，战后经徐向前提议并报中央军委批准，晋冀鲁豫军区前指授予该旅"临汾旅"称号。庆功大会上，徐向前亲自将写着"光荣的临汾旅"横幅奖旗授给了第23旅。

此役历时72天，共毙伤俘国民党军2.5万余人。至此，晋南地区全部解放，吕梁、太岳两解放区连成一片，为尔后进军晋中消灭阎锡山主力创造了有利条件，并有力地配合了中原、西北战场人民解放军的作战，并进一步积累了

徐向前（中）向"临汾旅"颁奖

攻坚作战经验。

　　临汾战役是一场攻坚战，坑道作业规模之大，时间之长，战况之惨烈，在人民军队攻坚作战史上都是罕见的。晋冀鲁豫部队伤亡 1.35 万人，占参战总兵力的四分之一。战后，徐向前特意来到城墙上走了一圈，看到如此坚厚的城墙和强固的防御工事，深感胜利来之不易。他回忆道：

　　临汾战役我军虽付出较大的伤亡代价，但换来的经验是极为宝贵的。我当时用"伤亡大，胜利大，锻炼大"九个字，评价这个战役。毛主席对临汾战役的经验也十分重视，战后立即向其他部队推广："徐向前同志指挥之临汾作战，我以九个旅（其中只有两个旅有攻城经验），攻敌两个正规旅及其他杂部共约两万人，费去七十二天时间，付出一万五千人的伤亡，终于攻克。我军九个旅（七万人）都取得攻坚经验，是一个很有意义的大胜利。临汾阵地是很坚固的，敌人非常顽固，敌我两军攻防之主要方法是地道斗争。我军用多数地道进攻，敌军亦用多数地道破坏我之地道，双方都随时总结经验，结果我用地道下之地道获胜。"临汾战役的宝贵经验，有重要历史价值。

14. 察南绥东战役

1947年12月25日，陕北米脂县杨家沟，中共中央机关所在地。

时值陕北严冬，户外寒风凛冽，大雪纷飞，好一派银装素裹的北国风光。在一间普通的窑洞里不时传来朗朗的笑声，中共中央扩大会议（史称"十二月会议"）正开得热火朝天。

此时此刻，周恩来、任弼时、陆定一、彭德怀、贺龙、林伯渠、张宗逊、习仲勋、马明方、张德生、甘泗淇、王维舟、李井泉、赵林、王明、谢觉哉、李维汉、李涛等中央委员、候补中央委员和陕甘宁边区、晋绥边区的负责人，

毛泽东在"十二月会议"上（油画）

正在聚精会神地聆听毛泽东作《目前形势和我们的任务》的报告。

"中国人民的革命战争，现在已经达到了一个转折点。"时年54岁的中共中央主席、中央军委主席毛泽东正以他卓越的战略家、军事家的才能，透过纷乱的战争烟云，勾画出中国革命的胜利蓝图。

"17个月作战，共打死、打伤、俘虏了蒋介石正规军和非正规军169万人。这样，就使我军打退了蒋介石的进攻，保存了解放军的基本区域，并使自己转入了进攻……"

在总结完人民解放军长期的作战经验并详细论述了著名的"十大军事原则"后，毛泽东话锋一转，一板一眼地说道："再过几天就是1948年了。蒋介石的日子更不好过了。目前他手里满打满算还有380万军队，可用于一线的作战兵力不过170万人。而我们呢？没有南京那么大的摊子可守，200多万部队都是以作战为主。1948年我们的主力要进一步转向外线作战，把仗打到国民党的纵深去！"

作为一位卓有远见的领导人，毛泽东最可贵之处就是往往能在重要关头，及时抓住并解决问题的关键，指明继续前进的方向。

28日，大会胜利闭幕。这次会议是在中国革命已经达到一个转折点的历史时刻，是在中国共产党已响亮地宣布"打倒蒋介石，建立新中国"庄严目标的前提下召开的。它为中国共产党在新形势下领导人民夺取全国胜利，在思想上、政治上、政策上做了充分准备。

1948年初，人民解放军在各个主要战场上战略进攻不断取得胜利。在华北，国民党军自第35军于涞水一役遭受重创后，傅作义被迫集中主力于北平（今北京）、天津、保定地区，企图继续采取"以主力对主力"的战法，实行所谓的"总体战"，对抗人民解放军的攻势。

察南、绥东地区自1946年10月被国民党军侵占后，经过一年多的盘剥经营，已成为傅作义部的重要后方基地。至1948年3月初，这一地区的国民党军兵力布防情况为：

暂编第4军分散于平绥铁路（今北京—包头）南口至张家口段担任守备，骑兵第5旅驻柴沟堡（今怀安），暂编第11师和骑兵第11旅各一部驻化稍营和阳原县城，补训第5师驻天镇、阳高，补训第6师驻蔚县县城，暂编第38师分驻大同及附近地区。另有保安团、保警队等地方武装5000余人分驻广灵、阳原、桃花堡、西河营、怀安等地。

这样，国民党军在平绥路及察南、绥东、晋北广大地区的兵力极为空虚。

1月31日，中央军委电示杨得志、罗瑞卿、杨成武、耿飚等："我们意见除冀中地方兵团外，野战主力及五台、察北一切部队，同时对北平、大同线举行攻势。但主力先打北平、张家口段，得手后向西再打张家口、大同段。此战役时间估计为一个月至四十天，然后休整一个月再向冀东出动。"明确指出了晋察冀野战军今后作战的主要方向，一是平绥路，二是冀东。

遵照中央军委关于实施宽大机动，以分散和歼灭敌人的指示，晋察冀军区和野战军领导人于2月22日上报作战方案：决心避实就虚，乘傅作义部后方空虚之际，以5个纵队组成2个作战兵团，东击察南，西出绥东，向国民党军兵力薄弱的察哈尔省（今分属内蒙古、河北）南部地区发起进攻。杨成武回忆道：

我们估计，战役发起后，我军扫除平绥铁路以南各据点并占领一段铁路，是有把握的。但是，敌人猬集在平、津、保的主力必然会迅速来援，又将形成对峙态势，不利我各个歼敌。如何打破这种局面，是一个突出的矛盾。我们请示中央军委："……在作战上，我尚未解决的一个问题，即我集中敌亦集中，敌常以三十个团左右的兵力堆在一起，我割他不开，咬他不烂，总是不好下手，在此情况下往往不是打不成就是打不好。故此次在战役指导上，我们有意识地组成两个'拳头'，好打时就集中全力打，否则以两个纵队引敌西去，主力则乘胜出击平张段。敌如以主力出察南，不好打时，第一纵队和第六纵队（必要时再加一个纵队）则一直向绥远挺进歼灭分散、孤立之敌，切实截断平绥西段，并收复广大地区。如此做法，目的在于迫敌分散，使我各个击破。"

次日，中央军委复电同意，并强调指出："此次行动是一年多以来你们主力部队第一次远出行动。你们必须克服干部中怕远出，怕山地作战，怕到人稀粮少地区作战，以及怕傅作义等项错误思想。干部中如果现在尚存有这类思想，你们必须坚决地加以克服。"

据此，晋察冀野战军制订察南绥东战役计划：第1、第6纵队为左翼兵团，由第1纵队司令员唐延杰、政治委员王平统一指挥，以攻克天镇、阳高等据点为主要作战任务，并切断天镇至周士庄段铁路线；第2、第3、第4纵队为右翼

晋察冀野战军第 2 纵队进军绥远，受到沿途群众的欢迎和慰问

兵团，由野战军首长直接指挥，以攻取桑干河以南的蔚县为主攻方向，进而夺取广灵、阳原、西河营、桃花堡等据点。另以第 7 纵队和地方武装一部伪装主力，活动于北平、保定之间和天津周围地区，择段破击，佯动、迷惑、钳制傅作义部，掩护主力部队向察南挺进。战役定于 3 月 7 日前后开始机动，18 日后发起攻击。

为隐蔽战役企图，保证战役发起的秘密性和突然性，晋察冀野战军要求参战各部开进前，充分开展保密教育，认真采取伪装措施；部队开进后，原地留置电台继续工作，迷惑敌人。同时颁发动员令，指出："向国民党统治区大举进攻，是一年多来人民革命战争发展的必然结果，这是我晋察冀野战军神圣而光荣的任务。"

3 月初，正是冰河解冻的初春时节，参战各部相继北上，横跨恒山和内长城，浩浩荡荡向察南挺进。左翼兵团分别由曲阳、易县出发，进至灵丘附近及以西的东河南、南坡头、王庄堡一带集结；右翼兵团分别由安国、定县（今定州）、唐县等地出发，进至灵丘以东地区、李各庄、大河南地区，涞源以北的中庄、黄郊、东西团堡一带集结。

由于部队在过桑干河架桥时耽误了时间，野战军司令部决定将战役发起时间向后顺延两天。

20 日夜，左翼兵团首先向平绥线东段发起突然攻击。其中，第 1 纵队攻天镇、罗文皂、阳高段，第 6 纵队攻阳高、聚乐堡、周士庄段。至 21 日，相继攻占周士庄、聚乐堡、王官屯、阳高、罗文皂等车站，扫清了沿线全部点碉。

25 日，第 1 纵队攻下天镇，全歼守敌国民党军补训第 35 师和保安第 20 团，控制了永嘉堡至周士庄的 100 余里铁路，切断了张家口至大同的交通线。

在左翼兵团发起攻击数小时后，右翼兵团也展开了攻击。

广灵县城为察南第一道屏障，城墙高 8 米、厚 5 米，护城河宽 7 米，守军企图凭坚固守。21 日 5 时，第 2 纵队第 6 旅以突然动作发起总攻，用 300 斤炸药将广灵城北门炸开，突击队迅速冲入城内。仅用半小时便结束战斗，全歼守敌 1500 余人。

第 5 旅长途奔袭桑干河以北的阳原县城，于 24 日 17 时 30 分发起攻击。仅用 15 分钟就突入城内，与守敌展开激烈的巷战。至 25 日 8 时，全歼守敌暂编第 11 师及骑兵第 11 旅各一部 1500 余人。

在此期间，第 4 旅先后攻克了暖泉镇、洗马庄、揣骨町等据点。

化稍营是国民党军的一个重要据点，位于张家口至蔚县、宣化至大同公路交叉点上，北靠熊耳山，南临桑干河大桥。由暂编第 11 师 1 个团和骑兵第 11 旅 1 个连近两千人驻守，并筑有 5 米多高的围墙及外壕。

第 3 纵队在攻占桑干河以南桃花堡、吉家庄、白乐堡、北水泉等据点后，顶着凛冽的寒风，徒涉冰雪初融的桑干河，直扑化稍营。23 日，第 7 旅切断了化稍营守军的退路，第 8 旅攻占了桑干河大桥，迅速完成了对化稍营的包围。24 日夜，开始扫除外围据点。次日清晨发起总攻，用爆破手段先后炸开西门、东门，用迫击炮轰开南门，部队突入城堡，与守敌展开激战。至下午 1 时许，

冰雪初融的桑干河

全歼守军。

蔚县县城，位于张家口西南。城墙高14米，宽约6米，筑有碉堡和射击孔。护城河宽约10米，水深1米。国民党军补训第6师等部2500余人在此驻守。

第4纵队在攻占北峪口据点后，挥师直逼蔚县，以第10旅由南、西两面攻城，第12旅由东、北两面攻城，第11旅集结于代王城附近，负责打援。

24日6时40分，蔚县战斗打响了。第10旅第30团在炮火的掩护下，突击队迅速从城东南角登上城头，并连续打退了守军的反扑，巩固了突破口，保证了后续部队顺利登城。至8时，东、西、南3个城门先后爆破成功，各部趁势突入城内。激战1小时，全歼守军。

至此，察南绥东战役第一阶段作战结束。晋察冀野战军连克广灵、阳高、天镇、蔚县、阳原等5座县城和10多处据点，歼灭国民党军补训第5、第6师及暂编第11师、整编骑兵第11旅等部1.5万余人，收复了察南广大地区。

华北"剿总"司令部判断晋察冀野战军将进攻张家口，遂"挖肉补疮"，将驻守北平地区的第35军和暂编第3、第4军主力，骑兵第11、第12旅及新编骑兵第4师等部共10个师（旅），迅速西调柴沟堡、下花园一线，企图以6个师与驻大同的1个师东西夹击晋察冀野战军于天镇、阳高地区。

25日，第35军率所属暂编第17、第26师和第101师进至张家口、宣化地区；暂编第3军军部率暂编第10师进至柴沟堡一线，军主力进至宣化、下花园一线；暂编第4军率第210师、暂编第11师进至柴沟堡、怀安；骑兵第11旅

1948年3月，晋察冀野战军发起察南绥东战役。图为我军穿过紫荆关

进驻涿鹿以西；骑兵第12旅开往深井堡；新编骑兵第4师进至怀安地区。这样，绥远（今属内蒙古）地区只有独立第7师和补训第2、第3、第4师及地方保安警备队等非正规军近3万人，守备十分空虚。

为进一步调动和分散国民党军，创造战机，晋察冀野战军决定西出绥远，命令右翼兵团一部破击平张段铁路线，切断傅作义部后路，造成在察南广大地区进行运动战的机会，主力进至阳原、蔚县地区待机；左翼兵团立即挺进绥东，破击大同至集宁段铁路线，歼灭沿线守军，并视情攻打凉城、集宁，诱使傅作义部主力西进。

25日晚，第1、第6纵队自天镇地区西进，于27日进至官屯堡一线。第1纵队袭占丰镇，在破坏了集宁至丰镇间的铁路、公路后，继续向西挺进。29日，第6纵队进至大同以北孤山地区后，即以一部破击大同至丰镇间的铁路、公路。

一时间，傅作义被搞得手忙脚乱，急调暂编第4军等部3个师、1个旅西援。但援敌惧怕被歼，在先头部队进抵天镇后，主力仍位于宣化至柴沟堡一线迟迟不敢西进。

30日，杨得志、罗瑞卿命令左翼兵团攻击天成、新堂、凉城，诱敌主力西援。至4月6日，连克丰镇、和林格尔等地，歼灭国民党军补训第4师大部，逼近归绥城（今呼和浩特）。

这一招果然奏效。傅作义见绥远老巢岌岌可危，严令第35军、新编骑兵第4师、骑兵第5旅等部共5个师（旅），自张家口、天镇西援。

5日，第35军先头第101师、暂编第17师乘汽车经集宁进至卓资山，暂编第26师随至集宁；新编骑兵第4师、骑兵第5旅进抵丰镇至集宁一线；暂编第4军率第201师、暂编第11师进占天镇以西湾堡地区。

见敌人中计，杨得志、罗瑞卿等立即命令右翼兵团迅速出击，首先歼灭天镇西湾堡地区之敌，而后西进，协同左翼兵团合歼第35军主力。

7日黄昏，攻击部队隐蔽北上，向进入天镇、怀安地区的暂编第4军等部发起进攻。杨成武回忆道：

张家口的敌主力被我调动，暴露出弱点，我们决心以右翼兵团歼灭天镇、怀安地区暂编第四军的五个团。但在开进途中突遇暴风雨，山洪暴发，行军困难，战士们手拉着手前进。连向导也迷失了方向，全靠指北针定向摸索前进，

1948年11月，绥远省和林格尔县，李井泉和参加绥远战役的第8纵队及下属3个旅领导人合影

一夜间只走出十几里。这样，耽误了五个小时之久，等我们赶到时，敌人已经撤到柴沟堡，失去了歼敌的机会。

右翼兵团奔袭天镇扑空，第2纵队只在天镇车站和谷后堡毙俘暂编第4军第210师500余人；第3纵队攻占瀌沱店，歼灭骑兵第11旅第12团大部，9日黄昏对怀安发起攻击，但守军大部经城北暗道逃脱。

这时，傅作义察觉到晋察冀野战军主力有围歼其主力第35军的企图，立即命令西援部队向东收缩，同时派位于平绥铁路东段的部队西进接应。

第35军以暂编第26师留驻集宁、归绥线，第101师和暂编第17师回缩至兴和；暂编第3军以暂编第27师留驻宣化、怀来段，主力2个师开抵柴沟堡；暂编第4军退缩张家口；第94军主力亦自冀东调到宣化至下花园铁路沿线。

鉴于傅作义部主力再度猬集张家口东、西地区，无战机可寻，同时也考虑到绥远地区粮食补给困难等实际情况，晋察冀野战军遂于9日决定结束战役，左翼兵团返至左云、右玉以南地区后，做夺取晋北应县准备；右翼兵团主力南下至东井集、蔚县、西合集、吉家庄一线休整，准备出击冀东。

此役历时20天，晋察冀野战军共歼灭国民党军1.8万余人，缴获各种火炮50门、轻重机枪330余挺、长短枪6700余支，解放了察南、绥东地区1.3万多平方公里的土地，并控制了平绥铁路400余公里。

15. 晋中战役

　　晋中地区，北起忻县（今忻州），南迄灵石，地势南高北低，境内有吕梁山、太岳山、系舟山、云中山环绕，汾河、文峪河流经其间，同蒲铁路（大同—风陵渡）纵贯全境，交通便利，土地肥沃，是山西著名的粮仓，也是阎锡山赖以生存的供应基地。

　　自 1948 年 5 月，人民解放军攻克临汾，解放整个晋南地区后，曾显赫一时、独霸山西三十多年的阎锡山仅剩下晋中平原的太原城和 14 个县，处于解放区的四面包围中，形同孤岛，苟延残喘。

晋中战役期间，华北野战军第一兵团司令员兼政治委员徐向前（左）与副司令员兼副政治委员周士第在作战室里

虽预感到解放军下一步必将向晋中发展，但阎锡山仍侥幸地认为："共军在临汾伤亡两万多，大大损了元气，不可能很快恢复。"为维持其在山西的反动统治，保卫晋中、固守太原，他将所余部队5个军部、14个师、3个暂编总队及22个保安团、21个保安警备大队共约13万人，全部用于加强以太原为中心、以同蒲铁路忻县至灵石段为轴线的晋中防御体系，并在各城镇要点和交通要道修筑大量碉堡群，严密封锁晋中四周山口。

时任晋冀鲁豫野战军第8纵队第23旅第67团政治委员的姚晓程回忆道：

放眼望去，广袤无垠的晋中平原呈现在我们眼底：远处秀丽多姿的吕梁山，近处缓缓流过的汾河水；横贯南北的同蒲铁路，大大小小的城镇村庄，一切显得非常清晰明了。但是，当我们仔细观察以后，心情却沉重起来。原野上、村寨里、铁路旁，到处遮断我们视线的，是高高低低的、灰色的钢筋水泥碉堡和纵横交错的战壕、铁丝网、鹿寨。整个晋中笼罩在一片碉堡林中，路上不见行人，天上没有飞鸟；虽然正是麦子接近成熟的时节，地里却看不到一个人影。阴霾的天空下，一片肃杀景象。

……自从五月我军解放晋南名城临汾后，阎锡山仅剩下北起忻县、南至灵石、同蒲沿线的十五座县城和附近乡村，以及省会太原市。它像一片柳叶形的孤岛，处在我解放区包围中。阎锡山不甘心死亡，他利用太原兵工厂、钢铁厂、水泥厂的生产设备和原料，大肆制造枪炮弹药，构筑钢筋水泥碉堡，把晋中变成了由千万个高碉低堡、千百个大小据点组成的要塞地区。

阎锡山还认真总结了以往与解放军作战屡屡失利的教训，认为"我们有飞机，有大炮，沾了这飞机大炮的光，学了个守，受了飞机大炮的害，没有学下个跑"。为此在继续强调筑垒固守的同时，特别要部下学会机动，用他的话讲就是"一跑万有，一跑万胜"。在阎锡山看来，"我们今天是万事皆备，只欠东风。什么是东风？就是只要我们军政能迅速配合起来跑，我们即可打通临汾、打通大同，恢复我们寿阳、平定"。

在这一新的作战思想指导下，阎锡山决心死守太原、忻县、榆次、汾阳、平遥、太谷，任何情况下都不能丢弃；其余各县则为固守，必要时可以放弃。同时以主力组成所谓的"闪击兵团"，执行机动作战任务。具体部署是：

华北军区第2兵团第8纵队解放山西寿阳

以第34、第61军和第19、第33、第43军主力共9个师，及暂编第8、第9、第10总队分布于榆次至灵石铁路和太原至孝义公路沿线各城镇要点；以第34、第43、第61军各一部共13个团（含阎锡山的"亲训师""亲训炮兵团"）组成"闪击兵团"，以第34军军长高倬之为司令，进行机动作战；同时组织3万余人的"民卫军"分守各地，企图阻止解放军对晋中地区的进攻。并趁麦收季节，准备大肆抢麦、抓丁，以解决军粮、兵员不足。

徐向前回忆道：

阎锡山要抵抗我军的战略反攻，保巢图存，首先得解决军粮问题。十三万军队，以每人每天平均斤半粮食计，每月即需耗粮五百八十五万斤。如果加上城市居民的口粮，那又何止千万斤、万万斤！如此庞大的粮食需求量，对阎锡山的战略防御计划来说，无疑是最头疼的地方。

晋中平原，沃野千里，历来是山西的粮仓，阎军的供应基地。阎锡山深知，假如晋中一失，粮秣无继，十多万军队势必陷入不战自乱的窘境。时近麦熟季节，晋中平川麦浪滚滚，丰收在望。保粮、抢粮、屯粮，"保卫晋中"，便成为阎锡山实行战略防御的关键所在。敌以三十三军置于祁县、太谷地区，三十四军及四十师置于平遥、介休、灵石地区，四十三军及亲训师置于汾阳、

15. 晋中战役

孝义地区，六十一军置于文水地区；同时，组成"闪击兵团"，专门担任阻我北上、机动作战的任务，并配合各县保安团及警备大队，坚工固防，四出抓丁抢粮。一时之间，阎锡山投入晋中平原的兵力，即占其总兵力的五分之四。他还提出"一跑万有，一跑万胜"的口号，要用"运动战"来对付我军的运动战。这位"土皇帝"的如意算盘是：抢粮、屯粮于手，巩固晋中，死保太原，熬到第三次世界大战爆发，美军在中国登陆，便可趁机反攻，卷土重来，"以城复省，以省复国"，重温独霸山西的旧梦。

5月20日，按照中共中央和中央军委的决定，晋察冀军区和晋冀鲁豫军区正式合并，组建华北军区，聂荣臻任司令员，薄一波任政治委员，徐向前任第一副司令员，滕代远任第二副司令员，萧克任第三副司令员，赵尔陆任参谋长兼后勤司令员，罗瑞卿任政治部主任。同时将原属晋冀鲁豫野战军的第8、第13、第14纵队，晋察冀野战军的第2、第3、第4、第6纵队，分别编入华北军区野战军第1、第2兵团，共计23.4万人。另下辖6个二级军区18万多人的地方部队。

为保卫晋中麦收，削弱阎锡山集团的有生力量，创造夺取太原的有利条件，华北军区报经中央军委批准，决定由徐向前统一指挥第1兵团（辖第8、

1948年5月，中共中央及中央军委决定将晋察冀和晋冀鲁豫两个解放区及其党政军领导机构合并，组成华北局、华北联合行政委员会和华北军区。8月，经华北临时人民代表大会讨论决定，华北联合行政委员会改为华北人民政府。图为董必武在华北人民政府成立大会上讲话

第 13 纵队）、华北军区炮兵第 1 旅、太岳军区部队和北岳、太行军区部队各一部，以及陕甘宁晋绥联防军区所属晋绥、吕梁军区部队各一部，共 47 个团 6 万余人，采取运动战方针发起晋中战役。

战役计划分为两步：第一步，对敌实施分进合围态势，割裂其防御体系，切断交通要道，分割包围要点，肃清外围据点，清剿地方杂匪，确保晋中麦收。第二步，相机攻取要点，诱敌主力出战，力求在野战中歼其一部，尽量削弱其实力，缩小敌占区，为攻取太原创造有利条件。整个战役以打击敌有生力量为重心。

但北上晋中作战，华北军区野战军第 1 兵团面临着诸多困难。其一，敌人兵力多，装备好，工事坚固，机动力强，占优势地位。其二，经过两个多月临汾攻坚战的消耗，部队相当疲劳。同时，部队新兵多，干部缺额大，大兵团野战经验明显不足。其三，平原地区不同于山地，烧柴极其困难。北上晋中作战，仅每日做饭烧水，10 万部队和民工至少需要 30 万斤柴火。

中共中央和华北局考虑到这些实际困难，因此只要求第 1 兵团歼敌 1 至 2 个师即可。徐向前经过深思熟虑后，毅然提出超额两三倍的歼敌计划。理由是：第一，晋中战役的目的，是为解放太原创造条件。应尽可能利用野战的机会，诱敌决战，消灭敌之有生力量。歼敌愈多，解放太原便愈加顺利。第二，敌人以五分之四的兵力分散在晋中平原抢粮运粮，正给我们可乘之隙。我以 6 万之师北上，运动作战，分两次吃掉敌人 4 至 6 个师，完全有可能。部队虽缺乏大兵团作战经验，但士气旺，能吃苦，听指挥，守纪律。关键在于计划周密，指挥得当。第三，山区群众经过土改，支前积极性甚高。地方党组织一二十万民工支前，运送粮食、弹药、烧柴，问题不大。晋中群众对阎军恨之入骨，亦容易发动起来，保卫麦收，配合解放军作战。

在兵团作战会议上，徐向前打了一个形象的比喻："我们打野战，好比吃肉；攻城，好比啃骨头。现在敌人为了抢粮，四面出动，肥肉送上门来，我们不妨狠咬几口，吃他几个师，免得将来费时费力去攻坚城池，啃硬骨头。这笔账要算一算，有便宜就得赚哪。"

但有同志力主只打敌 1 至 2 个师，认为部队没有打过大规模的运动战，又确实疲劳，顾虑吃不掉敌人反被敌人吃掉。

与会人员经过充分讨论，反复权衡利弊，仍未能取得一致认识，定下决

解放军控制汾河大桥，切断国民党军退路

心。最后，徐向前果断地说："战机紧迫，就按歼敌四至六个师的目标，进行战役部署，错了由我负责。"

6月9日，第1兵团正式发布晋中战役命令：

晋绥第2、第6军分区部队在彭绍辉、罗贵波的指挥下，于13日进至太原以北，切断忻县至太原间铁路，并向太原逼近，保卫忻县至太原铁路两侧地段麦收；

吕梁军区部队于19日进至文水、交城地区，切断太原至汾阳交通，拔除该地区外围的必要据点，压缩敌于少数孤立据点之内，确实控制文水、交城、汾阳、孝义及清源之平川地区，保卫麦收；

太岳军区部队于13日逼近介休、灵石地区，寻机拔除该地区外围若干据点，相机攻取灵石，并切断平遥至灵石间铁路；

太行军区第2军分区和北岳军区第2军分区部队组成晋中集团，在萧文玖的指挥下，于19日逼近榆次至太原、榆次至太谷间的交通线，破坏铁路、公路及桥梁，保证太原之敌不能向祁县、太谷增援，并派零散小部队插入徐沟、榆次、太谷三角地区，保卫麦收；

第13纵队于19日拔除子洪地区敌人据点，而后攻歼东观之敌，切断太谷至祁县铁路，主力集结于太谷以南东观地区，机动待战；

第8纵队于19日拔除平遥以东以南外围据点，另以一部切断祁县至平遥间铁路，主力集结于平遥以东地区，机动待战。

战役发起的时间定为6月20日。

徐向前回忆道：

我军兵出晋中，与数量和装备均优势于己的敌军作战，必须以奇制胜。因而，在战役部署上，才将吕梁、太岳部队放在西、南面，令其首先出动，迷惑和吸引敌人西向；而以主力八纵、十三纵，隐蔽开至太谷、祁县、介休、平遥南侧山区，乘虚突进汾河以东的平川地区，创造战场，机动歼敌。

11日，吕梁军区部队进至孝义、汾阳间的高阳镇地区佯动；太岳军区部队沿同蒲铁路北上，于12日攻占灵石，以吸引"闪击兵团"由汾阳、孝义、平遥、介休等地出动。

阎锡山错误地判断华北军区野战军主力仍在临汾未动，仅由少量地方部队保护麦收，遂于13日急令"闪击兵团"分路从平遥、介休、汾阳、孝义出动，以所谓"藏伏优势"和"三个老虎爪子"的战术，扑向高阳镇，企图聚歼吕梁军区部队。

吕梁军区部队英勇拒敌，打得相当艰苦，在汾河以西地区与敌形成对峙。18日，"闪击兵团"第43军第70师主力从汾阳向山庄头、神堂地区出击，被吕梁军区部队歼灭一部，余部退回汾阳城。

这时，徐向前已率兵团指挥所离开长治，火速向子洪口一带进发。子洪是

华北军区某部攻占晋中门户、祁县子洪口要隘——白狮岭。阎锡山曾把白狮岭吹嘘为攻不破的"金刚岭"

15. 晋中战役

从东山进入晋中平原的门户，距祁县仅 15 公里，第 13 纵队准备由此突破，直下祁县。

鉴于"闪击兵团"已扑向高阳镇地区，平遥、介休、祁县一带敌人兵力空虚，徐向前决定主力提前出动，直下平川，诱敌回援，争取在平遥、介休地区首先歼第 34 军。为此，要求各部队特别注意集中兵力，形成拳头，保持战斗中的优势地位，隐蔽动作，突然袭击，讲究战术，各个击破，加强通信联络，密切协同配合，务求取得几个中、小歼灭战的胜利，以奠定进一步打大歼灭战的基础。同时命令组织游击兵团，担任破坏交通运输、打击分散孤立之敌、发动群众配合主力作战等任务。

18 日，晋中战役正式打响。

第 8、第 13 纵队沿平遥、介休东南山地隐蔽北进，拦腰侧击介休至祁县间的山口各据点，连克菩萨村、元台沟、东西泉、岳壁、北汪、乙金庄、原家庄、段村、洪山等地，绕过子洪要塞，直下平遥、祁县地区，迫近同蒲铁路，切断敌军北逃的退路。

与此同时，吕梁部队在神堂头地区发起反击，以 2 个团的兵力歼第 70 师大部，击毙师长侯福俊、参谋长刘承基，乘胜北进，继续牵制敌军。其余北面的部队均按计划向忻县至太原、榆次至太谷间破袭，攻敌据点，断敌交通，阻止与牵制由太原方向南援之敌。

华北军区部队突然从祁县、平遥间突入晋中腹地，一下子打乱了敌人的部署。阎锡山急忙命令"闪击兵团"回援，并命令榆次、太谷所部南进靠拢。

徐向前当即令吕梁部队一部进行追击，第 8 纵队及太岳部队进至平遥、介休东侧堵截，第 13 纵队进至祁县以南、洪善以东地区阻击南来之敌，张网以待，准备围歼第 34 军。

出乎意料的是，敌人狡猾得很。回窜的第 34 军竟从汾阳以东渡河，直插平遥县城。而"亲训师"和"亲训炮兵团"则返回介休。

20 日傍晚，天降大雨，部队冒雨埋伏在野外阵地上，一直熬到天明，也没能等到敌人。这样，拟歼第 34 军于平遥、介休间的计划落了空。

有道是失之东隅，收之桑榆。"闪击兵团"发觉侧背受到威胁，遂自高阳镇地区分路回撤。21 日下午，当"亲训师"和"亲训炮兵团"进至张兰镇以北地区时，与第 8 纵队遭遇。

"亲训师"和"亲训炮兵团"是阎锡山苦心经营起来的"铁军"和"精神支柱"，由原侵华日军军官担任顾问、教官，全新装备，相当反动顽固。

　　第8纵队和太岳军区部队迅速先行展开，将其压缩于汾河东岸、张兰镇以西狭小地域内，并分割成数段。激战3小时，歼其5000余人，缴获山炮24门、重迫击炮12门。其一部退入张兰镇，又被太岳军区部队包围，连同驻该镇的暂编第45师新兵团一起被歼灭，余部撤回平遥。至此，阎锡山苦心经营的一只"老虎爪子"被完全斩断。

　　徐向前在"晋中战役第一阶段作战总结"中说："此役敌死伤极大，沿汾河东岸五里宽地区，每公尺内均有一二尸体，敌死亡将近三千人，牲口死伤占百分之八十（因敌密集队形运动，被我压于汾河岸开阔地，遭我火力急袭）。"

　　为继续扩大战果，调动并歼灭驻平遥的国民党军，21日晚，第13纵队向祁县东南地区出击，在梁官村、张名村歼第33军第71师一部；吕梁军区部队进到汾河西岸徐家镇、南胡家堡一线，与第13纵队从东西两面威逼平遥至忻县的交通线。

　　23日晨，被分割在平遥的第19军军部率暂编第40师及"亲训师"残部3000余人，绕道北撤，企图向祁县第33军靠拢。下午进至祁县西南北营村附近时，第13纵队突然发起进攻，将其主力包围于北营村。

　　当晚，第19军军长温怀光、暂编第40师师长曹国忠见势不好，仅率少数部队逃回太原。第13纵队主力经彻夜激战，将被围之敌予以歼灭，俘虏第19

晋绥军区第8军分区部队向汾阳城关发起进攻

军参谋长李又唐。其间，第 33 军曾出动 3 个团增援北营村，被第 13 纵队第 37 旅阻于东山湖、郑家庄、阎明村一线。

正在太原城里眼巴巴盼着"闪击兵团"传回胜利消息的阎锡山，等来的却是"亲训师""亲训炮兵团"相继被歼的噩耗，极为惊恐。远在南京的蒋介石不断给阎锡山打气，谎称共军主力已开往中原、西北、华东和东北战场，山西只有地方部队数万人，要阎锡山与共军"大胆决战"，保卫晋中。

阎锡山遂急令"绥靖"公署副主任兼山西省保安副司令、野战军总司令赵承绥和野战军副总司令原全福（日本人，原名元泉馨，为侵华日军独立步兵第 14 旅团少将旅团长）至太谷坐镇指挥。

为什么阎锡山的部队里会有这么多日本军人呢？

早年留学于东京振武学校、日本陆军士官学校的阎锡山，对日本教官鼓吹的实行军国主义、征兵练武、称雄世界的思想极为赞同。尽管在抗日战争中，阎锡山曾一度接受共产党建议，组建山西青年抗敌决死队，抗击日本侵略军。但在1938 年临汾失陷后，阎锡山开始对抗日丧失信心，暗中勾结日军，积极反共。

1945 年夏，阎锡山与日军华北方面军参谋长高桥密谈，向日方提出"寄存武力"，共同反共。他在获悉日本帝国主义将宣布无条件投降的消息后，立即部署抢夺抗战胜利果实，并与日本山西派遣司令官达成秘密协议，强调要精诚合作，紧密团结，高举枪杆，共同对付共产党。他以留用技术人员为名，将日军战俘和技术人员 5000 余人留在山西为己所用，其中有战斗力的 3000 多人，编为 6 个大队。于是，这些日本军人换上阎锡山部队的军装，充当起阎锡山反共反人民内战的急先锋。

6 月 23 日，赵承绥、原全福率以留用的日军为骨干组成的暂编第 10 总队由榆次进至太谷，并向祁县推进。

25 日，赵承绥命令第 34 军由平遥北移，第 33 军从祁县南下接应，集结于洪善地区；暂编第 10 总队由太谷进到东观镇，企图在祁县、平遥间与华北军区部队决战。

26 日，第 33、第 34 军等部向洪善以东的郝开、白城、新盛等地进攻。

同日，徐向前电报中央军委、华北军区，决心集中主力在祁县、平遥以东地区与敌决战。具体部署是：以第 13 纵队位于北面监视东观之敌；太岳部队插入洪善、平遥间，监视平遥之敌；第 8 纵队一部插到洪善、祁县间堵溃打援；

吕梁部队位于汾河东岸，配合第 8 纵队主力由北依次正面攻击，首先歼灭第 34 军；由太行军区第 2 军分区和北岳军区第 2 军分区部队组成的萧文玖集团在榆次以南地区积极活动，配合主力作战。

然而，赵承绶采取了地道的"乌龟战术"，对部下说："晋中共有五千个堡垒阵地，每个可抵炮弹一万发，五千个可抵五十万精兵，只要守好堡垒，永保晋中万无一失。"他把野战集团数万人收缩在太谷城南北几十里的狭长地区中，死死依托铁路线上的城镇不肯远离。

鉴于敌军兵力集中，不易分割，徐向前遂改变决心，以小部队在祁县地区与其周旋，主力于 29 日北上，乘虚直捣晋中腹地，在榆次、太谷、徐沟间开辟战场，保卫麦收，断敌粮源，诱敌出动，歼灭赵承绶指挥的野战集团。

这一部署的重点，是拦头切断敌人逃往太原的通道，在预设战场聚歼赵承绶集团。中央军委于 30 日复电，表示"部署甚好"，完全同意。

为诱敌就范，徐向前命令太岳军区部队进到太谷以北，协同北岳、太行军区部队破击榆次至太谷段铁路，威胁敌侧后，阻敌北逃；第 8 纵队攻击祁县，歼灭暂编第 37 师，打开通向徐沟、榆次的道路；第 13 纵队在东观镇以南阻击第 34 军向祁县增援。

国民党军修筑的碉堡

30日上午，各部按照命令开始行动。徐向前决定打开子洪口，拿下白狮岭据点，使后方的粮、弹等物资通过白晋路运出来。

驻守白狮岭的是暂编第37师1个营。这里地形复杂，工事坚固，易守难攻。担任主攻的第13纵队第39旅第117团在战前进行抵近侦察，展开军事民主，选择了恰当的突破点和隐蔽的突击道路。战斗打响后，部队动作勇猛迅速，步、炮、工协同密切，充分发挥了"单兵爆破，小组突击"战术手段的威力，以极小代价，攻克了要塞。

7月1日，第13纵队主力进占东观镇。而第8纵队因连续行军作战，生活补给又差，部队十分疲劳，加上烈日下在山地运动，速度甚缓。司令员兼政治委员王新亭电话请示徐向前：能否让部队稍事休息，因为大家实在走不动了。

徐向前回忆道：

六月天，烈日炎炎，战地似火。部队连续行军作战，挥汗如雨，体力消耗很大，减员甚多。但为争取时间，创造战机，兵团令各部队加强政治思想工作，发扬吃大苦、耐大劳的精神，克服一切困难，按既定部署行动。八纵司令员兼政委王新亭打来电话说："大家实在走不动了，能不能休息两天，缓一缓劲再走？"我斩钉截铁地说："不行，现在不是休息的时候，走不动爬也要爬到指定岗位上去！"因为这是制敌先机的关键时刻，我们在和敌人抢时间，迟一步就会让敌人溜之大吉。时间就是胜利。如果慢慢腾腾、瞻前顾后，哪有战机可捉、胜利可言？所谓打仗要有股狠劲、硬劲，就表现在这些地方。

断敌交通是迟滞敌人、防敌北窜的有效手段，也是我军争取时间、创造战场的重要一环。晋中平原地势狭长，中间有同蒲铁路直贯南北，敌人占据一系列县城和铁路沿线据点，既可坚工固守，又利运动集结。打不赢我们，一昼夜之间，便能逃之夭夭，窜回太原去。在这种情况下，大力破袭铁路，控制沿线重要据点，便成了关系整个战局中的一个决定性环节。七月二日，我太岳部队以一昼夜急行军，插入太谷、榆次间，配合萧文玖集团，展开大规模的铁路破袭战，这对阻止敌人北窜、逼敌进入我预设战场，起了重要作用。

果然不出徐向前所料，赵承绶发觉第1兵团主力北移后，唯恐撤回太原的铁路被截断，立即下令第33、第34军和暂编第10总队于7月2日北移太谷、

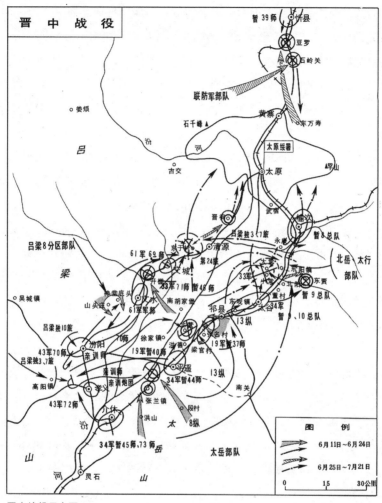

晋中战役示意图

东观镇一线。

　　3日，太岳、北岳、太行军区部队大举破击榆次、太谷间的铁路，炸毁象峪河铁桥和太谷以北的董村铁桥，攻克北阳、东阳车站，迅速控制了北起东阳镇、南至董村的地段，斩断敌人逃往太原的通道。

　　赵承绶极为震恐，如果不控制东阳镇地区，特别是夺回董村，就将与榆次和太原的大本营失掉联系而成为孤军。于是急令第71师、暂编第46师和暂编第9、第10总队，附铁甲车3列、山炮30余门、轻重迫击炮40余门，在数架飞机的掩护下，轮番猛攻太岳军区部队董村阵地。赵承绶和第33军军长沈瑞亲自坐镇指挥，企图凭借强大火力，突破解放军阵地，打通北撤道路，逃往太原。

与此同时，榆次守敌也出动第68师2个步兵团和1个机炮团，南下东阳镇，向萧文玖集团阵地猛攻。

这是一场十分激烈的阵地争夺战。徐向前给太岳军区司令员刘忠下了道死命令：不管多么疲劳、伤亡多大，也要"钉"在那里、坚守到底，绝不能让敌人跑掉！

坚守董村的太岳军区第41团另1个营，以"人在阵地在"的决心，同敌人殊死搏杀，白刃格斗，顽强抗击4昼夜，击退敌人9个团的多次攻击，毙伤敌千人以上，自己也付出了巨大伤亡，有个连打到最后只剩下了9个人。战后，第41团荣获"稳如泰山"的光荣称号。北岳、太行军区部队也击退了由榆次南下增援之敌，将赵承绶野战集团阻于太谷及其附近地区。同时，吕梁军区部队在汾河以西连克交城、开栅等据点，逼退清源守军，切断了太原至汾阳公路。

第1兵团副司令员周士第于6月下旬去中央汇报晋中战役作战计划，7月5日返回前线，在下八洞村传达了毛泽东关于晋中战役的指示：

保卫麦收这个口号很好，可以动员广大人民参加。晋中人民要收麦子，阎锡山要抢麦子，这是一场极其严重的斗争。敌人要抢粮，就要出动，你们就有机会在运动中消灭敌人。灵石解放后，阎锡山还有14座县城，只要再打掉一两个，敌人就会慌乱了。此次战役是保卫麦收的战役，但是战役的重心还是要放在消灭敌人方面，消灭了敌人，就是最有效地保卫麦收。毛主席又说，要达到

徐向前、周士第、王世英、滕代远（左起）在一起

消灭敌人、保卫麦收的目的，要经过艰苦的战斗才行。不但要善于打运动战，而且要善于打阵地战；不但要会攻，而且要会防。

这一指示，使徐向前等兵团领导对晋中战役的指导思想认识更统一，随即提出了"消灭敌人就是最有效地保卫麦收"的口号。

6日，赵承绶见付出上千人的代价仍无法突破董村防线，只得放弃沿铁路北撤计划，于当晚率部改由榆次、徐沟间夺路北逃，直奔太原。

徐向前得悉这一情况后，高兴地对周士第说："肥肉送上门来了，有便宜就得赚哪，这一回要紧紧把它抓住，决不能放跑了，现在的关键是先把赵承绶包围起来，稳住，等部队赶上去再从容不迫地打，我们兵力不太够，要一口一口地吃。"

7日，第13纵队与第8纵队第22旅分数路对赵承绶集团展开追击，并越过其左翼，抢先一步插入徐沟以东、子牙河以南、尧城镇以东地区，切断了敌人逃向徐沟的退路；北岳、太行军区部队在太岳军区部队协同下，自东阳镇地区向西猛插，与第13纵队接通，截断了通向榆次的道路；吕梁军区部队跨河东进榆次西南永康地区，准备堵溃打援。

当晚，第8纵队第23、第24旅攻占祁县，歼守敌第37师师部及2个团和保警队，俘虏师长雷仰汤以下3200余人，从而把平遥、介休、汾阳、孝义、文水等县之敌与太原完全隔断。随后纵队主力星夜兼程北上，进入太谷以北地区。

至此，第1兵团等部将赵承绶集团3万余人全部包围在大常镇、小常村等东西约10公里、南北不足5公里的狭长地域内。这里正是徐向前在6月29日作战部署会上预先设计的战场。

为防敌突围逃跑，必须尽快收拢部队，加强包围圈。但由于部队位置变动快，通信联络不易，使用报话机又不妥，徐向前遂命令作战参谋杨弘骑上快马，连夜向祁县至徐沟一线部队传达命令：各部赶快收拢部队，如果一时收不拢，有一个班走一个班，有一个排走一个排，有一个连走一个连，旅长走前边，追上去加强包围圈，包围起来后作两面工事，先不要打，但必须守住，敌人要来就打回去，要是敌人在谁的地段跑出去，就拿谁是问！

从8日起，赵承绶集团分路向榆次、徐沟方向猛烈攻击，企图突出重围，但连攻两日均未得逞，包围圈反而越来越紧。

这时，最令徐向前伤脑筋的就是兵力不足。8 日，他在致中央军委、中共华北局的报告中称：

临汾战役伤亡 1.5 万余，另逃亡 2000 余人；晋中战役伤亡 5000 人；共减员 2.3 万人。临汾战役后，补充新兵 1600 人，俘虏 6000 余人，伤员归队 6000 人，共 13600 人。至晋中战役，俘虏大部尚不能补充，因须进行一定教育。现部队 3 个纵队轻重武器及炮兵已大体配就，但连队极不充实。八纵一个主力团，每连战斗员最多者 66 人，少者 27 人。十三纵三十七旅为人数最多者，每营多只两个步兵连，每连两个排，每排两个班。部队目前正连续作战，不给敌以喘息机会，力争在野外歼灭阎军主力，及攻取某些必要据点，以造成围攻太原之有利条件。否则，增加今后攻太原很多困难，支付更大代价。但连续战斗必将大伤部队元气。为此，恳请迅速补充新兵 1.5 万人（每纵 5000 人）。

部队不仅减员甚大，在酷暑烈日下连续行军作战，已是疲惫至极。8 日凌晨，第 8 纵队第 24 旅第 71 团接到兵团命令。团长把部队集合到城西，打算进行一个简短动员，可是晨曦中发现根本无人在听，因为战士几天几夜没有休息，都抱着枪睡熟了。此外，第 1 兵团的火力火器，远远不及敌人。

本已无心恋战、意欲逃跑的赵承绶，如果此时集中全力向徐沟一点冲击，以其装备和两个军部、四个师、一个总队的兵力，很有可能突出重围的。但他犯了两个致命的错误，最终导致了全军覆没，就连自己也成为解放军的阶下囚。

徐向前认为：

一是兵力分散。七日晚，我军已形成对敌的包围，但敌人似乎尚未觉察，从八日起，仅用有限兵

赵承绶

力，分三路向我北线阵地猛攻。一路为敌三十三军四十六师一部，由胡村向西，攻打我十三纵一一七团墩坊村防地，力图保障从太谷至大常镇（敌总指挥部驻地）等地之唯一补给线；一路为敌三十四军一部，自东、西见村向东南方向我十三纵一一五团阵地进攻，企图打通与徐沟的联系，一路为敌第十总队一部千余人，自大常向东北方向我萧集团辋村阵地猛犯。我军刚刚到达，边打边修筑工事，顽强阻击敌人。突向徐沟方向的敌三十四军一路，相继攻占了十三纵一一五团"三李青"、东楚王庄等阵地，距我兵团指挥所驻地仅二里许；徐沟之敌又出动来援，真是千钧一发，危险至极。我们的指挥所纹丝不动，"钉"在那里，鼓舞指战员奋勇抗击。我三十八旅一一四团英勇突击，终于夺回楚王庄等阵地，打退徐沟方向接应之敌。三十八旅旅长安中原，身负重伤后牺牲。辋村地带的萧集团和榆次独立团，轮番受到敌十总队、三十四军的疯狂进攻，激战四昼夜，打退了敌人，保住了阵地。第四十三团一个连坚守魁星阁，最后拼得只剩下一个班，阵地依然在手。这次防御战，十三纵三十八旅和萧集团打得不错，伤亡虽大些，但堵住了敌人，立了大功。

二是犹豫迟疑。赵承绶这个人，昏聩无能，决断力差。他虽感到处境岌岌可危，但拿不定主意，全凭原全福摆布。原全福是个日本人，骄傲得很，瞧不起"土八路"，认为突围不必要，决心在现地"同共军决一死战"。这样，敌人先是兵分三路，攻了一下，攻不动便收兵防御，企图依托优势火力和野战工事，与我决一雌雄。我们乘机调整部署，以十三纵位于北及西北，八纵位于西南，萧集团位于东北，太岳部队位于东及东南，紧缩包围圈，困敌于东西二十里、南北不足十里的十多个村庄内。敌人再想突围逃跑，为时晚矣！

徐向前决定立即发起总攻，自西而东，逐村夺取，分割歼敌。但第8纵队因重炮火尚未调上来，要求推迟总攻时间。

徐向前认为：打运动战，贵在抢时间，神速动作，不失战机。时间的因素，是关系战果大小、战局胜负的决定性因素。两军对战，你要攻其不备、出其不意，要调动敌人、围歼敌人，要应付战局中的各种变化，要在最后猛烈扩张战果，一言以蔽之，离不开争取时间。掌握了时间，主动权在手，保持战役战斗的突然性，加上兵力集中等条件，打击敌人，必能形成雷霆万钧之势，容易以小的代价换取大的胜利。反之，"活仗"会变成"死仗"，主动会变成被

指挥晋中战役的徐向前

动，歼灭战会变成击溃战，甚至得不偿失，与战役战斗的预期目的大相径庭。在这个意义上说，时间就是无形的战斗力。因此，徐向前决心速战速决，一鼓作气，将赵承绶野战集团彻底歼灭于榆次、太谷、徐沟地区，没有采纳第8纵队的建议。

10日晨，总攻打响。其中，第13纵队和第8纵队分由西北、西南方向进攻；太岳、北岳、太行军区部队分由东南、东北方向进攻。晋中平原的村落，周围均筑有坚固围墙，房屋密集，多砖瓦结构。赵承绶野战集团顽固据守，垂死挣扎。解放军以山炮、野炮为骨干，配以平射迫击炮，猛摧敌村沿火力点，开辟突破口，掩护步兵突入，横冲直撞，破垒灭敌。

第8纵队（欠第22旅）主攻南庄一带的暂编第10总队及暂编第44师第1、第3团。首先对戴李青守军暂编第10总队的1个团发起攻击，并迅速突破其防线，展开白刃格斗。激战至当日下午，全歼守军。杨李青、温李青守军慌忙向南庄逃窜。第8纵队趁势包围了南庄。

11日晨，第8纵队第23、第24旅对坚守南庄的暂编第44师和暂编第10总队各2个团发起攻击。第23旅第67团政治委员姚晓程回忆道：

入夜，我们沿着一条沟渠接近南庄。我和团长刚来到临时选定的团指挥所，团长就气愤地对我说："老姚！你知道守南庄的是谁？"

没等我回答，他又恨恨地说："是日本鬼子！是十总队！到底给我们抓住了！"

仇人相逢，分外眼红。明天就要亲自和第十总队交手，我不禁怒火上升，十分激动。抗日战争结束后，阎锡山为了镇压山西人民，丧心病狂地把双手沾满中国人民鲜血的数千名日军留用下来，长官晋级，优厚待遇，编成了所谓"第十总队"。这群亡命之徒，在投降以后三年来，在阎锡山包藏下，仍然手持杀人武器。现在，他们又横挡在中国人民解放战争的大道上。消息传遍整个部队，同志们个个义愤填膺，发誓再不能让这些匪徒继续为非作歹。

七月十一日，天亮后我团从西、兄弟部队六十九团从南、二十四旅从北，对日军占据的南庄村三面发起攻击。

战斗一开始便相当激烈。誓死与中国人民为敌的匪徒们，像一群发疯的野兽，顽强地抵抗。

二营的两个排打进了村庄。后续部队却在通往村庄的几百米开阔地上，被鬼子的机枪压住了。情况相当严重。团长康烈功同志，挺身跳出沟渠，亲自率领着战士们，冒着敌人密集的火力杀了上去。已经在村子里的两个排，在战斗英雄郎心会同志指挥下，顽强地连续爆破，炸毁了敌人的火力点。

我们团广大的指挥员战斗员本来是习惯于打村落战的，只要一突进村庄，房上房下进展十分迅速。但这一次，在匪徒们的阻击下，进展却相当缓慢。

我们用曲射炮和轻、重机枪掩护着，连续向敌占房屋施行爆破。敌人也用山炮、九二步兵炮、"娃娃炮"（山西造的一种迫击炮）、机枪、步枪在每个街口组成了炽烈的火网。他们死守着每一座房屋、每一个角落。夺取每一寸土地，都要付出血的代价。

战士们破墙而入，打进敌人的院子。来不及退走的鬼子便扑上来，同我们展开白刃格斗，一直到全部死得干干净净。

激战至 12 日，第 8 纵队攻克南庄，全歼暂编第 44 师 2 个团，暂编第 10 总队 2 个团伤亡过半，残部逃至西范村。

与此同时，第 13 纵队也拿下了大常镇。第 34 军军部、第 73 师和暂编第 44 师 1 个团被全歼，第 34 军军长高倬之负伤后化装逃跑。

激战中，敌机不断前来助阵。徐向前命令组织对空射击，先后命中两架。敌飞行员跳伞后落入阎军阵地，向赵承绶报告："四周都是共军，我们已经完全被包围了！"

15.
晋
中
战
役

阎锡山太原兵工厂正在制造的 75 毫米口径的火炮

　　赵承绥无可奈何，原全福也不再提"与共军决一死战"的话了。阎锡山惊惧交并，乱了章法，一面令第 45、第 49 师及第 40 师残部组成"南援兵团"，从太原向榆次西南开进，援应赵承绥残部突围；一面慌忙收拢晋中各县兵力，向太原集中，以确保老巢。

　　15 日拂晓，徐向前命令 100 多门火炮猛轰西范村。10 时左右，第 13 纵队 2 个旅和第 8 纵队 1 个旅由村西、北、南三面突破敌阵地前沿。敌人拼命顽抗，不断反扑，形成对峙。

　　16 日晨，赵承绥指挥被困于西范、小常、南席、新戴 4 个村庄内的残部，在空军掩护下再次突围，企图与阎锡山派出的援军会合，均被击退。原全福带着几个随从，刚从西范村狼狈溃逃到小常村，就被解放军一发迫击炮弹击成重伤。临死前，他对总部的参谋处长哀叹："没想到徐向前的厉害，十总全完了！"

　　激战至下午，第 1 兵团等部发起猛攻，一举突入小常村敌军阵地。时任第 13 纵队第 39 旅旅长的钟发生回忆道：

　　此刻，敌人的飞机轮番向我轰炸、扫射，小常村西北的战斗异常激烈。敌步兵在装甲车、飞机和炮火掩护下，向我阻击部队连续反扑，妄图在阎锡山的所谓"南援兵团"的接应下突围。

　　下午四点多钟，敌人的七架飞机凌空。指战员发现敌人在地上铺开了红色的"丁"字布。接着，敌机即向小常村西北方向的我军阵地轰炸扫射，妄图为地面残敌开辟突围道路。在硝烟弥漫、尘土飞扬中，炮声、枪声响成一片，敌人向小常村西北方向逃跑了。

　　这时，曹营长在我炮火掩护下带领突击队插向村内。我一一六团、一一五团和一一七团从小常村的几个方面，步步进逼堵击。轻重机枪和各种炮火，暴风骤雨般压向一群群疯狂乱窜的敌军。战士们高喊着"缴枪不杀，解放军宽待俘虏"的口号，敌士兵有的投降，有的躲在敌尸体下装死。原全福和敌四十四师师长先后被我击毙，戴着少将军衔的日本人布川等被活捉。

　　赵承绶呢？原来他接到阎锡山要他在飞机掩护下突围的命令后，即搜罗其三十三军和三十四军、第十总队的残余部队，亡命突围。结果，窜出小常村的敌人，除了死伤的以外，又缩回小常村。赵承绶一生跟着阎锡山，在九一八事变前夕，阎锡山去大连与日本人勾结返回时，在赵承绶家住了一夜，共同做了"土皇帝"的黄粱美梦。打这以后，他们勾结日本侵略者，血债累累。今天还要把希望寄托在阎锡山的救援上，不过这是他最后一场梦幻了！一向受赵承绶器重的七十一师师长韩春生，狼狈地跑到赵承绶那里，绝望地说："只能各自往外冲了！"

　　战斗还在激烈地进行着。我一一七团三营营长曹烽琴、九连连长周谨莫带领部队前仆后继地冲入小常村，抢占了屋顶，架起了重机枪。他们审问俘虏时，从赵承绶特务营的两个士兵中，知道赵承绶还躲在村中间一个大院内的掩蔽部里。战士们像飞一样地冲将过去，几排手榴弹，把敌人打得四处乱窜。在

阎锡山在太原

15.
晋中战役

烟雾中，见院内的地堡口处，一个敌人摇着一件白衬衣。战士们厉声呼叫他们投降，出来缴枪。那个摇白衬衣的敌人探头探脑地爬出洞口，颤抖着说："我是赵总司令的副官，我们总司令请贵军长官讲话。"

在战士们的催促声中，敌几个高级军官，举着双手，低着头，但眼睛不停地斜视着，钻出洞口，其中一个佩上将军衔的、怯生生地连声说："请求见贵军旅以上的长官。"

赵承绶和中将参谋长杨诚、第33军中将军长沈瑞和少将参谋长曹近谦等被活捉后，小常村外失去指挥的敌人被赶到一片无地形、地物可以利用的野地，纷纷放下武器，缴械投降。

见赵承绶野战集团全军覆没，晋中地区汾河两岸各据点国民党军已成惊弓之鸟，斗志全无，急忙沿同蒲铁路向太原撤逃，如游蛇般乱插乱窜。各地所谓"兵农合一"的"民卫军"也随之纷纷瓦解。

徐向前果断地把部队撒出去，横扫千军如卷席。太谷守军暂编第9总队2000余人逃至东、西内贾地区时，被第8纵队和太岳、吕梁军区部队各一部歼灭。平遥、介休、汾阳、孝义的国民党军向文水以北地区集结，企图逃回太原，第1兵团等部乘胜追击，先后歼灭暂编第9总队、第43军军部、第70师全部和第61军军部、第69师、暂编第37师、第40师各一部。从忻县南逃太原的暂编第39师，被晋绥军区部队全歼于小豆罗村地区。

为稳定局势，蒋介石亲自飞到太原视察，给阎锡山打气，并从西安空运整编第30师第27旅和第30旅1个团至太原。

然而，晋中地区的国民党军兵败如山倒，慌乱程度真是风声鹤唳、草木皆兵。经常出现几名解放军战士追击上百名敌人，而敌人只知拖枪猛跑，不知停下来射击，直至像摊烂泥似的累倒在地，乖乖缴枪投降。3名新华社前线记者，俘敌37名，还缴获了2门炮、2挺机枪、10多支步枪。就连清源县的一位老农民，拿着根扁担，竟也一下子缴了19个敌人的枪。

21日，第1兵团等部乘胜追击，直逼太原城下，完成了对太原的包围。至此，晋中战役结束。

此役，华北军区第1兵团等部连续作战40天，屡创战机，有效地调动并歼灭国民党军于运动中，歼灭其5个军部、9个师、2个总队及大量地方保安团队

缴获敌人的武器

共 10 万余人，其中正规军 7 万余人，俘赵承绥以下将官 16 人，毙师以上军官 9 人，击落敌机 3 架，缴获各种炮 3704 门、步机枪 3 万余支、火车头 15 个、车皮 207 节，以及大批军用物资和粮食，解放了晋中地区灵石、平遥、介休、祁县、太谷、榆次、汾阳、孝义、文水、交城、清源、晋源、徐沟、忻县等 14 座县城，使太原成为一座孤城，为以后夺取太原创造了有利条件。

7 月 19 日，中共中央发来嘉奖电，祝贺晋中大捷：

庆祝你们继临汾大捷后，在晋中地区歼灭敌一个总部、五个军部、九个师、两个总队及解放十一座县城（注：至中央发电时，榆次、晋源、忻县三座县城尚未解放）的伟大胜利。晋中战役在向前、士第两同志直接指挥下，由于全军奋战，人民拥护，后方努力生产支前，及各战场的胜利配合，仅仅一个月中，获得如此辉煌战绩，对于整个战局帮助极大。现在我军已临太原城下，最后的结束阎锡山反动统治的时机业已到来。希望你们继续努力，再接再厉，为夺取太原，解放太原人民而战！

16. 新保安战役

1948 年深秋，国民党统治区的政治、军事、经济、社会生活面临全面崩溃，蒋介石的统治已是穷途末路，处于风雨飘摇之中。

在东北，历时 52 天的辽沈战役刚刚胜利结束，东北野战军取得了歼灭国民党军 47.2 万人的辉煌战绩，一举解放了东北全境；在华东、中原地区，淮海战役激战正酣，华东和中原两大野战军并肩作战，歼灭了黄百韬兵团，正在围歼黄维兵团，驻守徐州的刘峙、杜聿明集团不久就会成为两大野战军的囊中之物；在西北战场，胡宗南集团主力被西北野战军压缩在关中地区，军心动摇，眼见厄运难逃；在华北，傅作义集团屡遭重创后，固守在以北平（今北京）为中心，东起山海关、西迄张家口的狭长地带，失去了南北两面的依托，陷入了孤立无援的混乱境地。

被围困的国民党军物资补给主要依靠空投与空运

全国军事形势发生了新的转折，

人民解放军总兵力上升到 300 万人，国民党军总兵力则下降到 290 万人。中国人民解放事业正以不可阻挡之势迎来了收获季节。

11 月 14 日，毛泽东在《中国军事形势的重大变化》一文中指出："中国的军事形势现已进入一个新的转折点，即战争双方力量对比已经发生了根本的变化。人民解放军不但在质量上早已占有优势，而且在数量上现在也已经占有优势。这是中国革命的成功和中国和平的实现已经迫近的标志。"并骄傲地向全世界宣布：再有 1 年左右的时间，就可能将国民党反动政府从根本上打倒了。

在华北地区，华北人民解放军经过两年多的作战，特别是 1947 年以来经过正太、青沧、保北、清风店、石家庄、察南绥东和临汾、晋中等战役，歼灭了大量的国民党军，使晋察冀和晋冀鲁豫解放区连成一片，并成立了中共华北局和华北军区。华北军区野战军已发展到 3 个兵团 11 个步兵纵队 33 个旅，连同地方武装共计 46 万余人。

为夺取人民革命战争的彻底胜利，坚决、彻底、干净、全部地消灭国内一切反动势力，不给国民党军以喘息的时间，中共中央决定在华北战场上发起一场规模巨大的平津战役。

当时，据守华北的傅作义集团，有 4 个兵团、12 个军、42 个师，连同地方保安部队，共计 50 余万人，面临着东北野战军和华北军区部队的联合打击。是撤是守，蒋介石和傅作义一时都拿不定主意。

在蒋介石看来，一方面，东北既失，华北孤危，而淮海战场上黄百韬兵团已全军覆没，黄维兵团身陷重围，凶多吉少，徐州的刘峙、杜聿明集团也已如惊弓之鸟。如果徐州、蚌埠有失，则南京、上海就将暴露在共军的直接攻击下，他自然不想看到出现这种局面，唯一出路就是放弃北平、天津等地，将傅作义集团南撤，增强徐蚌战场的兵力，同时加强长江防线，与共军在淮河以南地区一决死战。但另一方面，不战而弃守华北，在政治上必将产生重大的影响，他在美国盟友面前就会颜面扫地。此外，50 多万大军不是说撤就撤的，从陆上南撤要经解放区，难度太大；从海上撤退则运力有限，所需时间又太长。

傅作义同样也在进退维谷之中。他深知老蒋的为人，自己是长期活动于绥远（今属内蒙古）地区的地方实力派，毕竟不是嫡系。一旦南撤，"人为刀俎，我为鱼肉"，自己拼杀半辈子积攒起来的这点本钱定会血本无归；若西逃绥远，又怕势孤力单，难以生存。同时，傅作义认为东北野战军在辽沈战役后至少要

撤退中的国民党军

休整 3 个月，才会大举入关，因此"华北不致遭受威胁"。他可以充分利用这段时间、扩编部队、调整部署，说不定能在华北创出一个新局面；万一支撑不住，他则率部西撤老巢绥远或从海上南撤。

11 月初，蒋介石电召傅作义到南京商谈华北作战方针。经过磋商，蒋介石决定暂守北平、天津、张家口，并确保塘沽海口，以支撑华北，牵制人民解放军东北、华北部队，使其不能南下。

据此，傅作义制定了"暂守平津，保持海口，扩充实力，以观时变"的方针，于 11 月中下旬调整兵力部署，放弃承德、保定、山海关、秦皇岛等地，除归绥（今呼和浩特）、大同两个孤立地区外，以 4 个兵团 12 个军共 42 个师（旅），连同非正规军共 50 余万人，在东起滦县、西至柴沟堡（今怀安）长达 1000 里的铁路沿线上，摆出了一个长蛇阵。

其中，以蒋系的 3 个兵团 8 个军共 25 个师，防守北平及其以东廊坊、天津、塘沽、唐山一线；以傅系的 1 个兵团 4 个军共 17 个师（旅），防守北平及其以西怀来、宣化、张家口、柴沟堡、张北一线。

这种部署反映了蒋介石和傅作义虽然在方针上已统一于暂守平津，但仍各有打算，即战局不利时，蒋、傅两系部队分别向南和向西撤退。

毛泽东以其战略家的远见卓识看到了傅作义集团犹豫不决、撤守难定的矛盾心理，判断随着淮海战役的胜利发展，位于平津地区的蒋系部队向南撤退的可能性增大，一旦蒋系部队南撤，傅系部队亦必将西逃。而将其留在平津地区，对整个战局比较有利。这样，人民解放军可以集中华北、东北主力，将傅

1948 年底，守在铁路线上的国民党军士兵

作义集团全歼在平津地区，使蒋介石难以组成江南防线。但若傅作义集团西逃或南撤，我军虽可不战而得北平、天津等大城市，但国民党军加强了长江防线，对于尔后渡江作战不利，势必影响整个解放战争的进程。

为此，中共中央、中央军委决定提前调东北野战军主力入关，包围天津、唐山、塘沽，在包围态势下继续休整，以防止国民党军南撤。

11 月 17 日，中央军委明确提出抑留并歼灭傅作义集团于华北地区的作战方针，命令华北军区第 1 兵团停攻太原，华北军区第 3 兵团撤围归绥，以稳定傅作义集团，不使其感到孤立而早日撤逃；利用蒋介石、傅作义对东北野战军入关时间的错误判断，指示新华社、广播电台多发东北野战军在东北地区祝捷庆功、练兵开会及东北野战军领导人在沈阳活动的消息，迷惑、麻痹敌人；命令华北军区第 3 兵团首先包围张家口，切断傅作义集团西逃绥远的道路，吸引傅作义派兵西援。然后，华北军区第 2 兵团和东北野战军先遣兵团出击北平至张家口一线，隔断北平与张家口的联系，以便抓住傅系部队，拖住蒋系部队，为东北野战军入关作争取时间；命令东北野战军主力在开进中夜行晓宿，隐蔽入关，迅速隔断北平、天津、塘沽、唐山间的联系，切断傅作义集团南逃的道路，以便尔后逐次加以围歼。

参加平津战役的部队有：东北野战军 12 个军、1 个铁道纵队和特种兵纵队

16. 新保安战役

向归绥开进的晋绥军区骑兵

共80余万人，华北军区7个纵队、1个炮兵旅共13万余人，连同驻察哈尔（今分属内蒙古、河北）、绥远边界地区的西北野战军第8纵队和东北军区所属冀热察、内蒙古、冀东军区及华北军区所属北岳、冀中、冀南军区等地方部队，总计100万余人，由东北野战军司令员林彪、政治委员罗荣桓指挥。

18日，鉴于傅作义集团已成惊弓之鸟，为防其西窜或南逃，中央军委下令正位于沈阳、营口、锦州地区休整的东北野战军主力迅速入关，在华北军区主力协同下提前发起平津战役。

23日，东北野战军主力80余万大军由锦州、营口、沈阳等地出发，隐蔽向北平、天津、唐山、塘沽地区开进，以迅雷不及掩耳之势隔断了唐山、塘沽、天津和北平之间的联系，切断了傅作义集团南逃的道路。

与此同时，华北军区第3兵团司令员杨成武、政治委员李井泉率第1、第2、第6纵队由集宁地区东进。29日，开始向张家口外围的国民党军发起进攻。震惊中外的平津战役就此打响了。

傅作义判断，华北军区部队对张家口的进攻是一次局部行动，决心乘东北野战军尚未入关之际，集中主力首先击破华北军区部队的进攻，然后以逸待劳，迎击东北野战军的攻势。遂令其主力第35军（欠1个师）及第104军第258师分由丰台、怀来向张家口驰援；令驻昌平的第104军（欠1个师）移至怀来，驻涿县（今涿州）的第16军移至南口、昌平，以确保北平与张家口的交通。

时任国民党军第35军第267师第801团团长的李上九回忆道：

十一月下旬，三十五军刚从保定接回刘化南一部返至北平近郊丰台、长辛店一带休整，十一月二十九日忽接到命令，着即上车随军前进，目的地、任务以及出发的部队和行军序列等情况，应该知晓的都不知道，只是盲目地跟上军部行进。头天午后从长辛店出发，走了一夜，三十日天明到达怀来东南某村休息吃饭，饭后继续行进。当日下午到达张垣后，始悉解放军杨成武所部已兵临城下，张垣西北的万全县已失，解放军分数路从西

辽沈战役胜利结束后，东北野战军入关作战，受到华北人民的热烈欢迎

北、正西、西南方向，正向张垣包围中。三十五军是来增援张垣的，除暂十七师外，全部开到。当时看到人心惶惶，秩序较乱，情况甚紧，所以在开到后，就立即投入战斗。一〇一师冯梓师长率部急向大境门外西北方向增援，并向万全县展开攻势。我团奉命集结于大境门外山谷出口处为预备队，并守备第二道防线。第十一兵团司令官孙兰峰亲临前线视察，他对我说："此地是张垣咽喉，你要严防固守，你有无把握？"我说："司令官请放心，我一定能够守住，我有决心与阵地共存亡，只要我在，阵地就不会丢。"孙听后表示满意。经过一天激战，冯师收复万全县，解放军撤至万全以西地区，冯师留守万全，我团开回张垣归还建制。由于增援部队之开到和万全县之收复，张垣西北局势缓和，而西南却又吃紧，发现解放军约有两个旅兵力在宁远堡西南约二十里处一带活动，有向宁远堡进攻模样。宁远堡是张垣正南门户，又是京张铁路要冲，宁远堡一失，张垣就不保。当即命令二六七师于十二月一日开往宁远堡附近地区阻击。十二月二日晨，军长郭景云率领军直属部队和一〇一师一个团也开到，即由郭军长亲自指挥，向进攻该处之解放军展开攻击，当时攻击部署是：二六七

16.
新保安战役

第35军炮兵部队在战斗中

师担任主攻，以一个团由正面攻击，以一个团由左翼迂回攻击，一个团为预备队，另以一〇一师一个团由该师副师长常效伟指挥，由右翼迂回前进，绕至解放军左翼侧背。攻击命令下达后，由于郭麻子（郭景云绰号）亲自指挥督战，攻势很猛，但解放军抗击也极坚强，经较长时间的激烈肉搏战，约有百余人一部的解放军，几将被俘。就在这时，上空忽然出现三架飞机，前来助战，不分青红皂白，滥施投弹和扫射，双方被炸死炸伤的都很多，战场情况乱成一团，致使将要被俘的人员，乘机走脱，只俘获了数人。解放军也随着向洋河以南撤退，三十五军追至洋河北岸，因天色已晚，仍返宁远堡附近休息。

返回宿营地后，大家对当天战况议论不休，抱怨飞机滥炸，说国民党飞机替共产党办事，不但把将要被俘到的俘虏跑掉，而且还炸死炸伤不少自己人。

12月2日，中央军委鉴于吸引傅系主力西援的目的已经达成，命令杨得志、罗瑞卿率第3、第4、第8纵队由易县、紫荆关向涿鹿、下花园急进，切断怀来、宣化间的联系；命令东北野战军第2兵团司令员程子华率第41、第48军等部组成的先遣兵团，由蓟县向怀来、南口急进，切断北平、怀来间的联系。该两兵团到达后，协同华北军区第3兵团抓住京张（北京—张家口）铁路线上的守军与援军，使其既不能西逃，亦不能东撤。

5日，东北野战军先遣兵团在行进途中攻克密云，歼灭国民党军第13军1个师，尔后主力继续南进；华北军区第2兵团进至涿鹿以南待机。

傅作义得知密云失守后，感到北平受到威胁，急令第35军主力由张家口星

张家口宁远堡今貌

夜东返；令第 104 军主力及第 16 军由怀来、南口向西接应；令第 94 军（欠 1 个师）及第 92、第 62 军由杨村、崔黄口、芦台地区开往北平，加强防御。

6 日，第 35 军主力乘坐 400 多辆美制十轮大卡车东撤。华北军区第 2 兵团命令第 4 纵队第 12 旅在冀热察军区部队配合下节节阻击，将其滞留于新保安地区。

时任国民党军第 35 军第 267 师政工主任的林泽生回忆道：

五日的午后，部队乘车从张家口宁远堡出发，经宣化到达下花园。由于战争的关系，这时我已感到一路上呈现出一片萧条的景象，大非前半年我们到张家口一带"出击"时的情况可比。火车是早已不通了，路旁两侧的远处，时时可以听到枪声。我们一些平时爱唱爱闹的青年政工队员们，也鸦雀无声地站在车上，大家都唯恐解放军拦路伏击，不能够早回北平。

刚到下花园，汽车停住了。这时我发现了有大批从张家口市跟随而来的察哈尔省和张家口市国民党的党、政人员及其家属，所乘的汽车大小不一，装载的也都是所谓"私人财物"的民脂民膏，情况很混乱。可以想到，这些人是靠三十五军来给他们"保镖"的。当时我很纳闷，为什么部队不前进而要在这个地方停下来？后来才知道前方发现了"敌情"，要等派出去的侦察部队了解情况以后才能行动。为了等候消息，我和师部的几个官佐在马路上来回溜达。突然听到"砰"的一声，大家都惊了一下，接着就是赶快往自己的汽车跟前跑，

16. 新保安战役

等待撤退命令的国民党军

以为是解放军来袭击了。后来才知道是一个"战友"的拐把机枪走了火（傅作义部把士兵都叫"战友"），听说这个"战友"还受了伤。当时我的思想上认为这是一个很"不吉利"的征兆。就这样，我们在下花园住下一直等到天明，也就是十二月六日。

　　侦察部队的侦察情况怎样，我们并不知道，可是部队在天亮以后，就命令上车出发了。这天汽车在公路上摆开了一字长蛇阵，行进得很缓慢，走走停停，停停走走，因为汽车多，在公路上又拉得很长，形成了一个挨打的架势，大家心里都显得很焦躁。当我乘坐的那一辆汽车快到西八里的时候，就听见前面有了枪声，这时走在最前面的汽车，已经受到了解放军的阻击，据说这是解放军十九兵团四纵队的十二旅。也许是了解一些"敌情"，或许是白天的关系，这时我的心情反不怎么紧张。老实说，当时遇到解放军的一个旅，三十五军是根本不会把它放在眼里的。可能也就是由于这样骄傲自大、麻痹"轻敌"的结果，郭景云只派出少数兵力抗击，大部队仍坐在汽车上安然不动。后来越抗抗不过去了，这才另派出一些部队增援，同时又因为汽车在公路上摆得太长，深恐解放军袭击汽车，这又不得不电请北平"华北剿总"派飞机助战。不久飞机来了。说起来，这天的"陆空协同"真好笑，地下和飞机联络的"布板"也不灵了，飞机老是在"自己"的部队头上打转转，炸弹也是投在停放汽车的公路两侧。我们不得不赶快下车躲炸弹，气得官兵们骂道："没有飞机投弹，我们只要注意前方就行了，有了飞机还要躲炸弹，真是岂有此理。"从下花园到新保安，大约只有二三十里的路程，可是却整整地闹腾了一天，等到飞机走后，已是黄昏时候了，这时前方的战斗暂告一段落，汽车也都开进了新保安的城内。

新保安是位于怀来县西部的一个重镇，东距北平 130 公里，西距张家口 80 公里，北靠八宝山，南临桑干河，京张铁路纵贯全境，为京卫要塞之所，有近千户人家。因前镇张垣，后卫京畿，素有"锁钥重地"之称。

据考证，这个城堡是明代为抗击蒙古铁骑，作为宣化到怀来的一个支撑点而设置的。其面积约 1 平方公里，四周有城墙环绕，墙高 12 米，顶宽 6 米，城墙表面用青砖堆砌，内部土层夯实，城墙上有东南西 3 座城门。城内十字街心的钟鼓楼，是全城的制高点。出于防备北边蒙古骑兵南下的需要，新保安一直没有北城门。

当然，新保安原来并不叫作新保安，新保安这个名字是从清代末期才开始使用的。1900 年八国联军打进北京城，慈禧太后仓皇出逃，曾在此落脚。老佛爷一路奔波，昼夜兼程，逃到此地已饿得头晕目眩。太监四处寻找食物，最后在附近人家找到一碗稀粥。慈禧喝后才稍稍感到一些安稳，因而就赐名为新保安。48 年后，走进此城的第 35 军军长郭景云，却再也没有当年慈禧太后那般幸运，返京梦想成为泡影。

新保安城墙遗址

入夜后，华北军区第 2 兵团主力赶到新保安以东，并于 7 日占领了周围村庄，打退了第 35 军及第 104 军主力的东西夹击，将第 35 军包围于新保安。

第 35 军下辖第 101、第 262、第 267 师，装备精良，全部美械，训练有素，是一支驰骋华北战场的王牌军，其前身源于民国初年成立的山西民军。经过历次改编，1917 年成为山西陆军第 8 团。1924 年，在傅作义出任该团团长后，便成为傅氏赖以起家的嫡系部队。因屡立战功，第 8 团先是扩编为第 4 旅，继而扩编为第 4 师，直至扩编成第 10 军。傅作义也依靠这支部队得到阎锡山的垂青，当上了第 10 军军长。

阎锡山在中原大战中败于蒋介石后，第 10 军于 1931 年 1 月改编为东北边防军第 7 军，半年后改称国民革命军第 35 军，傅作义成为第一任军长，防地由山西移至绥远。自此，傅作义长期盘踞绥远，整军经武，开办培养嫡系干部的军事培训机构，将第 35 军打造成为他的怀中利剑。该军基层骨干都是傅作义一手培养，很多人只知"傅家"而不知国家。

为解救自己的这支嫡系王牌，傅作义于 8 日电令第 104 军军长安春山："郭军被围于新保安，派该军（104 军）军长为西部地区总指挥，指挥第 104 军（欠一个师）、第 16 军（欠一个师）及第 35 军（欠一个师），迅速击溃包围第 35

任国民党军第 35 军军长时的傅作义

国民党军发射迫击炮弹

军之敌，星夜向北平转进。"

安春山接到傅作义电令后，即令："第269师、250师（附野炮一个营）即刻由现地出发，用夜行军到沙城以南贾家营附近集结，向占领新保安外围、宋家营、赵家营、马圈之敌进攻并占领之，迎接第35军向新保安以南地区突围，重点指向马圈。限9日前打通赵家营、宋家营、马圈、新保安间的通路。"同时"令第35军于9日早，待第250师、第269师开始向赵家营、宋家营、马圈攻击时，即由新保安向马圈攻击，两面夹击该地共军，赶早突破重围"。

9日，第104军主力从怀来向新保安方向开进。华北军区第2兵团第3纵队指战员依托临时工事，打退了敌人的多次进攻。整个阵地始终淹没在战火狼烟中，其惨烈情形连国民党军指挥官也触目惊心。时任国民党军第104军副军长王宪章回忆道：

拂晓前，我们做好一切准备，下达了命令，决心孤注一掷。9日早7时，战斗开始了，第35军的大炮也响了。一炮一炮地向东八里射击，第35军先向东八里佯攻，主攻方向是马圈。第104军的攻击部署是：第269师的两个团分左右两侧担任掩护，第250师集中力量正面向纵深突入。战斗开始后，有十几架飞机助战，空军副司令也乘飞机到前线观测，并同我们地面部队随时联系。

我们先攻下乔庄，继续又攻下两个村。每攻下一个村庄，傅作义总部就来电奖洋若干元。

午后，第269师攻下赵家营，第250师攻占宋家营，开始向马圈、碱滩实施炮击。此时，永定河北岸公路桥梁已修通。傅作义令第35军由新保安突围，与第250师夹击马圈，沿永定河公路向南冲击。

新保安城内，郭景云即以炮火开道，开始向外突围。顷刻间，阵地上硝烟弥漫，遮天蔽日，枪炮声、喊杀声、手榴弹爆炸声、飞机投弹射击声，交织在一起，震耳欲聋。

对于这场恶战，第3纵队在《军史》中是这样记述的："9日黎明，敌先以一个营向宋家营、碱滩、马圈我第一道阵地进攻。第20团第9连待敌进到50米左右，以步枪、轻重机枪突然齐射，打敌措手不及，并乘机组织反冲击将敌击退。敌很快又以一个团的兵力，在12架飞机和猛烈炮火掩护下，再次猛攻，战斗异常激烈。10时许，当我第9连放弃一线阵地，向二线阵地转移时，敌乘机尾随突入我第二线阵地。营长刘新元、教导员弓庆宗带领部队奋勇抗击，与敌展开白刃搏斗。正在危急时刻，副团长周成河组织第7、第8连趁敌立足未稳，实施猛烈反冲击，将敌击退，恢复了马圈碱滩阵地。敌飞机连续不断地向我阻击部队狂轰滥炸，轮番俯冲扫射。地面敌军则采取多路、多梯队轮番冲击的手段，企图一举突破我之防御。我军则采取梯次配置，以正面抗击与

国民党军第35军在新保安的指挥部旧址，墙上清晰可见弹孔密布

小分队反冲击相结合的战术打击敌人。我马圈碱滩一、二线阵地，失而复得，得而复失，反复多次，成了一场血与火的拉锯战。"

第3纵队不愧是华北劲旅，在司令员郑维山的指挥下，像一座不可逾越的大山，屹立在马圈碱滩阵地，硬是将第35军与第104军隔开，使两军相距咫尺却难以会合。

林泽生回忆道：

上午，我正和军医处的人员研究安置伤兵的问题，突然听到东八里方向有密集的枪炮声，听说是一〇四军增援来了，我师和一〇一师都派部队出击接应，当时大家的精神都很振奋。我到师部了解了一下真相以后，又同几个官佐悄悄地跑到城楼上看望，只见东面浓烟滚滚，战斗得很激烈，这时城内也向城外发炮助战，城外也有炮弹打进来。不想一颗迫击炮弹正在我们身边掉下，要不是有一个掩体，几乎把我们的脑袋炸开花，为了避免危险，我们就赶快退下来。很明显，这是一场恶战，解放军是绝不允许一〇四军和三十五军靠拢的，如果让这两个军能够会师在一起，以后的仗就有些麻烦了。同样的，三十五军必须争取和一〇四军会合，不然就很不容易出城，并有全军覆没的危险。因此这一仗打得很激烈，双方伤亡都很大。但终以解放军的兵力强大，攻不过去，郭景云又为了保存一些兵力，不得不退进城来。接着一〇四军也因打不过来向后撤了，战场寂静下来，希望成了泡影。

追歼逃敌

当晚，东北野战军先遣兵团前出到怀来、康庄、南口间。进至康庄的第16军指挥所及2个师惧怕被歼，掉头向北平撤逃，被东北野战军先遣兵团追上歼灭。

安春山发现腹背受到威胁，又得知第16军已经东逃，遂放弃接应第35军的计划，率第104军主力由新保安以东地区经怀来向北平撤逃。

东北野战军先遣兵团立即展开追击和堵击，于11日在怀来县城以南的横岭、白羊城一带将其全部歼灭。军长安春山率军属骑兵大队突围，侥幸逃脱。他回忆道：

> 我只带了二十多人，翻过东山，进入一条长沟，只见四面山头都有三五成群的民兵，注视着我们的去向。我们遇到村庄也不敢前进，因为这是解放区，怕有民兵活捉我们，这时地图已经丢失，我们究竟到了什么地方也不知道，只是盲目地在高山深沟之间乱窜，随从越来越少，最后踉踉跄跄走到妙峰山附近被解放军俘获。这时我已伪装为伙夫，未被查出身份。解放军纪律严明，优待俘虏，看我年老，发给我回北平的还乡证和几元钱作路费。

与此同时，华北军区第3兵团解放宣化，并于7日在沙岭子追歼由宣化向张家口撤逃的傅系第101军第271师，8日完成对张家口的包围。由华北军区

东北野战军某部南下奔赴战场

第 3 兵团指挥的北岳军区部队、西北野战军第 8 纵队骑兵旅和内蒙古军区骑兵第 11 师等部攻克张北，歼灭守军一部，孤立了张家口。东北野战军主力第一梯队 6 个军，由喜峰口、冷口越过长城，到达河北蓟县、玉田、丰润地区。

此时，人民解放军虽已切断傅作义集团西逃的道路，但尚未切断其南逃的道路。同时在淮海战场，人民解放军继在碾庄圩歼灭黄百韬兵团之后，正在双堆集围歼黄维兵团，又在徐州西南陈官庄包围了杜聿明率领的邱清泉、李弥、孙元良 3 个兵团，并歼灭了企图突围逃跑的孙元良兵团，胜局已定。

11 日，毛泽东指示平津前线领导人：目前唯一的或主要的是怕傅作义率部从海上逃跑。为了不使蒋介石、傅作义定下迅速放弃平津向南逃跑的决心，在两星期内的基本原则是"围而不打"，如对新保安、张家口；有些则是"隔而不围"，即只作战略包围，不作战役包围，如对北平、天津等地，以待把傅作义摆下的一字长蛇阵切成数段后，采取"先打两头，后取中间"和"先吃小点，后吃大点"的攻击次序，即先打张家口、新保安、塘沽，后打天津、北平；先攻占小城市，后解放大城市，从容歼灭各点之敌。

毛泽东还指示，尤其不可将南口以西诸点都打掉，以免南口以东诸点之敌狂逃。同时又命令淮海前线人民解放军在歼灭黄维兵团后，留下杜聿明集团在两星期内不作最后歼灭的部署，命令山东军区集中若干兵力，控制济南附近一段黄河，并在胶济（青岛—济南）铁路线上预做准备，防止傅作义集团沿津浦

指挥三大战役的毛泽东

（天津—浦口）铁路经济南向青岛逃跑。随后又指示华北军区抽调部队，控制保定、石家庄、沧州一线，准备搜捕由平津溃散南逃之敌。

根据上述指示，华北军区第2、第3兵团以防止新保安、张家口之敌向东、向西突围为重点，构筑多道阻击阵地，待命攻击；东北野战军主力克服疲劳、寒冷等困难，向北平、天津、唐山、塘沽等地急进。

傅作义发现人民解放军骤然逼近平津地区，已陷入欲逃不能、欲守亦难的困境，于是匆忙放弃南口、涿县、卢沟桥、通县（今通州）及唐山、芦台、廊坊等地，向北平、天津、塘沽收缩兵力。将第62军（欠1个师）、第86军由丰台、芦台开往天津，将第87军由唐山开往塘沽，并将北平和天津、塘沽划为两个防区，实行分区防御。

战局急速发展。至15日，东北野战军先遣兵团指挥第41、第42、第48军占领南口、丰台、卢沟桥，从北面和西南面包围了北平；东北野战军第1兵团司令员萧劲光、政治委员萧华指挥第40、第43、第47军及华北军区第7纵队占领通县、采育镇、廊坊及黄村（今大兴），从东北面和东南面包围了北平，17日又攻占南苑飞机场。

至20日，东北野战军第46、第45、第44军占领唐山、军粮城、咸水沽、杨柳青、杨村等地，切断了天津、塘沽间的联系；东北野战军第38、第39、第49军及特种兵部队正由宝坻、汉沽、山海关向平津地区疾进。

当解放军百万大军云集北平郊区，将北平城层层包围得像铁桶一般时，傅作义如梦初醒，没想到共军行动如此之快。但为时已晚，东北、华北野战军在西起张家口、东迄塘沽的千里战线上，将傅作义集团全部分割包围于张家口、新保安、北平、天津、塘沽等地，封闭了其西逃和南逃的一切道路。

这样，傅作义集团由"惊弓之鸟"变成了"笼中之鸟"，陷入东逃无路、西窜无门、欲战无力、欲守不能的困境。固守孤城的傅作义感到空前的迷惘、惶惑和恐惧。

对于当时傅作义的心境，正在北平小住的国民政府代总统李宗仁颇有感触，在回忆录中写道：

傅君和我开诚相见，无话不谈，他此时心境的痛苦和思想的矛盾，与我在北平时如出一辙！他屡屡问我："到那时，怎么办？"他显然预料到北平必有

傅作义部固守平津地区，成为"笼中之鸟"。图为守卫铁路线的
士兵

被合围的一日。傅将军是以守涿州而一举成名的，他可以拿出守涿州的精神来死守北平。无奈时移势异。第一，内战非其所愿；第二，守涿州是待援，守北平是待毙。……我一不能劝他逃亡，二不能劝他投降，三不能劝他自杀，则我又计将安出？最后我只好说："宜生兄，万一局势发展到那地步，那只有听凭你自择了。你要想到'留得青山在，不怕没柴烧'。"

孙子曰：不战而屈人之兵，善之善者也。用和平方式解决战争问题，对革命、对人民最为有利。

中共中央分析，傅作义在抗日战争时期主张抗日，并和共产党有过友好往来。虽在内战中执行蒋介石的"戡乱"反共政策，但随着国民党军的不断失败，逐步对蒋介石的统治失去信心。在兵临城下、面临绝境的困境中，傅作义有两种可能：一是傅曾经是抗日爱国将领，与蒋介石独裁卖国、排除异己有着比较深的矛盾，现在蒋介石反动政府即将覆灭，有可能选择走和平的道路；另一种可能是，傅长期反共，与共产党兵戎相见，他在整个华北统率着50多万国民党军队，不到万不得已时，不会轻易接受和谈。

鉴于北平是驰名世界的文化古城，为保护文化古迹和200万人民的生命财

16.
新保安战役

绥远抗战时的傅作义（前排左起第 1 人）

产，中央军委在立足于打一场大仗的同时，又力争和平解放，为胜利后在北平建都创造比较好的条件。

早在 11 月初，中共中央华北局城市工作部即指示北平地下党组织，通过多种渠道直接与傅作义及其周围的人员进行接触，争取其走和平道路。

当时北平地下党有四条渠道与傅作义发生联系：

第一条是傅作义的女儿傅冬菊和她的丈夫周毅之（中共地下党员，公开身份是天津《大公报》记者），受北平地下党组织安排，来到傅作义身边，以照顾他身体为由，进行开导；

第二条是傅作义的中将参议刘厚同（傅的老师和高参），地下党人王甦通过关系与刘厚同结识，在说服刘后，由他直接做傅的工作；

第三条是杜任之（华北大学教授），他是傅作义同乡，两人交情很深，关键时刻出面劝说傅走和平之路；

第四条是李炳泉（北平《平明日报》新闻部主任），通过其堂兄李腾九（傅作义保定军校校友，长期担任傅作义联络处长，与傅交情颇深），直接游说傅作义。

平津战役开始后，北平地下党首先通过刘厚同向傅作义陈说利害，建议他走和平之路。

傅作义接受建议，草拟了向中共中央、毛泽东主席请求和谈的电报，大意是：为了国家和平统一，不愿再打内战。过去幻想以国民党、蒋介石为中心挽救国家危亡，现在认识到是错误了，今后决定以共产党、毛主席为中心来达到救国救民的目的。电报由傅冬菊通过在北平《平明日报》工作的中共北平学委负责人王汉斌发出的。

由于没有收到回音，傅作义又要傅冬菊直接约请中共地下党面谈。北平地下党负责人派李炳泉代表北平党组织找傅作义，建议他派代表同解放军谈判。

此时，在中共地下党组织的领导下，北平城内要求和平解放的呼声日益高涨，使傅作义部越来越多的人认识到：仗绝不能再打下去了，也无法再打下去。出路在哪里，只有与共产党进行和谈。

蒋介石眼见华北大势已去，决心放弃华北，退保江南，便致电力劝傅作义突围。电文大意是：平津在战略上已失去意义，目前共军刚刚合围，立脚未稳，愚意以突围为上策，望兄激励所部奋力向塘沽突围，中正当派海空军全力掩护，撤离陷地，希早下决心。

傅作义接电后顾虑重重，举棋不定。

形势急转直下。傅作义眼见自己的嫡系部队第35军被围新保安，危在旦夕，而北平城又迅速被解放军团团包围，于12月14日决定派《平明日报》社长崔载之为代表，在李炳泉的陪同下，与解放军洽商和谈。

次日一大早，崔载之、李炳泉携带电台，以及报务员、译电员等一行5人，秘密出城。

傅作义最终选择了和平道路。图为1949年1月，人民解放军与国民党军进行北平城防交接仪式

1949 年 11 月，刘亚楼（右起）与罗荣桓、萧华在北京颐和园

平津前线司令部参谋长刘亚楼派参谋处长苏静为代表，与崔载之在北平城外八里庄进行谈判，希望傅作义集团自动放下武器，人民解放军可保证其生命财产的安全。

崔载之对苏静说："我们是代表傅作义先生来谈判的，纯属诚意，绝非阴谋把戏，过去曾有谈判之蓄意，这次军事情况是直接推动，愿意谈解放问题的方案。"

接着，崔载之又提出：傅作义希望解放军放回被围困于新保安的嫡系部队第 35 军，以便加强傅作义在北平城内的力量，共同对付蒋嫡系部队。若有必要，还可以掺杂一部分人民解放军战士一起进城。组建华北联合政府，自己的军队可以交给联合政府等等。

傅作义的意图是以华北五省二市作筹码，参加联合政府，将平、津、保、察、绥划为"和平区"，所部改称"人民和平军"，归联合政府领导，其目的是想在军事上保存实力。显然，傅作义认为尚有实力，可再坚持 3 个月，观望全国形势的变化。这是中共中央所不能答应的，谈判未获结果。

战场上的胜负左右着傅作义对和谈的态度。

为了打破傅作义依靠自己的实力，建立所谓华北联合政府的幻想，按照毛泽东制定的"先打两头，后取中间"的攻击次序，华北军区第 2 兵团决心以第 3、第 4、第 8 纵队共 9 个旅，发起新保安战役，首先歼灭第 35 军。

此时，第 35 军已被围困在新保安十余日，补给断绝。傅作义无时不在惦记着他的这支"王牌军",真是食不甘味,寝难安枕,可再着急也没有用,只得电令郭景云:"鼓励官兵发扬守涿州、守归绥的优良传统,拼死固守以待时局变化!"

同时,傅作义几乎出动了北平城内所有可用的飞机,向新保安投送粮弹。然而,投送粮弹的飞机因害怕被击落不敢低空飞行,只是在高空投放了事。寒冷冬日,北风呼啸,城内守军望着空中一架架穿梭的飞机,眼巴巴地看着投下来的粮食弹药多半落到解放军的阵地上,心中不禁泛起一阵阵苦楚。

军长郭景云,1904年生于陕西富平,出身贫寒,从小逃荒要饭流落天津,从军后因勇猛善战受到重用和提拔。他在第35军中从普通士卒官至中将军长,所依靠的就是作战勇猛,喜欢光着膀子冒着枪林弹雨带头冲杀,人称"猛张飞"。任第101师师长时,郭景云曾与华北野战军多次交锋,从未失过手,自称为战无不胜、攻无不克的"长胜师"。这也使得他更加傲气凌人,刚愎自用,认为共军也不过如此。

第35军军长鲁英麐因涞水战役失利自杀后,郭景云继任军长。他在给部队官兵讲话说:"三十五军是个长胜师,长胜师的军长不是好当的。前任军长已经给我做了样子,如果你们给我丢人,我也是个自杀。"谁知这一玩笑话竟谶语成真。

兵法云:将失一令而军破身死。自张家口东返起,郭景云便一失再失,最终将第35军葬送在新保安。

其一,盲目托大,东返行动迟缓。作为傅作义手中的王牌快速机动部队,第35军经常在平张公路上游动,道路熟悉得很。以第35军的速度,若起早贪黑,乘车从张家口到北平,一个白天就可跑个来回。结果第一天只走了90里,第二天还不到30里。

究竟是什么原因拖住了第35军的后腿,使其机械化的汽车轮子还赶不上解放军的双腿?时任国民党军第35军

国民党军第35军军长郭景云

鸡鸣驿

副军长的王雷震回忆道：

  从当时三十五军的任务来看，返平时间既已改为十二月五日拂晓由张垣出发，按道理即应遵照指定时间准时出发，以期早到北平。但是郭景云并不重视这一点，竟为了装运本军留在张垣的一个铁工厂的设备，一再迟延开车时间，致使部队从早上一直等到中午十二时，才离开了张垣。这样就又延误了半天时间。当日行至下花园以东与新保安之间的鸡鸣驿附近时，受到解放军大约百余人在公路西侧的射击，再一次迟滞了全军之行进。

  当时军之任务是速返北平，在行军途中，即使遇到情况，亦应一面令前卫积极掩护，一面令本队迅速通过，而郭则下令让全军停留在公路上，他亲自指挥着一〇一师所派出的一个营，对少数的解放军追击下去。以致队伍受到牵掣不能前进，而他犹不自知。当时我因病在车上，觉得停车时间过久，又听得前边有机枪声，遂即下车去看，始了解前情，并看见郭正在指手画脚地忙着指挥，我乃告诉他：应命令师指定一个团派队掩护本队前进，且不要离开公路过远，只要能打退解放军，使本队通过，即着该团改为后卫跟进就可以了，决不可恋战，使本队受其牵掣而停止不前。谈到这里，他这才下令让大队继续前进。可是这又耽误了约一个小时。追到了鸡鸣驿后，他因为天晚，又发生疑虑，不再前进，部队即在鸡鸣驿、下花园宿营。

  十二月六日，部队到达新保安后，得知前边公路已被破坏。是时，太阳刚刚压山。我当时认为部队现已过来，在此情况下，即应尽量争取时间，想方法排除障碍，或另选前进道路。因为根据当时当地情况看：（1）解放军可能有后续的大部队到来。（2）新保安地形北靠大山，南临洋河，城堡如在锅底。在此狭隘地区，万一再发生情况，把道路两头堵住，势必进退无路，补给断绝，要求增援亦不易。（3）既奉令速回北平，更无在此驻下的必要。而且在当时尚非绝对走不出去。天色也不算晚，如果马上行动，约需两个小时，当可越过怀来。（4）即使走不出去，也应进一步抢占较有利之地形（如怀来县城），以便应付。可是郭对以上情况，并不深加考虑，而竟然准备驻在新保安。

此时，我在新保安东门外对他说："上路虽然破坏，下路还可通行。"并就地图上指出另一条行进路，即由新保安经东八里庄、沙城以南通怀来之大路，同他研究。因此路我过去走过一段，路还好走，并已有熟悉这条道路的人做向导。我还指定了工兵连配附前卫，担任修路任务。他当时曾经同意了这一措施，并且下达了继续前进的命令。但是就在所有部队均已上车，汽车即将开动之际，他忽然又发出口令，高声喊："驻下吧，待明天再走！"不知怎的他又变卦，决定不走了。对此，我以身在病中，行动不便，亦无可如何。

其二，同僚倾轧，突围优柔寡断。12月9日，安春山奉傅作义之命，率第104军主力从怀来经贾家营、宋家营直推进至新保安东南之马圈。马圈距新保安只有10里路程，只要第35军能冲出城，两军则可会合。

国民党军第35军骑兵部队

谁知，郭景云与安春山宿怨颇深，互不买账。王雷震回忆道：

郭景云与安春山，在过去谁也瞧不起谁。此时碰在一起，真是"狭路相逢"。适傅又给安春山加了个"西部地区总指挥"的头衔，这就更把郭景云激怒了。郭曾公开对干部们说："我郭景云怎能受安春山的指挥呢？"当安春山攻打沙城时，郭未从新保安向东打，而在安军进攻失败之后，郭反而埋怨说："安军救援不力，迟滞不前，故意看我的笑话。"乃至安军到了马圈后，郭和安在电话中商谈，又各持己见，争执不下。郭说："傅命令你来解新保安的围，你的部队就应该打通道路，到新保安城下来接第三十五军，不然，我就不走。"安却说："我的部队来接第三十五军，就只能到这里——马圈。"甚至还互相破口大骂，郭骂："安春山这小子！看我将来突围回到北平后，和你小子打官司。"

12日，北平总部指示第35军突围。郭景云召集会议，研究突围办法。会上，大部分人都主张突围，只有少数人不同意。

主张突围的人说："新保安是个孤城，而且地形又不利于防守，同时，粮食弹药都很紧张，如死守这里，在内无粮弹、外无救兵之下，只能送死，不如突围出去好。"

而辎汽团和炮兵团却不愿意突围。因为汽车和火炮都很笨重，没法突围，如果把汽车和火炮送给了解放军，回去是要受处分的。

国民党军的炮兵部队

经再三研究，最终认为既然傅作义指示让突围，保存有生力量，还是突围好。于是，郭景云决定"轻装突围"，把汽车、炮、电台等重要零件都全部拆除，能埋藏的埋藏，能携带的携带，不能埋藏和携带的一律炸毁。其他的轻武器和弹药一齐带走，能背的背，能抬的抬，能担的担，如果还拿不了，就征用当地百姓的毛驴。至于伤兵，轻伤未住医院的随部队走，重伤不能行动的完全留下，校级以上伤员能骑毛驴的骑毛驴，不能骑毛驴的用担架抬。

关于突围的方向，郭景云判断北面离山很近，解放军的主力大部分在北面，不容易突过，南面紧靠洋河，河水已封冻，而且是一片开阔地，解放军配备的兵力弱，较易突过。因此便把突破口选择在南边，突围的方向指向西南方。突围出去后的行动，请示北平总部决定。至于什么时间开始破坏，什么时间进行突围，另等候通知。同时还要严守秘密，不能让老乡和伤兵知道。

然而，当一切都准备好了，郭景云又变卦了。王雷震回忆道：

郭景云有一天曾决定突围，指示部队把所有笨重东西都抛掉，并计划将炮、汽车、电台的重要零件都拆卸下埋起来，轻装突围，对伤病员亦不顾，只给我和一〇一师副师长常效伟（在攻东八里庄受伤）派出担架。在一切准备妥当就要出城时，郭忽然又变卦说："不走了，固守待援吧！"我对郭说："此地是死地，决不能守。"他不以为然地回答说："我已经布置好啦，你去休息吧！"看他那骄傲的神色，好像是他对于守新保安还有把握似的。当时，我以他不接受别人的建议，自己心情有点焦虑，急得晕倒在地上。

郭景云决心不走后，便向官兵们表示决心死守新保安，充当"英雄好汉"，转而在城内日夜修筑工事，企图固守待援。数百辆汽车也作为工事用，堵塞在大街小巷，并加修城中心的钟鼓楼，作为防御和指挥中心。具体部署是：以新保安南北直线为界，将新保安分为东西两个防区。

东面防区由第206师附保安团及1个山炮连防守。其中第801团防守城东南，第800团防守城东北，保安团防守东关，第799团为预备队。西防区由第101师附1个山炮连防守，重点置于西门外。其中第303团防守西门以北，第301团防守西门以南，第302团为预备队。军部位于全镇最高点钟鼓楼，军炮兵阵地配置在西防守区内。同时成立新保安防守司令部，以第101师师长冯梓

16.
新保安战役

新保安城内鼓楼

为防守司令，第 267 师师长温汉民为副司令，协调各部防守。

为了稳定军心、鼓动部下，郭景云召集营以上干部训话："我们三十五军有着优良的守城传统。在对冯玉祥作战时，我们守过天津；北伐战争时，我们守过涿州；抗日战争时，我们守过太原；剿共战争时，我们守过绥远包头。这些次守城战，我们从没有示弱过。现在守个新保安，也不会是个什么大问题！"

郭景云越说越得意："大将就是怕犯地名，咱们这次守的是新保安，你们知道新保安的名字由来吗？新保安是八国联军进北京，慈禧太后逃往西安时路过这里住了一夜，就把这个地方封为'新保安'。这个地名，对我们来说，是很吉利的。同时，我的家住在陕西西安，我的孩子又叫郭永安，凭着这'三安'咱们就平安无事……"

12 月正是天冷风寒的时节，新保安一带的气温最低时已降到零下 30℃，滴水成冰。被困在城中的第 35 军官兵眼见得脱身无望，个个饥寒交迫，心中打战，斗志全无，大有大难临头之感。而包围在城外的杨得志第 2 兵团的指战员们，却情绪沸腾，天天在冰天雪地里，一面进行工事构筑、战场练兵，一面展开政治攻势。

时任国民党军第 35 军第 101 师师长的冯梓回忆道：

围城期间，解放军积极地开展政治攻势：立标语牌，以空炮弹壳打宣传品，夜间到处喊话，听得真清。约在15日前后的一个晚上，我收到了一封信，拆开看过，思想震动，找送信人，找不到了。信上说："我是甄梦笔，甄华是我的新名，我这几个字，你还可以认得出是我写的……你们完啦！……快率部队起义吧！……"甄华是我的一位老同学。1926年冬到1927年上半年，我俩都在太原，甄梦笔是国民党内的共产党。1927年春末，国民党派人来太原清党，甄华逃回我县（山西平定）被捕，后经营救出狱到日本留学。抗日初期回国，我在山西离石和他见面，那时我是三十五军一〇一师的营长，他到我营教过向日

我军在北平外围演练攻城

军喊话的日语口号，并鼓励我好好抗日，旧事未提。这次看到他的信后，我的思想曾激烈地斗争过。甄华说："你们完了！"我相信；但起义的事，不好办。部队毫无思想基础，这师的三个团长，都是绥远的学生，住过傅办的绥干团，毕业后分配到这个部队培植起来的，是一些所谓"家生驹子"，跑不了的干部。郭军长是由这个师的师长升任军长的，师里的二团，是他当团长时由独立七旅带过来的，在这个班底上怎能搞起义呢？！我的思想也没有准备，当然不想反动到底，但先傅作义投降是不愿做的。我偷偷地把信烧掉，没有同别人说过。

时任国民党军第35军第101师政工主任的周树钧回忆道：

解放军的政治宣传和策反工作，也给我们带来了很大的威胁。这时城内守军和城外解放军相距不过几十公尺，两边高声说话都可以听见。解放军为了策动三十五军投降起义，在北城墙外前沿阵地上，插了一条很大的标语牌，上面写着："坚决消灭三十五军，活捉郭麻子！"尤其在夜深人静时，解放军的喊

话筒宣传威力更大，有一天夜里我也曾被喊话声惊醒，为了不使部队受到影响，我们也捏造了一些欺骗士兵的胡言乱语，如说"据群众反映，我军某部前几天晚上逃跑了一个士兵，被解放军抓住，说是奸细砍了头"。或者说某军在一次战役中，被解放军俘虏的几个士兵，昨天晚上跑回来了，据他们说解放军生活很苦，吃不饱、穿不暖，日夜长行军，因此士兵们都怨恨着说："八路军，瞎胡闹，一身虱子两脚泡"。还有时捏造谣言说："张家口派来骑兵接援我们了，现在离这里只有几十里了"等等。同时我们也令师政工队和各团的连指导员，在部队中组织火线喊话队，一听见解放军喊话，就对着去喊。但喊话没个内容，只是由士兵拿着喊话筒，操着满口绥远的腔调乱骂。

解放军的政治攻势，对部队指挥官影响也很大。如解放军某部敌工部部长甄华和冯梓小时候是同学，这次听说冯梓被围在新保安，托人给冯送了一封信，意思是劝他率部起义。冯接到信后，有很多的时间表现得很沉默，可能是在脑子里进行思想斗争。但一方面因为自己是傅一手培养起来的，又是傅最信任的，决不愿去给傅丢人，同时，还因为在新保安城内有二六七师，如果稍一不慎，走漏了风声，郭麻子这一关就过不了。结果就把此事放过了。此外还听说有些人，看见解放军散出传单和《通行证》，因而思想动摇，早早地就拿起来藏在自己身边，以备万一。

12月14日和16日，杨得志、罗瑞卿、耿飚向中央军委报告了攻击新保安

困守碉堡的国民党军士兵

新保安战役中，杨得志在赵家山的指挥所旧址

的部署与计划：我兵团全部正对新保安进行土工作业，缩紧包围，一切攻击准备工作拟于 16 日完成，待中央军委命令攻击。

具体部署是：第 3 纵队主力由新保安西南辛庄地区准备向东攻击，突破口为西门瓮城的西北角，同时布置该纵队的 1 个旅位于新保安以南吴家堡地区，牵制并阻击守军向南突围；第 4 纵队主力由新保安以东及东北上下八里和枣口地区向西攻击，首先扫清东关及车站守军，尔后以东门为突破口，同时也派出 1 个旅守在新保安东南地区，为攻城预备队并防范第 35 军向东突围；第 8 纵队主力由西北处的鸡鸣驿地区攻击新保安西北角。

15 日，中央军委复电指出：华北第 2 兵团加紧完成对第 35 军的攻击准备甚好。实行攻击时间尚待东北主力确实完成对平、津包围之后，大约在 20 日左右。

19 日，杨得志给第 35 军发出一封劝降书：

郭景云军长暨三十五军全体官兵：

你们被包围在新保安孤城，粮弹两缺，援兵无望，完全陷于绝境，等待着被歼的命运。傅作义大势已去，南口、通县、沙河、良乡、卢沟桥、丰台、门头沟、石景山、南苑、廊坊、唐山等军事经济要地，已经丢了，眼看北平、天津也保不住，就要全军覆灭。104 军、16 军在怀来、康庄之间已大部被歼，105 军也被我包围在张家口，同你们一样欲逃不得。傅作义既然救不了 104 军、16

军和105军，又怎能救得了你们？既然保不了北平、天津，又怎能保得了新保安、张家口？因此，你们不要想任何增援，你们不就是因为增援张家口而陷入重围的吗？104军、16军不就是因为增援你们而被歼灭了吗？你们也不要幻想侥幸突围出去，本军对你们的包围像铁桶一样，而且东至北平、西至张家口沿途到处都是解放军，不要说你们没有长着翅膀，就是你们长着翅膀也是飞不出去的。你们更不要幻想你们所筑的那点工事能够固守，请问新保安的工事，比之石家庄、临汾、保定等处工事如何？更不要说济南、锦州、长春、沈阳、洛阳、开封、郑州、徐州等等地方了。本军以压倒优势的火力，只要向你们集中轰击几个小时，或者更多一点时间，立刻就会使你们全军覆灭。本军为顾念你们两万多人不做无谓牺牲起见，特向你们建议：立即向本军缴械投降，以长春郑洞国、新7军为榜样，本军当保证你们全体官兵的生命安全和你们随身携带财物不被没收。本军所要求你们的，只要投降时不破坏武器，不破坏汽车和所有军事资财，不损坏全部文件等。如果你们敢于拒绝本军这一忠告，本军就将向你们发起攻击，并迅速干净全部地消灭你们。识时务者为俊杰，在此紧要关头，谅你们中当不乏聪明人。时间不会太多地等待你们了，何去何从快快抉择。如愿接受本军建议，当即派负责代表出城，到本军司令部谈判。

人民解放军某部攻克新保安

郭景云自然不会接受，决意与解放军来个鱼死网破。

21日14时，第2兵团对新保安发起攻击。经一夜激战，第4纵队攻占东关及东门附近的龙王庙；第3纵队在第8纵队的配合下，攻占城西的水温泉、和尚庙等据点，扫清外围，逼近城垣。

22日7时，信号弹在冬日清冷的天空中划出几道绿色的弧线，悠悠然地飘在新保安的上空，总攻打响了。

顿时，156门大炮向新保安东

关一齐轰击，炮弹像雨点般落在第 35 军防守阵地上。经过整整 1 个小时的炮击，新保安城墙上的守军堡垒被摧毁了，火力点被粉碎了，12 米高的新保安城墙被轰开了一个缺口。

8 时 30 分，在炮兵掩护下，第 4 纵队第 11 旅在东南面从炮火轰开的缺口首先攻入城内，随后，第 10 旅炸开了新保安的东门，协同第 11 旅分路向城内猛插，火红的战旗在硝烟滚滚中飘向城中心。

突破口既已巩固，解放军的炮兵部队立即将攻击目标调为城内目标。第 35 军的街垒，塞满了沙土的汽车纷纷被炸得四处乱飞，烟雾冲天，战火弥漫。

第 3、第 8 纵队像一股不可抗拒的洪流，源源不断地从西面和西北面突入城内，勇猛穿插，将敌人一块块分割，一个个吃掉。至午时占领东城大部，第 101、第 267 师已经全部被解决。第 35 军军部成为仅存的最后一小块守军阵地。

郭景云见大势已去，命令手下立即向华北总部发出最后一份电报："新保安城池已破，本人决心战死在新保安。"

这份电报还没发完，一名解放军战士已经爬到郭景云军部的屋顶上，一梭子子弹打掉了无线电天线。

郭景云拔出手枪，对准自己头部，冲着北平方向喊了一声："我郭景云对不起你，总司令。"随着一声枪响，郭景云自杀身亡，第 35 军彻底覆灭了。

战后，杨得志命人将郭景云的尸体埋葬在新保安北门外，铁路旁边的一片

新保安战役时国民党军第 35 军的指挥部，郭景云就是在这间屋里自杀的

空地上，并且立了一块枕木，上面用红色油漆写着几个大字"国民党第35军军长郭景云之墓"。

此役，全歼傅作义嫡系"王牌"第35军2个师1.6万余人、保安部队3000余人，其中俘虏少将副军长王雷震、第101师少将师长冯梓、第267师少将师长温汉民等以下8000多人。

第35军全军覆没，无疑斩断了傅作义的命根子。据说，傅作义出现了罕见的失态之举。从来不喝酒的他，跑到北平城里一个小饭馆喝得大醉。也许是为他一起出生入死的弟兄的战死感到痛心，也许是在痛惜自己多年积攒的本钱输光了。

17. 解放张家口

平绥（今北京—包头）铁路东段北平（今北京）至张家口一线，是盘踞平津地区的傅作义集团通向后方绥远（今属内蒙古）的唯一交通线。塞外名城张家口正是该线上的战略要冲。

1945年8月，冀察军区部队从伪军手里夺取张家口后，这里便成为晋察冀解放区的首府。1946年9月底，国民党军大举进犯张家口。聂荣臻指挥晋察冀野战军经过14天的浴血奋战，在歼灭国民党军2.2万余人后，于10月10日主动撤离张家口，留给傅作义一座空城。

撤离时，聂荣臻既没有下令炸毁张家口的发电厂，也没有破坏任何城市设

1945年8月，张家口市民庆祝解放

施。因为他坚信重新收复张家口的那一天不会太久的。果然，这一天很快就到来了。

1948年11月18日，为抑留并歼灭傅作义集团于华北地区，中央军委命令东北野战军主力立即入关，在华北军区主力协同下发起平津战役，首先以华北军区第2、第3兵团和东北先遣兵团在平张线上发起攻击。

25日，第3兵团司令员杨成武率第1、第2、第6纵队分三路隐蔽东进，向张家口、宣化地区开进。其中，第1纵队由卓资山出发，进抵怀安、左卫间洋河南岸地区；第2纵队由官村、隆盛庄出发，进至平堡一带；第6纵队由集宁出发，进至张家口西南洗马林地区。

29日，各纵队同时向张家口外围的国民党军发起突然进攻，拉开了平津战役的序幕。

当时，为保证平张线畅通，以便在平津地区危急时能够顺利西撤绥远，傅作义将其嫡系部队10个步、骑师（旅）部署在平张沿线上。其中，第11兵团率第105军第251师和骑兵第5旅驻张家口；第210师和骑兵第11旅驻怀安、柴沟堡；第259师和第101军第271师驻宣化、下花园；第310师驻怀来；骑兵第12旅和保安部队一部驻张北地区；第104军率第250、第269师驻南口地区。

30日拂晓，第1纵队一部进占怀安，主力沿洋河南岸向东推进；第2纵队进占柴沟堡、左卫；第6纵队进占万全、郭磊庄。

由于驻守怀安、柴沟堡、郭磊庄地区的国民党军已于两天前缩回张家口，第3兵团只歼灭保安部队2000余人，至12月2日，从西、南两面对张家口形成包围态势。

面对解放军的凌厉攻势，驻守张家口的国民党军第11兵团司令官孙兰峰一面急电华北"剿总"，请求增援，一面调整部署，收缩兵力。他将第105军第210、第259师和第104军第258师及骑兵第5、第11旅等部组成野战部队，由第105军军长袁庆荣指挥，担负机动作战任务；将第105军第251师、察哈尔省（今分属内蒙古、河北）保安司令部所属3个保安团及独立野炮营、铁甲车大队和侦察大队等部组成城防部队，由察哈尔省保安副司令兼张家口市警备司令靳书科指挥，担负守城任务。按照"依城野战，白天出击，夜晚撤回"的方针，野战部队白天出击骚扰，或抢掠马草饲料，夜晚协助城防，企图"坚守

塞外名城张家口今貌

三个月"。

　　傅作义判断，华北军区部队对张家口的进攻只是一次局部行动，决心乘东北野战军尚未入关之际，集中主力首先击破华北军区部队的进攻，然后以逸待劳，迎击东北野战军的攻势。遂令第 35 军（欠 1 个师）及第 104 军第 258 师分由丰台、怀来向张家口驰援；令第 104 军（欠 1 个师）由昌平移至怀来，第 16 军由涿县（今涿州）移至南口、昌平，以确保北平与张家口的交通。

　　中央军委鉴于吸引傅作义集团主力西援的目的已经达成，即命令华北军区第 3 兵团以 2 个纵队在张家口以西，向张家口压缩包围，以 1 个纵队切断张家口、宣化联系；命令华北军区第 2 兵团司令员杨得志、政治委员罗瑞卿率第 3、第 4、第 8 纵队由易县、紫荆关向涿鹿、下花园急进，切断怀来、宣化间的联系；命令东北野战军第 2 兵团司令员程子华率第 41、第 48 军等部组成的先遣兵团，由蓟县向怀来、南口急进，切断北平、怀来间的联系。

　　从 12 月 2 日至 4 日，傅作义每天上午都从北平飞抵张家口，在第 11 兵团司令部召开军事会议。孙兰峰回忆道：

　　二日，傅作义偕随员刘庸笙等飞抵张家口。旋即在第十一兵团司令部召开军事会议。兵团司令官孙兰峰、军长郭景云、袁庆荣，副军长杨维垣，兵团参谋长贾璜，军参谋长成於念、田士吉和所有师、旅长，以及省保安副司令靳书科等参加了会议。傅首先听取了军情汇报，然后就张家口撤、守问题让大家各

平津战役期间的傅作义

抒己见，进行讨论。会上，大家都默不作声，惟二一〇师师长李思温发言，向傅作义请缨守城。他建议主力部队应出敌不意，迅即撤往北平。为了服从战略需要，他愿率领他的师，并指挥全部保安部队，防守张家口，或者相机撤回绥远。不可犹疑不决，贻误戎机。傅听了很高兴，但没置可否，只是告诉我们："快打，要打好！"并说："三十五军和二五八师，我还要调往北平使用。"会后又召集我和袁庆荣军长、民政厅厅长周钧、省政府秘书长曾厚载和保安副司令靳书科等人开秘密会议，傅说："由于坚守张家口已无价值，我们要在此实行'荣誉交代'。在张家口撤退时，除军用物资和机要档案尽行带走外，国家仓库的物资，和其他财产要造具清册，留人向中共交代。但目前要秘密进行，以免搅乱军心。"傅当日下午即返北平。临上飞机前，再次嘱咐："荣誉交代"的事，要积极进行……

四日下午四时许，傅作义正在兵团司令部召集我和各军师旅长开会，北平总部第一副参谋长梁述哉突然打来了十万火急的电话（自傅来张家口后梁每天都打电话汇报军情）："东北和华北的解放军分别从东北、西南向平张线南口—下花园间急进，判断似有切断平张交通线分割包围我军之企图……"傅作义接电话后，即将方才获悉的情报告知大家，并说："三十五军的行动，待我返平后电告。"旋即匆匆飞返北平。

5日，东北野战军先遣兵团先头第48军攻克密云，歼灭守军第13军第155师等部6000余人，尔后主力继续南进；华北军区第2兵团进至大洋河以南地区待机。

刚刚返回北平的傅作义得知密云失守，深感北平形势凶险。他考虑此时放弃张家口，将部队和物资全部撤回北平已不可能，遂改变计划，命令孙兰峰率所部固守张家口，同时急令第35军主力由张家口星夜东返，第104军主力及第16军由怀来、南口向西接应，第94军（欠1个师）及第92、第62军由杨村、崔黄口、芦台地区开往北平，加强防御。

6日，第35军主力2个师乘坐400多辆卡车东撤，在通过宣化、下花园后，于当晚宿营于鸡鸣驿。

7日凌晨，中央军委和毛泽东获悉第35军由张家口东逃后，感到平张线作战形势严峻，必须采取果断措施摆脱被动局面，否则平津决战计划将受到严重影响。毛泽东立即给平张前线各兵团指挥员发电，严厉指出：如果第35军从平绥线跑掉，应由你们负责。同时还重新明确了各部作战任务：

华北军区第2兵团"必须将主力（至少两个纵队）用在敌之逃窜方向，即东面，以一部位于敌之侧面，务将三十五军与怀来之联系完全切断"；华北军区第3兵团"包围张垣之敌，务必不使该敌向西向东或绕道跑掉（主要注意不使敌西逃），如敌逃跑则坚决全歼之"；东北先遣兵团"迅速到达并占领怀来、八达岭一线，隔断东西敌人联系，并相机歼灭该段敌人"。

各兵团接到紧急电令后，深感事态严重，同时也深刻领会了中央军委的战略意图，督率所部坚决执行命令。至11日，共歼灭由怀来、南口西援的第104军和第16军主力5个师，并将第35军2个师包围于新保安，将第105军等部7个师（旅）包围于张家口，达成了对傅作义集团的分割包围。中央军委对华

古城鸡鸣驿

新保安今貌

北军区第 2、第 3 兵团和东北先遣兵团通令嘉奖。

此时，人民解放军虽已切断傅作义集团西逃的道路，但尚未切断其南逃的道路。11 日，毛泽东指示平津前线领导人：目前唯一的或主要的是怕傅作义率部从海上逃跑。为了不使蒋介石、傅作义定下迅速放弃平津向南逃跑的决心，在两星期内的基本原则是"围而不打"，如对新保安、张家口；有些则是"隔而不围"，即只作战略包围，不作战役包围，如对北平、天津等地，以待把傅作义摆下的一字长蛇阵切成数段后，采取"先打两头，后取中间"和"先吃小点，后吃大点"的攻击次序，即先打张家口、新保安、塘沽，后打天津、北平；先攻占小城市，后解放大城市，从容歼灭各点之敌。

据此，华北军区第 3 兵团为防止张家口之敌突围，立即调整部署，决定以第 1 纵队布防于张家口以南、以东和东北地区，控制沙家房、沙岭子、榆林堡、乌拉哈达、朝天洼、西甸子一线；以第 2 纵队布防于张家口西南地区，控制宁远堡、北辛渠、孔家庄、郭磊庄一线；以第 6 纵队布防于张家口以西、以北地区，控制南天门、汉诺坝、水台关、正北沟、苏家桥、万全一线。同时要求各纵队构筑多道阻击阵地，昼夜严密监视，待命攻击。

时任第 6 纵队第 17 旅政治委员的祖岳嵘回忆道：

时值隆冬，塞外高原更显严寒，部队的被服单薄，装备简陋，小米干饭、白菜汤送到阵地上已经变成冰坨了。就这样在海拔 1100 多公尺的高山上，将敌

兵团领导人在前线观察敌情

人紧紧包围了半个多月。部队求战情绪极为高涨，满怀信心地准备"完全彻底地消灭敌人"，对长期"围而不打"实在不理解，因此，在积极求战的情绪中，流露出一股埋怨情绪。

某日下午，兵团杨成武司令员巡视部队，来到17旅指挥所，面示如下：傅作义的嫡系部队35军被包围在新保安，105军及骑兵旅被包围在张家口，全歼守敌的胜券稳操在手，早打少挨冻，你们要求早打，我理解。但是现在不能打，这是全局的需要。如果歼灭了傅的这两支嫡系部队，马上解放张家口，这不仅打消了他西撤包头及其以西河套地区的意图，也打掉了他的牵挂，还会促使他南逃。杨司令接着说，当前我东北解放军正日夜兼程地向关里进军，待他们包围了津、塘地区，堵住了海口，切断了他南逃的退路，咱们才能打，这是毛主席的英明决策。杨司令员提高了声音说："当前就是围而不打。"各级干部听了茅塞顿开，脑子开了窍。不再有人喊冷了，也没有人嚷嚷要打了，一致表示：叫什么时候打就什么时候打，保证在我们面前不跑掉一个敌人，再冷也能坚持。

中央军委考虑到华北军区第3兵团仅有8个旅，连同地方部队，也不足6万人，与张家口守军7个师（旅）5.4万余人相比，在兵力上并不占绝对优势，遂令东北野战军第41军由南口西进，归第3兵团指挥，加强对张家口的包围。

17日，第41军4万余人奉命西进，于20日抵达宣化、张家口地区，使

孙兰峰

敌我双方的兵力对比发生了重大变化。杨成武立即对包围张家口的部署进行调整：

以第 41 军接替第 1 纵队第 1、第 2 旅在宁远堡、沙岭子地区的防务；第 1 纵队第 1、第 2 旅集结于西南孔家庄地区，与第 2 纵队靠拢；第 2 纵队全部配置于孔家庄东西红庙及其以北以西地区；北岳军区部队配置于万全西南之腰站堡、杜谭庄、侯祈庄地区；第 1 纵队第 3 旅及第 6 纵队仍位于张家口东北及以北地区。

张家口守军已被围困半月多，外无援兵、内缺粮弹，士气日渐低落，犹如惊弓之鸟，惶惶不可终日。

22 日下午，傅作义密电孙兰峰、袁庆荣："郭军在新保安被歼，希即研究可否及时突围，经察北、绥东与董其武军靠拢。"

孙兰峰立即召集第 105 军军长袁庆荣、参谋长成於念和第 11 兵团参谋长贾璜等人商议。

成於念认为"兹事重大，成败在此一举，应召集各师、旅长、民政厅长、七兵监、分监等共同研究突围计划"，以免造成部队的混乱。

袁庆荣却坚持认为如果事机不密，部队还没有行动就先引发城内的骚动，惊动共军，势必无法突围。

孙兰峰思考了一下，决定按袁庆荣说的办。于是，几个人围着地图匆匆拟订了分路突围计划：步兵由大境门撤出，骑兵从七里茶坊分数路向商都方向突进，两部最后向绥远转移。据孙兰峰回忆，当时的部署是：

除密电察北、绥东总指挥鄂友三外，其余各师、旅长由袁分别面授机宜。突围部署：（1）电令察北、绥东总指挥鄂友三，率该旅及安恩达、陈秉义等部由张北油篓沟一带即速攻占长城线之狼窝沟和神威台，接应张家口突围部队；（2）令二五九师郭跻堂部为前卫，于22日夜，出大境门，向陶赖庙方向攻击前进，打通通向张北、崇礼之道路，掩护全军突围后，改为后卫，向商都转进；（3）令骑十一旅旅长胡逢泰归骑五旅旅长卫景林指挥，从七里茶坊经孔家庄突围，然后向察北、商都一带转进；（4）二五一师师长韩天春部为后卫，掩护全军撤退后，在本军后跟进，向商都一带转进；（5）其余为本队，按二一〇师、兵团司令部、军司令部，二五八师、保安司令部及所属各团之顺序，沿前卫行进路线向商都转进。

当晚，孙兰峰把突围计划电报傅作义。傅作义表示同意，并命令袁庆荣统一指挥突围行动。

担任后卫的第105军第251师原为第35军新编第32师，1948年1月涞水战役中被歼大部，残部开到张家口，进行补充训练，并担任张家口的守备任务。时任该师参谋长的高步义回忆道：

二十二日夜晚十时许，三十二师师部，正在召集团长开会，了解各团的战略情况。突然军长来电话，要师长讲话。师长接完电话即对大家说："叫我现在到军部集合，大概又要给咱们下达新任务了。各团长回去做好准备。"接着又说："副师长，参谋长，请不要离开，在这里等着我。"

张家口城墙遗址

晚上将近十一点，师长从军部回来，慌慌张张地走进屋里，神色十分紧张。当时屋里只有我们三人，但他却低着声、嘴唇有点颤抖地说："突、突、突围呀！三十五军今天在新保安被消灭了。咱们明天要突围。"我和副师长一听之下，不禁大吃一惊。师长咂了一下嘴，接着又说："突围路线是：出大境门，经陶赖庙，向商都方向转进。明天上午九时在境门外集合，行军序列是在军部后跟进。"又说："先头部队今天晚上就出发，要给咱们打出一条路。"他还强调说："情况紧急，只是当面下达口头命令，绝对保密，不要向外泄露，也不准向士兵宣布。"师长讲完后，一面着传令班立即通知各团和师直属部队长，以及师部所属单位主管人员，来司令部集合；一面同副师长和我研究突围的部署等问题。当各部队和各单位主管人员到齐后，师长首先把他在军部接受的命令的要旨，作了传达。然后就突围时本师的行动，规定如下：（一）各部队于明天（二十三日）上午八时前在师部门前空地集合；（二）行军序列是：九十五团、师部、九十六团、九十四团；（三）担任城防的九十四团，今天夜间还要加强戒备，到明天拂晓，再开始撤离；在拂晓前开饭完毕。大家回去赶快准备。师长布置完毕，大家面面相觑，谁也没有吭声，匆匆回去。这时已经是深更半夜了。师长、副师长和我本应该抓紧时间休息片刻才是，但处在如此严峻的局势下，都是忧心忡忡，哪能入睡？简直连饭也吃不下去了。

傅作义部正在擦拭武器

23日凌晨，寒风怒号，大雪纷飞，能见度极低。张家口守军趁雪夜突围。

为了达成行动的隐秘性，袁庆荣对许多高级军官也没有亮明实底，甚至在部队行动前，还特意打电话给城防司令靳书科，谎称："张垣外围共军对我威胁很大，今晚259师向大境门扫荡，希望城防部队严加防守，并相机支援出击部队。"

靳书科信以为真，当即命令城防部队严加戒备。

然而，弃城突围的消息还是走漏了出去。时任第258师参谋长的王鸿鹄回忆道：

拂晓前，我师的部队在东山坡马路上集合完毕，沿着明德北大街向大境门方向前进。有的连队是住在市民家中，部队出发的秘密，不可能不泄露。大街上已出现了三三两两仓皇乱窜的行人。

出大境门后，冷风刺骨，东南天空，已出现了鱼肚白。地上的景物，已能察看出来。行进路附近的两旁，有些障碍物还没有排除。行进队伍的两侧和间隙，夹杂着不少省、市政府各单位的行政人员及其家属，还有车、马混杂其间。

高步义回忆道：

二十三日拂晓，我急急忙忙地走出外面观察动静，街上还平静如常，四面八方也听不到枪炮声。不一会儿，天色已亮，九十四团副团长前来师部报告，

张家口大境门

该团已从赐儿山防地撤回。并说，撤离时，没有发现任何情况。过了一会儿，配属三十二师的辎汽兵第一团第一营的王营长前来找我，他问道："今天部队有没有行动？如果行动的话，我们好做准备。"（他过去也经常主动地来问）我当时即意识到，该团没有奉到突围的命令。这显然是因汽车部队不便行动而被放弃了。我迟疑了一下，便回答他说："没有接受新任务，今天不会有行动。"在过去作战时，这位王营长和我长期在一起，彼此私交还不错。今天由于严格保密的原因，我实在不得已而欺骗了他，内心深深感到不安。

上午八时，全师人马在师部门前集合完毕，即开抵大境门。这时，大境门内外，已是人山人海，各部队拥挤不堪，乱成一团。真是惊弓之鸟，人人争先恐后，急于逃命。我们的部队在这混乱的人群中，一直挤了一个多小时，好容易才挤出了大境门。

突围方向有两个，向茶坊方向突围的骑兵只是用来吸引解放军注意力的。

战斗首先在大境门方向打响，当时，只有少数解放军担负警戒任务，寡不敌众，边打边往陶赖庙山区撤退。

骑兵的行动开始非常顺利，天快亮时，前卫已经到郭磊庄一带，这时侦察兵报告：孔家庄一带有解放军把守。骑兵第5旅旅长卫景林正准备进击，参谋长马仰超赶过来："据说大境门方向已经打通了出路，冲出包围圈了！"

卫景林考虑强攻并无十足把握，如果回过头来跟着主力，倒是可以有效减少兵力损失，于是擅自改变突围计划，下令部队原路返回，直奔大境门。

此时天已大亮，张家口城内早就乱作一团。满街都是驮着大包小包的国民党军和携老带幼的官员、士绅。他们一出城，就跟骑兵混在一起。

用来防御解放军的铁丝网、鹿寨、地雷反成了逃跑的拦路虎。人马混杂在狭窄的通道上，不时有人被挤到路边踩响地雷，但浩浩荡荡的队伍仍不顾一切地往前冲。从大境门到陶赖庙20多里长的山沟里，步兵、炮兵、骑兵，几万人马挤成一团，乱作一团。

杨成武早已预料到张家口守军会弃城逃窜，立即命令第1、第2、第6纵队及东北野战军第41军共11个旅（师），在北岳、内蒙古军区部队配合下，顶风雪，冒严寒，展开堵击和追击。

祖岳嵘回忆道：

华北军区某部在张家口战役中

    23 日拂晓前，防御在黄土梁 50 团的值班参谋报称：前伸到永丰堡的警戒发现平门附近敌人有活动。旅司令部当即将这一情况，报告旅首长，并命令各团，"严密监视当前的敌人，一级战斗准备"。

    9 时许接到纵队电话命令："敌已出大境门向北突围，你旅即经菜市、稍道沟、四岔进到磨盘山一线，堵住敌人，纵队前方指挥所在菜市，旅首长速来接受任务。"旅部立即将上述命令，电话传达到各团，并规定了按 51 团、旅直、50 团、49 团次序行进。旅长徐德操和我于 12 时 30 分在菜市受领了纵队副司令员肖新槐的口头命令："敌主力于今日拂晓出大境门向北突围，遭到了我 16 旅的顽强阻击，你旅迅速抢占四岔、西甸子一线，坚决堵住并歼灭突围之敌，不准跑掉一个敌人。"我一面笔记"口述命令"，一面注视着他手指的地图。我复诵口述命令完毕，徐旅长在地图上约略地量了一下距离，看了一下手表，没说什么，显然是因时间紧，顾虑赶不赢。当旅长和我走出纵队"前指"，51 团和旅的直属部队，已经赶过去了。当时部队行动之敏捷、迅速，倍增了指挥员对完成任务的信心。大部队山地行军，走羊肠小道，只能一路纵队行进，速度大受限制，战争环境里养成的部队，真正懂得时间就是胜利！旅长和我穿插行进在行军的队形里，当前的敌情瞬息万变，指挥员必须赶到部队的先头，便于查明情况，根据敌情调整战斗部署。午后 4 时许，到达稍道沟的东山上，向东瞭望，只见正东及其偏北方向，硝烟弥漫，枪炮声响成一团，红白旗参差错落地插满各山头，夕阳映照着炸点，一片火海，好一场鏖战景观！

黄昏时分，大雪再次飘来。第41军等部进入张家口市区，第二次解放了这座塞外名城。随即出大境门跟踪追击，将敌人拦腰切断。

孙兰峰见大势不好，扔下大部队，带着卫士在一个骑兵连护送下，利用大雪和夜色的掩护，从附近一个小山口逃往神威台。他回忆道：

> 将近黄昏时，我令跟随我的骑五旅王绳武团的一个连，向陶赖庙小山口方向增援，我和我的警卫员在当地一个老乡的引导下，在风雪弥漫中，沿着崎岖曲折的山路，通过长城线的神威台，向商都方向走去。在商都县四台房子一带，与鄂友三、察北专员白震所率的保安队、陈秉义、包贵廷、安恩达、察盟保安队、省保安团曹凯和李维业等部，以及张家口突围出来的张汉三、楚云龙和杨占山残部，先后会合。然后经土木尔台、大青脑包山撤到绥远省武川、固阳一带和董其武部会合。

24日晨，解放军将突围之敌压缩包围于大境门外的西甸子至朝天洼一条长10公里、宽不足1公里的狭窄沟内。

占据朝天洼两侧高地的解放军以交叉火力，封锁住沟底公路。公路上破车、尸体塞住了通道，逃敌人马拥挤，建制大乱，斗志全无。解放军趁势发起冲锋，实施穿插分割，插入敌群猛打猛冲，敌人纷纷举手投降。

战至16时，解放军仅以伤亡900人的微小代价，全歼傅作义部1个兵团部、

解放军列队进入张家口

20世纪70年代末，第五届全国政协委员朱大纯、程思远、杜聿明、董其武、孙兰峰在一起（左起）

1个军部、5个师、2个骑兵旅等共5.4万人，生俘袁庆荣等少将以上军官13人，孙兰峰成为此役中唯一逃脱的旅以上军官。

午夜，毛泽东给华北野战军第2、第3兵团领导人发来贺电："庆祝你们于数日内歼灭新保安、张家口两处敌人并收复张家口的伟大胜利。"

至此，北平、天津、塘沽已被解放军分割包围，傅作义赖以支撑下去的实力基本遗失殆尽，到了四面楚歌、山穷水尽的绝境。

18. 太原战役

　　山西省省会太原，位于晋中盆地北部，东倚罕山，西临汾河，南依平川，北靠丘陵，南北地势起伏，易守难攻，自古便是华北战略要地，兵家必争之地。自民国起，太原便成为山西军阀阎锡山的老巢。

　　阎锡山，字百川、伯川，号龙池。生于 1883 年，山西五台河边村（今属定襄）人。国民党陆军一级上将。人们习惯把山西人称作"老西子"，阎锡山故有"阎老西"的绰号。

　　9 岁时，阎锡山入私塾读书，16 岁到县城吉庆昌钱铺学商，参与放债收息

太原城门

及金融投机。在一年多的学徒生活里，他把投机商人那套精打细算、唯利是图、投机钻营的手段统统学到了手。

民国初年的阎锡山

1900年，阎锡山因在一次投机中惨败，负债两千吊，被迫逃往太原躲债。两年后，走投无路的阎锡山考入山西武备学堂，从此开始了职业军人的生涯。

1904年，阎锡山东渡日本，先入东京振武学校，学习日语和近代科学知识，后入陆军士官学校，为第六期生，对日本教官鼓吹的实行军国主义、征兵练武、称雄世界的思想极为赞同。留学期间，阎锡山结识了孙中山，并加入中国同盟会。

在民国时期大大小小、多如牛毛的军阀中，阎锡山向以狡诈奸猾、善于钻营、见风使舵著称，人称"九尾狐狸"。

1909年3月，阎锡山从日本陆军士官学校毕业回国后，就已敏锐地意识到推翻清政府的革命运动将迅猛兴起，便一面讨好清廷顽固派和立宪派，以获取信任、攫取兵权；一面加强与同盟会的联系，大力培植私人势力，以图在关键时刻掌握革命领导权。

1911年，辛亥革命爆发后，太原革命人士积极响应，举行武装起义。时任新军第43混成协86标标统（相当于团长）的阎锡山又玩弄起两面派的伎俩，一面调动部分兵力协助清军守卫抚署，一面密令余部击溃抗拒起义部队的清军巡防马队营，自己悄悄地躲到一边，暗中操纵，成则居功，败则诿过。当看到起义胜局已定时，阎锡山才正式出面，宣布率部起义，被推选为山西都督。

袁世凯窃取革命果实，当上临时大总统后，阎锡山立即投靠效忠。因与袁大总统素无交往，他就想方设法讨好。除以重金贿赂袁的亲信、总统府秘书长梁士诒，任命袁的亲戚陈钰为山西民政长、袁的拜把兄弟董崇仁为晋南镇守使外，甚至不惜将自己的父亲阎书堂送到北京城长住，作为人质，以博取袁世凯的信任。

当袁世凯下令解散国民党时，阎锡山立即声明脱离国民党，并秉承袁的指令，在三个月内将山西国民党部一律解散。

当袁世凯想复辟称帝时，阎锡山就投其所好，密奏"国本大计"，倡议"废共和而行帝制"，并再三电请袁登基称帝。

当蔡锷等在云南发起护国讨袁战争时，阎锡山又致电北京国务院，声称"滇黔等省竟以少数地方二三首领擅立政府，私举总统，实属破坏大局，不顾国家"。

功夫不负有心人。阎锡山的用心良苦，终于赢得了袁世凯的信任和赏识，被封为一等侯。

阎锡山拥戴袁世凯称帝，可谓不遗余力。袁死后，阎竟然胡说：这乃是根据孙中山的指示，为了保存北方革命力量而采取的措施。

这时，国务院总理段祺瑞坐拥实权，成为北洋军阀的中心人物，阎锡山便又使出讨好袁世凯的手段，多方与之接近，甚至拜其为师。

时北京政府内部分裂，大总统黎元洪与段祺瑞矛盾很深，阎锡山第一个追随段反对国会，并在段被撤掉总理职务后，宣布脱离北京政府。随后他又和段一起声讨进京复辟的辫子军张勋。在段兴兵镇压孙中山发起的"护法运动"时，他立即致电表示听从段的命令，并派兵入湘与护法军作战。

就这样，阎锡山一步步取得了段祺瑞的信任，当上了山西省长，自此独揽

位于定襄的阎锡山都督府旧址

山西五台县河边村阎锡山故居

山西军政大权。

同民国时期的许多权势人物一样，阎锡山在用人上也存在着相当浓重的乡土、亲族观念。"亲不亲，故乡人"是阎锡山常常挂在嘴边的口头禅，对亲戚格外照顾。他夫人徐竹青的叔叔徐一清当上了山西财政司司长兼大汉银行经理，掌握着山西全省财权。还有个远亲，靠关系进入山西省粮食局任职。有人曾反映"此人根本不懂粮食"。不料，阎锡山哼了一声说："那他会吃粮食吗？会吃就行。"于是，"会说五台话，就把洋刀挎"成为山西的流行语。

当时的中国，各路军阀之间矛盾加剧，混战成了家常便饭。为确保自己在山西的封建割据地位，阎锡山施展两面三刀的功夫，见风使舵，倚强凌弱，不断扩充势力。

1924 年 9 月，第二次直奉战争爆发，交战双方都派代表与阎锡山联系，争取支援。老谋深算的阎锡山认为此战胜负难料，便借口力量薄弱，表面上保持中立态度，暗地里派人到北京、天津探听情况。当冯玉祥发动北京政变，曹锟、吴佩孚败局已定时，阎锡山立即出兵联冯，拥护段祺瑞主持国事。

两年后，直奉联手发起反对冯玉祥的"讨赤"战争，阎锡山又采取两面应付之策，一面拉拢冯玉祥，对其表示继续友好态度；一面又勾结吴佩孚，进攻驻守京汉铁路河南段的冯玉祥国民军郑思成部，并出兵隔断国民军河南与直隶的联系，使冯玉祥处于直、奉、晋军三面包围之中。经 3 个多月的激战，国民军被击败，冯玉祥退守西北地区，阎锡山趁机将势力扩大至绥远（今属内蒙古），并收编了冯军韩复榘、石友三、陈希圣等部，将晋绥军扩充到 17 个师又

8个炮兵团，成为颇具实力的一方诸侯。

北伐战争开始后，阎锡山伺机观变，以便乘机扩充势力，巩固自己在晋绥的统治。北伐军攻占武汉后，他应广州革命政府之邀，派老同盟会员赵丕廉前去商讨战事。临行前，他再三叮嘱："秘密未揭开前，由你负责，揭开以后，是我的事。"

赵丕廉先到武汉，后至南昌面见蒋介石。蒋称阎是"老前辈"，希望他能早日举事，并以国民军委会名义授其为北方国民革命军总司令。老奸巨猾的阎锡山不愿立即表明态度，也不就任总司令一职。直到一年后，他才在"国民党山西省党部"提议的名义下就职，正式废五色旗，改悬青天白日旗。

阎锡山比蒋介石大4岁，又同在日本振武学校和陆军士官学校留学，可以说是蒋的大师兄。说起来，两人也曾有过很好的合作。

1927年7月宁汉合流后，蒋介石被迫下野出游日本。不久，阎锡山与冯玉祥即联合电请蒋回国，主持"北伐"战事。他在电文中称："公留党在，公去国危，个人之去留事小，党国之存亡事大，爰用春秋责贤之义，再挽浪中已去之舟"，竭力表示拥蒋之至诚。

投之以桃，报之以李。蒋介石回国复职后，下令第二次"北伐"。1928年2月15日，他在徐州召开军事会议，决定改编军队，成立4个集团军。次日与阎锡山相会于开封，当即任命阎为第3集团军总司令。在占领北京、天津后，阎又被蒋任命为卫戍总司令、国民党中央政治会议太原分会主席和北京分会代

1949年初，蒋介石与阎锡山在一起

1930 年中原大战前，蒋介石与冯玉祥（左）、阎锡山合影

理主席、内政部长、晋冀察绥赈灾委员会主席、蒙藏委员会委员等职。蒋阎二人的关系达到了顶峰。

然而，辉煌过后便是衰败。

蒋介石对非嫡系的地方军阀一向视为异己，欲剪除之而后快，阎锡山当然也不例外。更何况这位晋绥军的掌门人羽翼已丰，势力由晋、绥扩展到冀、察（察哈尔，今分属内蒙古、河北）和平津地区，成为强大的地方实力派，一旦拥兵自重，蒋介石又如何放心得下？而阎锡山对蒋介石打压地方势力的那套伎俩也早有耳闻，处处小心提防。

于是，蒋阎二人由互相猜疑、互不信任日渐激化为水火不容的矛盾，最终演变为战场上的殊死拼杀。

1929 年 1 月，蒋介石在南京召开"编遣会议"，大幅裁减地方军队，并以中央政府的名义强调统一和集中，要求各集团军"奉还大政""归命中央"，企图收拾中央军以外的地方军阀实力派。

20 世纪二三十年代的中国是个军长、司令满天飞的战乱时期。那时，有兵有枪就能割据一方，就意味着权势、金钱和美女。因此，这些大大小小的军阀的首要任务就是保住自己的队伍和地盘，不被敌人吞掉。因此，编遣命令一出立即遭到各派军阀的强烈反对，继而大打出手。

先是蒋桂战争爆发，随后冯玉祥通电讨蒋，接下来张（发奎）桂联军、

18.
太
原
战
役

TIME
The Weekly Newsmagazine

阎锡山是美国《时代》周刊 1930 年 5 月 19 日的封面人物

唐生智、石友三也相继加入反蒋行列，但均被蒋介石一一分化瓦解。

工于计谋的阎锡山深感威胁，认为早晚也要轮到自己头上，便决定先下手为强。他先是与唐生智约定，以阎为首共同倒蒋，并答应接济唐 60 万元军饷。

谁知，唐生智背弃前约，提出拥汪（精卫）反蒋的主张。阎锡山极为不满，转而串通张学良等人通电拥蒋反唐，并率晋绥军出兵郑州。

蒋介石对这位"师兄"出尔反尔的把戏早已察知，讨唐作战行动结束后，即授意韩复榘在郑州城里摆下鸿门宴，准备活捉阎锡山。

能够在中国近现代政治舞台上叱咤风云，独霸山西多年，统率数十万晋绥大军的阎锡山绝非庸碌之辈，心知蒋介石对自己不会安什么好心，便仓促化装逃离郑州。

跑回太原的阎锡山越想越生气，干脆于 1930 年 2 月致电蒋介石，称："戡乱而不如止乱，不止乱而一味戡乱，国内纷乱，将无已时"，要求蒋下野。蒋介石也不甘示弱，当即回电笔伐。就这样，蒋阎二人之间爆发了一场所谓的"国是"之争。

不久，参加倒蒋的国民党各派系及大大小小军阀的代表云集太原，商议举事。

3 月 14 日，鹿钟麟等 57 人发出倒蒋通电，拥护阎锡山为陆海空总司令，冯玉祥、李宗仁、张学良为副总司令。一周后，阎、冯公开发表倒蒋通电。

4 月 1 日，阎锡山在太原就任总司令，并召开所有倒蒋军阀代表会议，决定组成 8 个方面军，沿平汉（今北京—汉口）、陇海（今兰州—连云港）和津浦（天津—浦口）铁路分进。蒋介石则以"国民政府"名义，下令免除阎锡山本兼各职，通令缉拿，并组成讨阎军。

中国近现代史上一场最大规模的军阀混战就此拉开了帷幕。双方共投入百万以上的兵力，在中原大地展开鏖战。

9月18日，张学良通电拥蒋，率东北军大举入关，直插倒蒋联军的后路。10月8日，阎锡山、冯玉祥宣布下野。阎本人则化装潜入大连，在日本人的庇护下过起了寓公生活。中原大战以蒋介石的大获全胜而告终。

1931年8月5日，阎锡山在日本飞机护送下潜回山西，隐居在老家五台县河边村。后经他多方托关系在蒋介石面前疏通，于1932年2月出任太原"绥靖"公署主任。不久又恢复了国民政府委员、军事委员会委员等职务，并当选为国民党中央执行委员，从此与蒋介石"重归于好"，再度统治晋绥两省。

在那个军阀连年混战、世事变幻无常的特殊时期，战场上同生共死的关系瞬间变成兵戎相见的关系，早已屡见不鲜。蒋介石与阎锡山、冯玉祥、白崇禧、李宗仁、李济深、陈济棠、唐生智等人打打和和，和和打打，关系就像一只万花筒，令人琢磨不透。

阎锡山在太原官邸

其实道理也很简单，说穿了，就是相互利用。不过，在反共方面，蒋、阎二人却是出奇地一致。

1927年7月，也就是阎锡山出任北方国民革命军总司令、开始悬挂青天白日旗一个月后，就在山西实行"清党"行动。他忠实执行蒋介石"宁可错杀三千，不可放走一人"的反共政策，提出"今日的清党，清其人，尤须清其法"，疯狂捕杀共产党员、工农革命群众和进步青年学生。并亲任军法审判庭长，杀害了共产党员王瀛等人。阎锡山支持蒋介石对苏区和红军的"围剿"，曾派出一个师的兵力远赴江西参战。

1935年10月，中央红军长征到达陕北，阎锡山积极执行蒋介石的反共政策，一面派兵西渡黄河协助陕西国民党军"进剿"红军，一面在山西境内筹备防共事项。12月任军事委员会副委员长。1936年春派兵阻击北上抗日的红军，遭到惨败后，在中国共产党抗日民族统一战线政策推动下，采取联共抗日政策。9月支持进步人士组织山西统一战线性质的抗日救亡群众组织——牺牲救国同盟会，自兼会长。11月，命令傅作义指挥晋军收复被日军占领的绥北要地百灵庙。

抗日战争全面爆发后，阎锡山接受中国共产党建议，组建山西青年抗敌决死队，称为新军。1937年8月任第二战区司令长官，指挥由晋军改编的第6、第7集团军和由共产党领导的八路军改编的第18集团军等部抗击日军，先后组织了太原会战、忻口保卫战等。

忻口保卫战遗址

1938 年临汾失陷后，阎锡山开始对抗日丧失信心，准备妥协投降日本。在日本诱降策略的引诱下，限制进步活动，制造摩擦。1939 年公然制造"十二月事变"，令旧军进攻新军，屠杀共产党员和进步分子，摧残抗日民主政权，致使山西抗日力量遭受重大损失。

1941 年 3 月，阎锡山与日军达成互不侵犯的初步协议，决定"双方首先消除敌对行为，互相提携，共同防共"，并商定"防御进剿"任务。8 月正式签订了《汾阳协定》，10 月进一步达成履行该协定的细则。12 月太平洋战争爆发，阎锡山的降日行动被迫暂缓。

1942 年 5 月，阎锡山亲自在吉安县安平村与日军代表举行会谈，商讨降日问题。会议未获结果，日方便将《汾阳协定》及安平会议的照片印刷，用飞机投撒西安，公之于世。后因共产党领导的抗日根据地日益扩展，日军于 1943 年秋提出与阎锡山开展所谓"政治、经济的试办合作"。阎表示同意，于次年派一批人到太原，由日伪政权委任为局长、县长、县保安团长，配合日伪军疯狂进攻抗日根据地，屠杀人民群众。

1945 年夏，阎锡山与日军华北方面军参谋长高桥密谈，向日方提出"寄存武力"，共同反共。他在获悉日本帝国主义将宣布无条件投降的消息后，立即部署抢夺抗战胜利果实，并与日本山西派遣司令官达成秘密协议，在日军保护下返回太原，强调要精诚合作，紧密团结，高举枪杆，共同对付共产党。他以留用技术人员为名，将 5000 余名日军战俘和技术人员留为己用，其中有战斗力的 3000 多人，编为 6 个大队。

抗日战争胜利后，阎锡山积极参加蒋介石的反人民内战，命令第 19 军军长史泽波率 13 个师的重兵进犯上党解放区，结果被歼 3 万余人。经过临汾、晋中等战役后，山西省除太原、大同外均告解放，阎锡山主力已大部被歼灭，残部 5 个师和 1 个暂编总队收缩于太原及其外围地区。

为加强防卫力量，阎锡山撤销原第 7、第 8 兵团及第 6、第 8 集团军司令部，成立第 10、第 15 兵团，以地方团队补充正规军，将守军扩编为 5 个军部、14 个步兵师和 3 个暂编总队、3 个特种师，连同 2 万余人的保安部队等，使总兵力增至近 10 万人，拥有各种火炮 600 余门。同时大力加强政治统治，发布《告全体同志书》，号召进行所谓"总体战"，提出"以城复省，以省复国"的口号，建立"战斗城"措施，制定和颁布了保卫太原的"十二条行动纲领"，

毕生反共的阎锡山

并据此把太原居民编为各类战斗队服务于太原保卫战，除了将 7 万余名壮丁和学生编入参战队外，还组织了 6000 余人的老年助战队、5000 余人的少年助战队、14000 余人的儿童助战队、近 6 万人的妇女助战队，为前线提供各种劳役。

阎锡山拒绝了和平解决山西问题的劝告，命令歌剧队大演战国时田单指挥火牛阵以城复国的故事来振作士气。他表示要杀身成仁，舍生取义，誓死不离太原。甚至在办公室里贴了一条横幅，上书"知其不可为而为之才是真正的革命"。并表示："昔日田横五百壮士，壮烈牺牲，我们有五百基干，要誓死保卫太原。不成功，便成仁。"

所谓"五百基干"是指阎锡山"同志会"的基本骨干分子，当时在太原约有 500 人左右。为了激励军心，阎锡山特意向一名德国医生魏尔慈咨询：德国纳粹军官在苏军攻克柏林时是如何自裁的。当他听说在牙齿中暗藏氰化钾毒丸，咬破后可当即毙命，就立即让川至制药厂试制。

不久，阎锡山在接见外国记者的时候，展示了他为自己和"五百基干"配置的氰化钾毒药，让记者拍照，并叫来几名士兵对记者吹嘘说："这是有标准的武士道精神的日本士兵，我让他们跟随我的左右，以便在危急的时候，将我打死。这个任务，非日本人不能完成。"

不久，这张照片即刊登在美国《时代》杂志和山西《复兴日报》上。阎锡山把照片特意送给时任美国驻华大使司徒雷登和美国援华飞行队队长陈纳德，表现出与太原共存亡、顽抗到底的决心。

美国记者采访阎锡山，问假如共军攻进城怎么办。阎向记者展示了一个纸盒，里面有 500 小瓶氰化钾，阎拿起三瓶说："这是给我和家人准备的。"其余的准备给"同志会"

1948 年 7 月 22 日，蒋介石在蒙蒙细雨中，飞赴太原，向阎锡山面授机宜，"许诺要尽最大力量援救太原，除了物资上的援助外，还将加紧从西安空运胡宗南部整编 30 师赴并"。不久，整编第 30 师（后改为第 30 军）4 个团 1.1 万余人陆续从西安空运至太原，被迅速部署在了东山、河西阵地。

阎锡山将太原市划分为 1 个中心防御区和东（后分东南、东北）、南、西、北 4 个外围防御区。具体部署是：以 5 个军 11 个师（总队）担任各外围防区的防御；以直属部队防守城内中心区；以 1 个军 6 个师担任机动作战。防御重点置于南北两区，企图依托险要地形和坚固设防进行固守。

经过多年的苦心经营，阎锡山在太原修筑了种类繁多的外围据点、纵深阵地和城防工事，构成由各式堡垒与壕沟、暗道相结合的，互为依托的多层次、大纵深的环形防御体系。以城内为中心区，以城外的东、西、南、北方向为 4 个守备区，构成北起黄寨、周家山，南抵武宿、小店镇，东起罕山，西至石千峰的"百里防线"。城东牛驼寨、小窑头、淖马、山头，城东北卧虎山，城东南双塔寺等要点，均筑有以碉堡群为骨干的永久性工事，成为太原的主要屏障。

阎锡山自称：太原形势像人样，东山好比太原头，手是南北飞机场，两脚

布满射口的太原城墙和城外的碉堡群

伸在汾河西，太原好比是内脏。从头脑、四肢到内脏，壕沟交错，碉堡林立。至 1948 年底，仅在"百里防线"内即有各式碉堡 5000 多个，无一不是经过精心研究而成。在构筑和武器配置上都有巧妙的构思和实用价值，大多数碉堡内均有存粮、存水和饮食、睡觉的设备，以利死守。它们样式各异，名目繁多，从形状上有方碉、圆碉、梅花碉、子母碉、人字碉等；从高度上一至五层不等；从规模上有半班碉、班碉、排碉、连碉；从火力配置上，有炮碉、机枪碉；从建筑材质上有砖碉、石碉、钢筋混凝土碉；从布局上有品字形、倒品字形、菱形、梅花形等等。阎锡山还为这些碉堡起上"好汉碉""卧虎碉""百川碉"等响亮的名字以壮声势。

1948 年 11 月，美国《生活》杂志记者来到重重包围中的孤城太原后，在报道中是这样描述的：任何人到了太原都会对数不清的碉堡感到吃惊，高的、低的、长的、圆的、三角形的，甚至藏在地下的，构成了不可思议的严密火网。这位记者甚至感叹太原防线，比当年在欧洲战场上的马其诺防线还要强。

在这些碉堡的拱卫之下，太原成为全国少有的坚固设防的城市。陈毅到太原前线查看过防御工事后，为其堡垒之坚固、密度之大而惊呼："好厉害哟！"

阎锡山更是大肆吹嘘太原已武装为"要塞城市"，足可抵抗 150 万共军的进攻。

为什么阎锡山这么热衷于修建碉堡并迷信于"碉堡战法"呢？他自己曾解释说："共产党凭的人多，用的是波浪式冲锋的人海战术，所以到处取胜，谁防不住这一手，谁就要失败。我们一定要凭借碉堡群组成的据点工事，充分发挥火力，做到以铁弹换肉弹，共产党就没有办法。"

但令阎锡山不曾想到的是，解放军的炮兵已经迅速发展壮大，大部分碉堡

太原城内正在制作机枪的工人

顷刻之间就粉身碎骨，最终葬送在火海的，恰恰是他对山西的统治。

为夺取太原、歼灭阎锡山集团，早在晋中战役结束时，中央军委和华北军区第1兵团领导人就开始着手研究。

9月28日，周士第和兵团前委向军委报告攻打太原的作战方案："战役指导方针，系以围困、瓦解、攻击，逐步削弱，然后一举攻下。战役拟于十月十八日开始，争取三个月内结束战役。进攻步骤：拟第一步突破敌第一线防御阵地，以火力控制南北机场，断敌外援，便于瓦解工作。第二步攻占东南、东北攻城之必需之据点。第三步攻城。"

中央军委决定由徐向前统一指挥第1兵团（辖第8、第13、第15纵队）、华北军区炮兵第1旅、西北野战军第7纵队、晋中军区3个独立旅及陕甘宁晋绥联防军区警备第2旅等部共18个旅11.5万余人，发起太原战役。

当时，徐向前正在石家庄住院养病。10月1日，毛泽东将此方案送徐向前征求意见。徐向前于3日复信如下：

聂薄滕赵（尔陆）并请电话转毛主席：

一日信及转来主席指示和一兵团前委电均奉悉。

对攻取太原的计划，我因地形尚不熟悉，没有别的意见。前委九月二十八日电中计划，分三个步骤作战，很好，但主要精神是连续一直打下去，直到夺取城垣为止。假如情况允许的话，这样做是最好的，但假如第一步计划或第

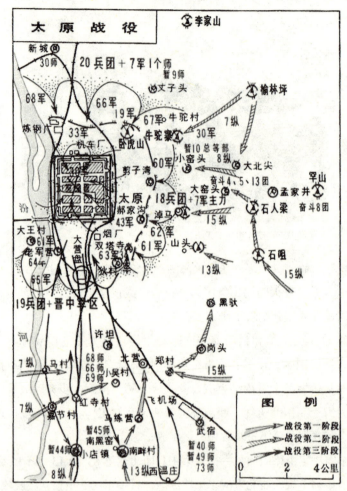

太原战役示意图

一、第二两步计划都完成了，而到实现第三步计划时那就比较好打了，但仍存在一个兵力对比问题。假如第一步计划完成后，实现第二步计划时即遭到较大障碍，不能按预期计划进行，即只有先围攻使敌更疲惫后再猛攻之。总之，首先争取一直连续地打下去，在最短时间内全歼敌人是上策，先打再围带打而下之即消耗较大是中策，下策即必须增加力量再攻下之，即影响别线作战，只是最后之一途。

关于兵力分配与使用上，我亦同意前委决定，时间于十八日开始亦可以。因时间已迫近，我亦无时间再休息，拟于七日夜即赴前方，待太原攻下后再抽

华北军区某部向太原进军途中接受群众赠旗

暇休息。

关于弹药问题，前已谈过，我没别的意见，前方必须照顾后方的生产力与财政力，亦属重要。其他一些详情待我到前方再报告。

我仍本着不急（急躁）不缓（紧张的工作着）的精神去工作，一定坚决地完成任务，请放心。

谨复并致

布礼

徐向前

十月三日

就在徐向前给中央复信的前一天，10月2日，阎锡山以7个师的兵力沿汾河以东、同蒲铁路（大同—风陵渡）以西向南主动发起了攻击。

原来这年9月底，华东野战军突然对济南发起进攻，并且在短时间之内全歼10万守军，生擒守将王耀武。济南的陷落，给阎锡山带来了强烈的震撼。他随即决定以攻为守，主动出击，企图乘秋收之际，到太原城南的平原地带产粮区去抢粮食，以缓解城内的粮荒，同时破坏解放军攻城的准备。一场大战因此提前到来。

3日，国民党军暂编第44、第45师和第72师一部进抵小店镇、西南畔村等地；暂编第40、第49、第73师等部推进至秋村、西温庄等地；第66、第69

华北军区某部在太原战役中向守敌冲击

师集结于红寺地区。

第 1 兵团前委决心抓住守军脱离防御阵地的有利战机，提前发起太原战役，求得在野战中歼其有生力量。

5 日拂晓，第 7 纵队主力由清原东渡汾河，直插小店镇以北；第 15 纵队由太谷、榆次向西出击，直插武宿机场以北，与第 7 纵队成东西夹击之势，切断已进至小店镇和武宿机场的国民党军通向太原的退路，并准备阻击太原守军南援；第 8、第 13 纵队迅速包围已进占小店镇、南黑窑等地的国民党军。

战至 6 日晨，歼灭暂编第 44、第 45 师全部和第 72 师、暂编第 49 师各一部。随后各纵队继续扩张战果，攻占武宿机场及多处据点，并抵近东山堡垒地域南侧。第 7 纵队一部为策应小店地区作战，在城北凤阁梁一带歼第 68 师 1 个多团和暂编第 39 师 1 个营，并用炮火控制城北新城机场，断绝了阎锡山获取外援的空中通道。

徐向前回忆道：

十月六日，我从石家庄出发，夜一时到阳泉以西的坡头。不巧患感冒，咳嗽加重，头痛得厉害，左肋也不舒服。七日下午勉强赶至榆次以北的五湖镇，住下来休息两天，十日才抵前线司令部。

仗打得比较顺利。当前委发现敌第四十四师、四十五师及亲训师一部进占小店、南畔村、巩家堡地区，四十师、四十九师、七十三师及十总队进占小店以东之南北王铭、西温庄地区时，决定以四个纵队出动，首歼小店、南畔之敌。从五日起，我以八纵、十三纵攻歼敌四十四师、四十五师、亲训师，西北七纵一部强渡汾河，插入小店以北，断敌退路并相机打援，以十五纵主力插向武宿以西，歼击敌四十九师，得手后以一部控制辛营，断敌第七十三师、四十师、十总队退路，七纵一部及陕北警备二旅攻占太原东山之前后李家山，以炮火控制北飞机场，并相机攻占凤阁梁等要点。至十六日，经小店、武宿、北营、大小吴村等战斗，歼敌第四十四、四十五两师全部及亲训师、七十三师、六十八师各一部，共万余人，占领了华北最大的机场——武宿飞机场，攻克了太原东南的石嘴子和东北的凤阁梁两个重要阵地，打开了敌第二道防线的两处缺口。这一外围攻歼战，我军行动隐蔽、神速、突然，抓住了敌人两个精锐师，予以全歼，是成功的。但也有缺点，主要是插入敌后的兵力太少，未能断敌退路，致使半数以上的敌人逃掉，实在可惜得很。如果开始即以西北七纵主力全部强渡汾河，而不是以一部渡河、一部相机渡河，以十三纵一个旅直插武宿以北，配合十五纵一部切断铁路，那么，敌人的五个多师，便有可能大部被歼。

经过 11 天激战，至 10 月 16 日，攻城部队共歼国民党军 2 个师、3 个团又 7 个营，毙伤俘 1.2 万余人，迫近并部分突破太原南北守军第一道防线。

失去了空中运输通道，蒋介石的外援就无法到达，太原真正成为一座孤城，

攻击太原东北郊的峰西要塞

18.
太
原
战
役

285

10万人马会被生生困死。阎锡山心急如焚，一面严令部下夺回南北机场的控制权，一面暗自派人到汾河以西设法修建临时机场。然而阎锡山万万没有想到，解放军却突然出现在了东山第二道防线上。

兵团前委原计划以城东南为主要突击方向，乘胜突破敌人的外围防线，控制攻城阵地。而随着战役的不断推进，发现那里的地势虽然开阔，有利于部队机动，但守敌工事坚固，且重兵把守，即便攻下后也难以形成对太原的致命威胁。

从地形上看，打太原必须首先控制东山。因为距城不足5公里的东山，南北宽15公里，东西长30公里，牛驼寨、小窑头、淖马、山头四大要点，居高临下，俯瞰全城，工事相当坚固、复杂，是太原的主要屏障。阎锡山对外宣称：四大要塞是塞中塞，堡中堡，足抵精兵十万，以火海对人海，以铁弹换肉弹。同时他也深知东山对于太原的重要性，认为"东山一失太原即失"。

牛驼寨，位于城东北5公里处，可屯兵5000人，由三大集团阵地构成防御圈环，10个主碉为阵地支撑点，地形狭窄，山峰迭起，多劈坡绝壁，系东山防线上的主要阵地；

小窑头，在城小东门以东4公里处，该山主梁狭窄，支梁崎岖，共有大小13个山头，守敌依此筑成交错连环阵地，凭借劈坡和高低碉堡防守；

淖马，在城东3公里处，以淖马村为主阵地，劈坡有5层之多，周围山顶设有1至9号碉堡阵地，与主阵地相连接；

太原城内正在制作铁丝网的工人

山头，位于城东南5公里处，由主阵地山头及大脑山阵地构成，两大阵地之间，相距600米，有工事连接，主阵地劈坡高达4~6米，少者两层，多者五六层。

这四大要点，除构筑有大量明碉暗堡和多层劈坡外，还挖有数道壕沟、暗道，纵横交错连接，设置许多铁丝网、鹿寨、地雷等副防御物。每个要点俨然如一座坚固的城堡。

夺取东山，无疑在阎锡山防御体系最软肋的部位猛扎一刀，置其于死地。近代历史上，有两次攻陷太原的战例。一次是1644年，明末农民起义领袖"闯王"李自成率起义军打下太原；一次是1937年11月，日本侵占华北，攻陷太原。两次都是首先攻取最东面的主峰，而后采取向西平推，由城东依靠东南，攻进太原城内的。

于是，兵团前委开会重新研究攻击方向。徐向前认为应首先攻占东山，从东北、东南及正东方向逼近太原，相机攻城。理由有四：

其一，经过前一段战斗，阎锡山的兵力被我军吸引到南线，其东山守备力量比较薄弱、空虚。其二，从东山柳沟村来了位地下党的支部书记，名叫赵炳玉，提供了重要地形情况：东北方向有条小路，可直插敌纵深要点牛驼寨，只要部队隐蔽行进，便不易被敌发现。其三，东南方向的重要阵地石嘴子也已被我军占领，继续向纵深地区突破，拿下"九沟十八川七十二个窑子关"的马庄一线阵地，有很大的可能性。其四，冬季即将来临，天寒地冻，不利我军攻城作战，以早日拿下太原为好。

太原战役中，某部向突破口冲击

经过反复讨论，兵团前委最终同意首攻东山，并制定了作战部署：

以西北野战军第7纵队及晋中部队一部，由小店以北经榆次秘密向东北开进，揳入东山纵深，袭取最大要点牛驼寨，并以炮火控制北机场，另以一部袭占大北尖，与南面大窑头方向第15纵队相连接，切断罕山、孟家井敌归路，并歼灭之；

以第15纵队由石嘴子向淖马攻击，得手后继续向大东门攻击，并以一部袭占大窑头，衔接西北野战军第7纵队，断敌退路；

以第13纵队首先夺取南坪头、马庄，向双塔寺攻击，得手后向城东南角进击，晋中部队主力位于城南一线，攻击各据点，以一部在汾河西积极活动，牵制敌人；

以第8纵队第24旅为第7纵队预备队，另2个旅为兵团总预备队。

16日，第7、第13、第15纵队和第8纵队一部在晋中军区部队配合下，分由南北两面迅猛地向东山发起攻击。第13纵队第39旅首先向第49、第73师的指挥中心马庄发起进攻，但因遭守敌顽强抗击，未获进展。

18日拂晓前，秘密插入牛驼寨西北的第7纵队一部，向守敌发起突然袭击，连克炮碉及9座碉堡，基本占领了牛驼寨要点。敌人全线震动，立即组织兵力，在强大炮火掩护下，发起十多次反扑，均被坚守阵地的第7旅第19团英勇击退。

至19日晚，第7纵队另一部攻克大北尖等阵地，歼敌1个营。罕山守敌第8团，向第8纵队第24旅投诚。与此同时，第15纵队一部亦攻占石人梁，但

强攻太原外围要塞

因未及时与大北尖打通，致使孟家井守敌3个团逃脱。

21日，阎锡山集中精锐第30军和以日本军人为骨干组成的暂编第10总队，在炮火支援下向牛驼寨实施多次猛烈反扑。敌人集中百门以上的山炮、榴弹炮，一天内即发射万余发炮弹，将不足300平方米的牛驼寨阵地工事几乎全部摧毁。第7纵队第7旅第19团顽强抗击，激战3日，因杀伤过重被迫撤出牛驼寨。

为确保东山屏障，阎锡山尽其所能抽调的兵力集中于四大要点，"守碉互援""加强地下战"。其中，以第10总队和第68师1个团守牛驼寨，第40师1个团及保安第6团一部守小窑头，第8总队及保安第6团大部守淖马，第9总队和第73、第49师各一部守山头。另以第30师全部和第40师2个团组成机动兵团，担任反扑、援应任务，并组织城东一线支子头、黄家坟、山庄头、马厂、剪子湾、小东门、大东门、淖马、双塔寺等炮群，进行火力支援。

为摧毁守军东山防御阵地，夺取攻城依托，第1兵团再次调整部署，集中兵力、火炮，分别以西北第7纵队和第8、第15、第13纵队夺取东山四大要点，趁势向城脚发展。

23日，兵团司令部颁布总攻击令，要求各部队充分做好准备，以便随时投入战斗。26日，争夺东山四大要点的战斗打响。守军在空军配合下，凭借险要地势固守顽抗，并施放毒气弹、燃烧弹，实施疯狂反扑。

给太原守军空运物资

这场空前剧烈的争夺战进行得异常残酷，在整个解放战争中也是少有的。

解放军投入战场的兵力达 27 个半团，占总兵力的五分之四以上。国民党军除守备西山的 2 个师和 1 个工兵师，以及守备城南和城北的各 1 个师外，其余各师均全部或一部投入战斗。双方参战的各种火炮达 800 余门，主要阵地上平均每平方米都要落下数发炮弹，以至焦土三尺，难以成垒。徐向前回忆道：

"困兽犹斗"，一点不假。守敌虽处在我军的严密包围和猛烈攻击下，但因受阎锡山的毒化教育甚深，有险要地形、坚固工事和强大火力作依托，战场上又有"执法队"严厉督战，故相当顽固，与我死打硬拼，寸土必争。我军指战员奋不顾身，前仆后继，攻坚破垒，不拿下东山誓不甘休。每占领一块阵地，要经过一次、两次、三次以上的突击；巩固一块阵地，要打退敌人五次、六次、七次以上的反扑。有些阵地，时而被我攻取，时而被敌夺回，反复拉锯。在牛驼寨，我西北七纵打得异常艰苦、顽强。总攻发起后，该纵以三旅担任主攻任务，十二旅为第二梯队，相继投入战斗。守敌两千余精锐部队，拼死顽抗，猛烈反扑，使我伤亡甚众，攻势受挫。后将警备二旅亦投入战场，至十一月二日，七纵控制了除庙碉以外的大部阵地。以后，以七旅攻击庙碉，与敌反复争夺，至十三日全歼守敌，终将庙碉攻克，全部占领牛驼寨。战斗中，我三旅八团、十二旅三十六团、七旅十九团和二十一团、警备二旅四团和六

缴获阎锡山部队的巨型炮弹

团，均付出了重大代价，做出了重要贡献。在小窑头，我八纵七十一团经连续奋勇突击，攻占第十三、十四号阵地后，敌集中强大炮火猛烈轰击，并施放毒气弹、烧夷弹，掩护三个步兵团反扑。经七小时反复冲杀，七十一团遭受重大伤亡，被迫撤出阵地；次日，十四号阵地复被我七十团夺回，但十三号阵地仍在敌手。又经过两天的反复冲杀，我十四号阵地再次失而复得，十三号阵地亦重新夺回，敌两个连全部就歼。在淖马，我十五纵发起攻击后，经一天激战，即打垮守敌，占领主阵地。敌"执法队"暴跳如雷，将放弃阵地的八总队一团二营营长姜啸林等二十余人枪毙。接着，敌集中第四十师全部、八总队大部，向我阵地疯狂反扑，两天内反扑十九次之多，均被我杀退。部队乘胜反击，又夺占六个阵地，歼敌一部，我四十四旅政治委员李培信，不幸牺牲。在淖马炮碉争夺战中，四十三旅二一七团打得最为出色。十一月上旬，该团在摸清敌情、周密准备后，向淖马村西炮碉阵地猛攻，五个小时解决战斗，全歼守敌一个营和一个机炮连。次日，敌纠合三四个团的兵力反扑，发起十多次攻击，并一度突入我阵地。二一七团沉着应战，依托各支撑点，用纵横交叉火力夹击敌人，弹药用尽即以刺刀、铁镐、石头与敌格斗，最后在八纵、十三纵炮火支援下向敌反击，共毙伤俘敌一千五百名。战后，受到了兵团的通令表扬。在山头，我十三纵三十八旅担任主攻任务，三个团相继投入战斗，突击队多次发起冲锋，均未攻克，伤亡较大。后将三十七旅拿上来加入战斗，从三个方向发起

火线抢救伤员

总攻，至十日占领山头主阵地，十一日全部摧毁敌据点，结束战斗。

经过 19 个昼夜的反复激烈争夺，至 11 月 13 日，第 1 兵团攻占了东山四大要点，共歼敌 2.2 万余人，并争取了守军第 8 总队起义。但由于对敌情侦察不够周详，对守军拼死顽抗的程度估计不足，第 1 兵团存在着急躁情绪，急于求胜，攻击受挫后又顾虑重重，因而增大了不必要的牺牲，付出了伤亡 16500 余人的沉重代价，战前准备的上万具棺材竟然不够用。

与此同时，晋中军区部队攻占城北青龙镇、城南许坛以及汾河西岸的南北堰等据点，紧缩了对太原城的包围。其间，国民党军第 30 军军长黄樵松派代表与人民解放军攻城部队接洽起义事宜。

黄樵松，河南尉氏县人，西北军杨虎城旧部，西安事变时拥护张杨联共抗日的爱国主张，对中国共产党有一定的了解。太原被围后，第 1 兵团把国民党军起义将领高树勋调来前线，开展争取敌军的工作。

原为西北军冯玉祥旧部的高树勋，在 1945 年 10 月邯郸战役中率部起义，影响颇大。毛泽东在为中共中央起草的《一九四六年解放区工作的方针》的党内指示中，提出要广泛开展高树勋运动，"使大量国民党军队在战争紧急关头，仿照高树勋榜样，站到人民方面来，反对内战，主张和平"。

高树勋与黄樵松熟识，写信劝他以太原人民的生命财产为重，顺应历史潮流，弃暗投明，率部起义。黄樵松经过反复考虑，下决心起义。在东山争夺战

欢迎国民党军高树勋所部起义官兵的大会会场

打响后，即派身边的中校参谋兼谍报队长王震宇，出城与王新亭、张祖谅的第8纵队接洽，拟立即交出该部防守的太原城东、北两门，接应解放军入城。

第1兵团前委研究后，认为机不可失。阎锡山正忙于东山防御战，压根不会想到"内脏"生变。一旦第30军起义成功，里应外合，便可乘势拿下太原。前委责成兵团政治部主任胡耀邦，带上高树勋去第8纵队，同黄樵松的代表商谈组织起义的问题。

双方商谈得很顺利，胡耀邦打来电话，自告奋勇进太原城，到黄樵松部组织起义。徐向前不同意，说："你是政治部主任，打仗需要你，那里面的情况还没搞确实，去不得呀，另外派个人去吧！"

于是，第8纵队参谋处长晋夫和侦察参谋翟许友，随第30军联络人员进了太原城。

晋夫是河南洛阳人，抗战初期入伍，历任指导员、教导员、参谋、参谋处长等职，能文能武，聪明精干，是王新亭、张祖谅的得力助手。

十分不幸的是，黄樵松被他的部下第27旅旅长戴炳南出卖，把起义计划全盘告诉给了阎锡山。

11月2日，晋夫刚进城，就同黄樵松一起被捕，押送到南京。黄樵松、晋夫凛然不屈，英勇就义于雨花台。

太原解放后，戴炳南自知罪重难赎，就躲藏在一个亲戚家里，最终还是被

阎锡山面对太原战局一筹莫展

搜出，受到了应有的惩罚。

"黄樵松事件"后，阎锡山变本加厉，在太原城内开动特种宪警指挥处、警备司令部、宪兵司令部等镇压机器，大搞白色恐怖。

凡有所谓"通匪"嫌疑者，一律捕杀；阵地官兵均打乱编制，互相监视，实行"连坐"；被俘过的官兵组成"雪耻奋斗团"，集中进行审查，并在臂上或额上刺以"剿灭共匪"等字样，以示"雪耻"决心；以山西省政府代主席、太原特种警宪指挥处处长梁化之为头子的庞大特务系统，触角伸向各个角落，监视"异动"，严刑逼供，滥杀无辜。日暮途穷的阎锡山，妄图靠"霹雳"手段，巩固内部，垂死挣扎。

就在太原战役进行到最关键的时刻，徐向前病倒了。

东山战斗接近尾声时，我夜间到前沿阵地去观察情况，受了风寒。回指挥所后，正打电话，突然感到左侧胸腹间剧烈疼痛，疼得浑身直冒汗。叫人扶我躺到床上，连身都不能翻了。医生检查后，说是正发高烧，肺部出了问题。周士第赶忙派人去野战医院请钱信忠同志。他是华北军区卫生部副部长，来太原前线指导和帮助工作的，伤病员的转运治疗工作，靠他负责。他来诊断的结果是，胸部大量积水，患肋膜炎。马上派人去后方弄药，前委也向军委做了报告。不久，恩来同志就派了两名医生来诊治，要我早日去后方静养。那时，满脑子是打太原的事，哪里想去后方呀！士第、漫远、耀邦他们劝来劝去，也没

徐向前在太原前线观察敌情

能说服我。最后，给我在榆次以南十多公里的峪壁村，找了所房子住。那里比较幽静，交通也方便，我可以一面工作，一面休养。

1948年11月，随着辽沈战役的结束，国民党华北"剿匪"总司令傅作义集团已成惊弓之鸟。中央军委考虑到太原如攻克过早，有可能使傅作义集团感到孤立而由平津地区南逃或西撤。为稳住傅作义集团，同时鉴于攻城部队伤亡较大，疲劳已极，亟待补充休整，遂于16日发出缓攻太原、围而不打的电令："再打一二个星期，将外围要点攻占若干，并确实控制机场，即停止攻击，进行政治攻势。部队固守已得阵地，就地休整。待明年一月上旬东北野战军入关攻击平津时，你们再攻太原。"

第1兵团遵照中央军委有关战略决战的统一部署，从12月1日开始，以一部兵力攻占太原城东松树坡，城北苏村、阳曲、兰村，城南化七头、赵家山、邱沟等据点，以火力封锁了城西、城北的飞机场，将守军进一步压缩在纵横各不过15公里的狭小区域内。

随后，第1兵团以部分兵力坚守前沿阵地，监视守军，主力转入休整。同时，围城各部队广泛开展政治攻势，瓦解敌军。

早在晋中战役结束时，第1兵团就曾考虑过争取太原和平解放的问题。徐向前和周士第曾向中共中央及华北局提出：阎锡山如能降服，减少我方伤亡，保存太原军工及各种建设，其人力物力统为我用，利益甚大。拟命赵承绶劝降，其内容及条件如何，请速指示，以便遵办。

中共中央也考虑到这一步，电告徐向前等人："据一波电话说，阎锡山在我兵临城下控制机场情况下，逃走之望既绝，自杀又非其所愿，故投降的可能是有的。阎及其部下，最顾虑的是他们的家产，别的不容易打动他们的心。最击中要害的是如能保存他们的私人财产，则阎的部下会纷纷劝阎投降，即使阎不同意，也可能发生内变，或者在我军攻入城后，愿以保护公共财产自赎。而与阎系军官私有财产最有关系者，莫过于西北实业公司及保晋公司。故你们与赵承绶及杨澄源谈话时，可告以阎及其部下，任何人肯早日自拔，将功赎罪，我们不但保证本人及其家属生命安全，即其私人财产，只要不是以特权掠夺的官僚资本，我们亦将予以保护，其在西北实业公司的私人股份，只要查明确属私股，亦当照私人资本待遇，保证不予没收。"

太原战役期间，某部在前沿阵地用六〇迫击炮向国民党军发射宣
传弹

　　根据中共中央的指示精神，徐向前与在晋中战役中被俘的赵承绶谈过几
次话。

　　赵承绶多年追随阎锡山，是阎锡山一手提拔起来的亲信将领。被俘后，解
放军实行优待俘虏的政策，尊重人格，晓以大义。中共中央还专门派人从上海
接来他的女儿、女婿，由黄杰专程陪同来太原前线，与之团聚，使赵承绶深受
感动，一再表示愿意立功赎罪，并提供了一些太原的布防情况。

　　徐向前曾经问赵承绶：你看是不是放你回去，劝劝阎锡山，叫他和平解
决。顽抗没有出路，只有死路一条。和平解决，我们可以保证人身、财产安
全，共产党说话算话，决不食言。

　　但赵承绶对此感到很为难，表示：我损失了阎锡山这样多军队，他是饶不
了我的，如果回去，他非杀我的头不行！

　　徐向前也认为赵承绶的顾虑有道理，就再未提放他回去劝降的事，只让他
写信给阎锡山及其周围的高级将领。

　　为争取和平解放太原，华北军区派来副参谋长王世英等人组成的工作组。
徐向前回忆道：

　　王世英是山西洪洞县人，黄埔四期生，一九二五年入党，抗战初期曾在太

原八路军办事处当处长，与阎锡山等人经常打交道。他在太原熟人很多，想利用旧关系潜入城内，找阎锡山谈判。这件事我们斟酌又斟酌，觉得阎锡山握有数万兵力，自恃太原有强固工事防守，幻想第三次世界大战爆发，会不会同我们谈判，还是个大问号，王世英现在进去，风险太大。怎么办？想了个投石问路的办法。请出一位阎锡山的老师，年近八旬的老秀才，问他愿不愿意进城去见阎锡山，为民请命，拯救太原黎民百姓，免遭战火之灾。那位老秀才年事虽高，壮心不已，慨然允诺进城去见阎锡山。于是，便用我的名义写了封致阎锡山的信，由老秀才带上，进了太原。不久，我们获悉，阎锡山非但不听老师的劝告，反而连师生情谊也不顾，把老秀才给杀了！

西柏坡会议期间，毛主席又和我谈过争取和平解放太原的问题。他说：如果有这种可能性，就尽力争取，阎锡山如同意和平解决，你们请他把军队开到汾孝一带，我们的部队开进太原，麻烦就少了。我说，恐怕不大容易，他连老师都给杀了，可见顽固得很。我们的立脚点放在打上，但也不放松争取工作、瓦解工作，尽量减少麻烦吧！毛主席完全同意。

此后，我们的争取瓦解工作，重点放在敌军官兵上。

这是一场针锋相对、釜底抽薪的政治攻势，目的在于揭露、粉碎阎锡山的欺骗宣传和野蛮控制手段。首先促成敌人营垒的悲观失望，动摇分化，减少对

书写标语牌，瓦解敌军

解放军的仇视对抗情绪；进而使之离散倒戈，由零星的逃亡、投诚，直至小股、中股、大股的归降起义。这场政治攻心战的规模之大，时间之久，方法之灵活，成效之显著，在晋冀鲁豫军区和第 1 兵团历史上都是前所未有的，为解放军的战时政治工作积累了有益的经验。

一是加强组织领导。政治攻势如同军事攻势一样，必须自上而下，形成坚强的领导中枢，统一部署，统一指挥，统一步调，防止各自为政，乱放"枪炮"，事倍功半。

为加强领导，从 11 月中旬起，第 1 兵团成立对敌斗争委员会，由王世英、胡耀邦负责。各师成立政治攻势委员会，团营设政治攻势中心指导小组，连设政治攻势小组，在前委和各级党委领导下，开展政治攻心战的组织指导工作。具体任务是：了解敌情，分析形势，研究敌军心理，及时提出对策；培训政治攻心骨干，总结和推广各部队的经验，不断提高斗争艺术、斗争水平。改进斗争方式，妥善安置投诚起义人员，严格遵行党的政策，检查和监督部队对俘虏政策、投诚起义人员政策的贯彻执行情况。自下而上，建立严格的会议汇报制度，以便及时掌握工作动态，交流经验，保证政治攻势的顺利发展。

二是强调针对性。经验证明，攻心战法的采用，不仅要有军事上的有利形势和敌人营垒内矛盾的加剧，还要有正确的政策，更要有强烈的针对性，才能

向被围困之敌喊话

收到明显效果。太原孤城被困，岌岌可危，敌军内部矛盾增加，惊恐失望。第1兵团对投诚起义人员也有明确的政策规定，关键问题就在于宣传的针对性，即能不能打到敌军的心坎上去。

敌军心理状态五花八门，复杂得很。有顽抗到底的，有侥幸图存的，有悲观动摇的，有今朝有酒今朝醉的，有厌战想家的，有怕投诚后被共产党杀头的，等等。一般说来，下层军官和士兵，多为受愚弄、受控制、受奴役的对象，离心倾向大些，不愿为阎锡山卖命，是解放军瓦解工作的重点所在。

第1兵团对敌斗争委员会和政治机关强调抓住重点，有的放矢，开展攻心战。宣传内容着重揭露敌人的谣言和欺骗宣传，讲形势，讲政策，讲出路，号召敌军官兵离队返乡或投诚起义。比如，对抱有幻想和侥幸心理的人，说明天下大势：

> 阎匪快要完蛋，
> 妄想多活几天。
> 又吹美国出兵，
> 又吹世界大战。
> 欺骗你们官兵，
> 替他苟延残喘。
> 当今天下大势，
> 民主力量占先。
> 苏联东欧中国，
> 力量强大无边。
> 帝国主义势力，
> 正如日落西山。
> 美帝纸糊老虎，
> 其实外强中干。
> 本身困难重重，
> 不敢发动大战。
> ……
> 天下大势如此，

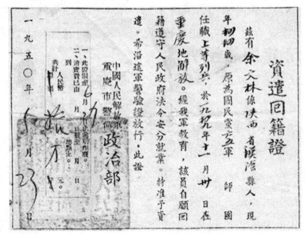

解放军给被俘国民党军士兵发放的"资遣回籍证"

再要糊涂完蛋。

对被抓去的新兵，鼓动他们回家平分土地：

晋中各县，
土地平分。
阎军官兵，
家中照分。
男女老少，
每人一份。
快逃回家，
参加平分。

对外来的胡宗南第 30 军，则指出：

胡宗南，恐慌在西安。
蒋介石，准备逃台湾。
太原城，很快被攻占。
三十军，你们怎么办？

对前沿阵地的士兵，鼓励拖枪来降：

放哨看地形，

打柴看路线。

知心朋友商量好，

看准机会一起跑。

白天过来用记号，

黑夜过来高声叫。

解放军大力掩护你，

不怕误会跑不了。

带上子弹和步枪，

谁敢追赶打他娘！

这类宣传品简明易懂，针对性强。不少敌军士兵，能背诵三种以上，可见影响之大。太原战役期间，解放军根据不同情况、不同对象，先后印发宣传品40余种、50多万份，起到了瓦解敌军的有效作用。

瓦解敌军的方法因时因人制宜，灵活多样。如阵前喊话、对话，利用被俘人员或起义投诚人员写信、喊话，发射宣传弹，释放俘虏，对反动分子阵前点

我军战士在前沿阵地向国民党军官兵喊话，开展政治攻势

太原战役中，一些国民党军士兵冲破封锁线，逃到我军阵地，我军战士端出米饭为他们充饥

名记账等。

旧军队里很重视老乡关系，这也是中国封建社会、旧式武装的一个传统。同样的话，别人说了他不信，老乡说了他就信。

当时，敌我双方多为山西人，新补充的兵员几乎都是晋中各县的。瓦解敌军工作就利用这个得天独厚的条件。阵前喊话、对话，先听对方的口音，弄清他们是哪里人氏，再派与其同县、同乡的战士、民工向对方做宣传。双方阵地靠得很近，对话听得一清二楚。有的说来说去，竟然是亲戚、朋友、邻居，那就更热乎，更容易打动心弦，收到成效。

三是军事打击和政治瓦解结合。战场上的政治瓦解工作，不能孤立进行，必须以军事力量作后盾，与军事打击相辅相成，正所谓"猛打加瓦解"。

东山争夺战结束后，东线、南线、北线部队乘势发展，先后攻占并巩固了一批阵地，将太原城紧紧封锁围困。为断敌空援，第13纵队一部于12月初渡过汾河，配合晋中部队作战，将敌人新修的万柏林、三角村、王村、红沟子等处的机场控制。

围城部队一面发动政治攻势，一面不时出击，袭扰敌人，开展冷枪冷炮活动，零星杀敌。第8纵队第23旅1个营在17天内冷枪杀敌127人，使敌人一夕数惊，士气沮丧。

这场攻心战一直持续到攻城前夕，长达半年之久，促使大批守军起义投诚，至 1949 年 3 月共瓦解守军 1.2 万余人。同时，相当数量的敌军受影响，在太原攻城战斗打响后，不作抵抗即乖乖交枪，从而大大减少了攻城部队的伤亡。

1949 年 2 月，根据中央军委命令，华北军区第 1、第 2、第 3 兵团分别改称中国人民解放军第 18、第 19、第 20 兵团，西北野战军第 7 纵队改称第一野战军第 7 军。

3 月，第 19、第 20 兵团和第四野战军、华北军区各 1 个炮兵师，奉中央军委命令开赴太原前线，会同第 18 兵团等部总攻太原，使太原前线人民解放军的总兵力增至 32 万余人，与守军相比占绝对优势。

17 日，中央军委决定以第 18 兵团领导机关为基础，组成以徐向前为书记的中共太原前线总委员会和以徐向前为司令员兼政治委员的太原前线司令部，统一指挥参战部队。

28 日，人民解放军副总司令、第一野战军司令员兼政治委员彭德怀由中共中央驻地返回西北途经太原前线，参与指挥总攻太原的作战。徐向前回忆道：

这时，党的七届二中全会已经结束（我因身体关系，请了假，未出席会议）。毛主席要彭德怀返西北途中，来太原前线看一看，解放太原后，即可

彭德怀在前线

将十八兵团调往西北作战，归彭指挥。他到峪壁村看望我，讲了二中全会的精神，我也向他介绍了攻打太原的部署和准备情况。我说：我的肋膜两次出水，胸背疼痛，身体虚弱得很，没法到前边去，你就留下来指挥攻城吧，等拿下太原再走。他表示同意，报请军委批准后，彭总便留在太原前线指挥作战。为避免影响军心，那时下命令、写布告，仍用我的名义签署，实际上是彭老总在挑担子。他新来乍到，对敌我情况都不熟悉，但慨然允诺，勇挑重担，实在难得。

经过前一阶段的作战，太原守军连同被围困期间的损失，兵力已消耗4万余人。处于绝境的阎锡山非但拒绝解放军和平解放太原的劝告，反而抓丁征兵扩充军队，编组"神勇师""铁血师""坚贞师"，并从榆林空运第83师到太原，使太原守军仍保持6个军17个师的兵力，连同非正规军共约7万人。

防御部署重点为城垣外围阵地，在东7里、西20里、南10里、北30里的范围内，划为5个防区，布有13个师的兵力。其中，北区总指挥韩步洲，辖3个师8个团；东北区总指挥温怀光，辖2个师8个团；东南区总指挥刘效增，辖2个师6个团；南区总指挥高倬之，辖2个师6个团；西区总指挥赵恭，辖4个师11个团。另以2个师及"绥靖"公署直属部队共2万余人防守城内；以第30军及第83师共7个团约万余人为机动部队；以"亲训炮兵团"、榴弹炮团及4个独立炮兵营共900门炮，分为10个炮队，布

国民党空军向太原空投物资

于城外 5 个防区。

这时，国共和平谈判正在北平举行，有关山西的条件急需阎锡山前往南京去商定。3 月 28 日，国民政府代总统李宗仁致电阎锡山："关于和谈大计，深欲事先与兄奉商，敬祈即日命驾入京藉聆教益。"

次日下午 2 时，阎锡山召开干部会议，宣读了李宗仁的电文，表示自己离开太原后"也许三天五天，也许十天八天，等和平商谈有了结果我就回来"。保卫太原的任务交给"绥靖"公署副主任兼第 15 兵团司令官孙楚、太原防守司令兼第 10 兵团司令官王靖国负责。随后，阎锡山乘车到河西红沟机场飞往南京。从此，阎锡山再也没能回到太原。

3 月的一天，王靖国在北平读书的四女儿王瑞书穿越封锁线回到家中，向父亲递交了徐向前的亲笔信，劝他走傅作义的道路，和平解放太原。

但愚忠于阎锡山的王靖国却拒绝了女儿的劝谏："太原已成为一座孤城，外无救援，实难确保，但我是军人，军人以服从为天职。如果阎有命令叫我投降，我就投降，阎没有命令，我只有战斗到底。傅作义够个俊杰，但我不那样做。你可革你的命，我要尽我的忠。"

31 日，中共太原总前委确定了"割裂包围外围之敌，进行连续攻击，争取歼其大部或全部，占领攻城有利阵地，尔后集中全力攻城"的战役方针和部署：

第 20 兵团和第 7 军 1 个师、第四野战军炮兵第 1 师一部，由城东北及西北

夺取松庄敌阵地

方向突破，插入丈子头新城，切断北区守敌而歼之，得手后由北面工厂区攻城。

第 19 兵团和晋中军区 3 个旅、第四野战军炮兵第 1 师一部，分两路突击。一路由城南突破杨家堡，进而向东发展，配合第 18 兵团攻歼阎家坟守敌 1 个师，切断东南防区双塔寺及大营盘以南之敌而歼灭之；另一路由汾河西岸突破大小王村，配合第 20 兵团沿汾河南下部队，围歼西区守敌，得手后从城南首义门两侧攻城。

第 18 兵团和第 7 军 2 个师、第四野战军炮兵第 1 师 2 个团，分成左右两集团，在城东的杨家峪、淖马、松庄地区佯动，策应南北两面突袭，待第 19、第 20 兵团发起攻击后，即攻取仓库区、郝家沟，得手后由大门南北攻城。

4 月 5 日，毛泽东电示太原前委："阎锡山已离太原，李宗仁愿意出面交涉和平解决太原问题。我们已告李宗仁代表（本日由平去宁），允许和平解决，重要反动分子许其乘飞机出走，其余照北平方式解决，部队出城两星期至三星期后开始改编等语。你们应即派人进城，试行接洽，求得于十五日前谈妥。"

据此，太原前委研究决定致函孙楚、王靖国，派被俘的阎锡山部高级将领赵承绶、高斌、曹近谦去太原试谈。结果，赵承绶等进到敌城郊赵恭第 61 军防区，即被阻回。守军一方面宣称：国共和谈已得协议，要围城部队让出一条

太原双塔寺要塞

路，由孙楚率太原守军开赴西安；一方面，利用太原广播仍宣传其坚强意志、战斗到底的方针，并频繁调整部署，加紧备战。

既然敌人决心负隅顽抗到底，那就只好兵戎相见，将顽敌干净、全部、彻底消灭之。

19日夜，东线第18兵团左集团一部，首先向东南方向的阎家坟、郝家沟阵地插入，与从南线同时插入的第19兵团一部会合，切断马庄守敌的退路，调动和迷惑敌人。

20日凌晨2时起，第19兵团由南、第20兵团由北，向太原守敌展开总攻击，第18兵团右集团一部亦出动配合。

各部队在强大炮火支援下，采取勇猛穿插、分割包围、各个歼灭的战法，迅速突破守军防线，相继占领城北新城、太子头，城西南北汾河桥、大王村、小王村，城南狄村、老军营，城东郝家沟、剪子湾等地。

为了加强太原的防御，守军在太原城垣外围设置了双塔寺、卧虎山、剪子湾等一系列要塞。双塔寺位于太原东南，因寺中高耸着宣文、文峰两座明代古塔而得名。这个号称为固若金汤的"生命要塞"，东、南、西三面有自然沟围绕，在东西1000米、南北400米的阵地上，筑有三层工事和13个大碉堡、35个小碉堡。驻扎有第43军军部、第283师、第72师1个团和第70

太原"绥靖"公署副主任孙楚、太原城防司令王靖国被我军俘虏

师一部。

22日6时，解放军第187师从北、东两面，第189师从西、南两面，同时发起总攻。仅仅经过一个半小时战斗，即攻占双塔寺要点，全歼守军4000余人，俘虏东南区总指挥第43军军长刘效曾。

至此，攻城部队全部夺取外围据点，歼灭守军5个军部、13个步兵师、1个工兵师，约占太原守军总数的80%，直逼太原市区。

守军心慌乱，士无斗志，已呈土崩瓦解之势。为减轻对太原市区的破坏和市民生命财产的损失，太原前线司令部于22日向守军发出劝降通牒，但孙楚、王靖国等人仍拒不投降。

24日凌晨，攻城部队用1300余门火炮进行火力准备后，对城垣发起总攻。第20兵团首先由小北门东侧突破城垣，第18、第19兵团也相继从南面、东面攻入城内，与守军展开巷战。入城部队以小型爆破手段，迅速开辟前进道路，向守军指挥中心勇猛穿插。

上午9点15分，突击部队冲入阎锡山的统治核心太原"绥靖"公署。这里又称督军府，自宋初名将潘美在此建立帅府以来，历经金、元、明、大顺政权、清、民国，始终是山西最高军政机关驻地。

躲藏在地下室内的阎锡山政权主要军政首脑，除梁化之等在地下室里服毒自杀外，悉数被俘。王靖国、孙楚、赵世铃、吴绍之等在解放军战士的押解下，列队走出太原绥靖公署大门，一名随军记者拍下了这一极具象征意义的画面。

王靖国、孙楚等被押出太原绥靖公署

此役历时 6 个多月，人民解放军伤亡 1.5 万人，歼灭国民党军 1 个 "绥靖" 公署、2 个兵团部、6 个军部、20 个师，共毙伤俘 13.5 万余人。

　　太原解放后，大同国民党守军万余人见大势已去，于 4 月 29 日接受改编。至此，山西全省解放，拔除了国民党反动统治在华北的最后堡垒，结束了阎锡山对山西人民长达 38 年的统治，推动了全中国解放战争的进程。

参考书目

中国军事百科全书编审委员会：《中国军事百科全书》，军事科学出版社，1997 年

《中国人民解放军华北野战部队战史》，解放军出版社，2010 年

《星火燎原》（1—20），解放军出版社，2009 年

中共中央文献研究室：《毛泽东年谱》，人民出版社、中央文献出版社，1993 年

《毛泽东传（1893—1949）》，中央文献出版社，1996 年

《毛泽东军事文集》：军事科学出版社、中央文献出版社，1993 年

《彭德怀传》，当代中国出版社，1993 年

《聂荣臻传》，当代中国出版社，1991 年

《聂荣臻回忆录》，解放军出版社，1984 年

《徐向前传》，当代中国出版社，1992 年

徐向前：《历史的回顾》，解放军出版社，1984 年

《萧克回忆录》，解放军出版社，1997 年

《杨得志回忆录》，解放军出版社，1992 年

《杨成武回忆录》，解放军出版社，2005 年

中国人民政治协商会议全国委员会文史和学习委员会：《文史资料选辑》合订本，中国文史出版社，2010 年

中共山西省党史研究室：《临汾攻坚》，山西人民出版社，1987年

平津战役纪念馆：《平津战役纪实》，天津人民出版社，1999年

全国政协文史和学习委员会：《平津战役亲历记——原国民党将领的回忆》，中国文史出版社，2011年

《京畿军魂》北京军区党史军史系列丛书编纂委员会：《会攻太原：华北军区部队解放太原亲历录》，解放军出版社，2012年

李金明：《华北军区野战军征战纪实》，解放军文艺出版社，2007年

豫颖：《解放河北》，军事谊文出版社，1997年

张少宏、李阳、李涛：《中国人民解放军战例》，黄河出版社，2014年

王清魁：《中国人民解放军战役集成》，中国人民解放军出版社，1987年

声　明

　　本书在编写过程中，参考引用了大量的图片资料。由于资料的来源广、头绪众多，在客观上难以逐一进行核实。特在此郑重声明：希望图片资料版权的所有者予以谅解，并向他们致以衷心的感谢。凡认定自己是本书所使用的某张图片资料的版权所有者，请提供可靠的证明材料，并请及时与作者或出版社联系，我们将根据有关规定，合理支付报酬。

图书在版编目（CIP）数据

战典 . 12，华北野战部队征战纪实 / 李涛著 . — 北京：作家出版社，2017.10
ISBN 978-7-5063-9765-0

Ⅰ．①战… Ⅱ．①李… Ⅲ．①纪实文学－中国－当代 Ⅳ．① I25

中国版本图书馆 CIP 数据核字（2017）第 265890 号

战典 12：华北野战部队征战纪实

作　　者：李　涛	
责任编辑：张　平	
装帧设计：北京高高国际文化传媒	
出版发行：作家出版社	
社　　址：北京农展馆南里 10 号　　　邮　　编：100125	

电话传真：86-10-65930756（出版发行部）
　　　　　86-10-65004079（总编室）
　　　　　86-10-65015116（邮购部）

E-mail:zuojia@zuojia.net.cn

http://www.haozuojia.com（作家在线）

印　　刷：北京亚通印刷有限责任公司

成品尺寸：170×240

字　　数：337 千

印　　张：20

版　　次：2018 年 1 月第 1 版

印　　次：2018 年 1 月第 1 次印刷

ISBN 978-7-5063-9765-0

定　　价：45.00 元